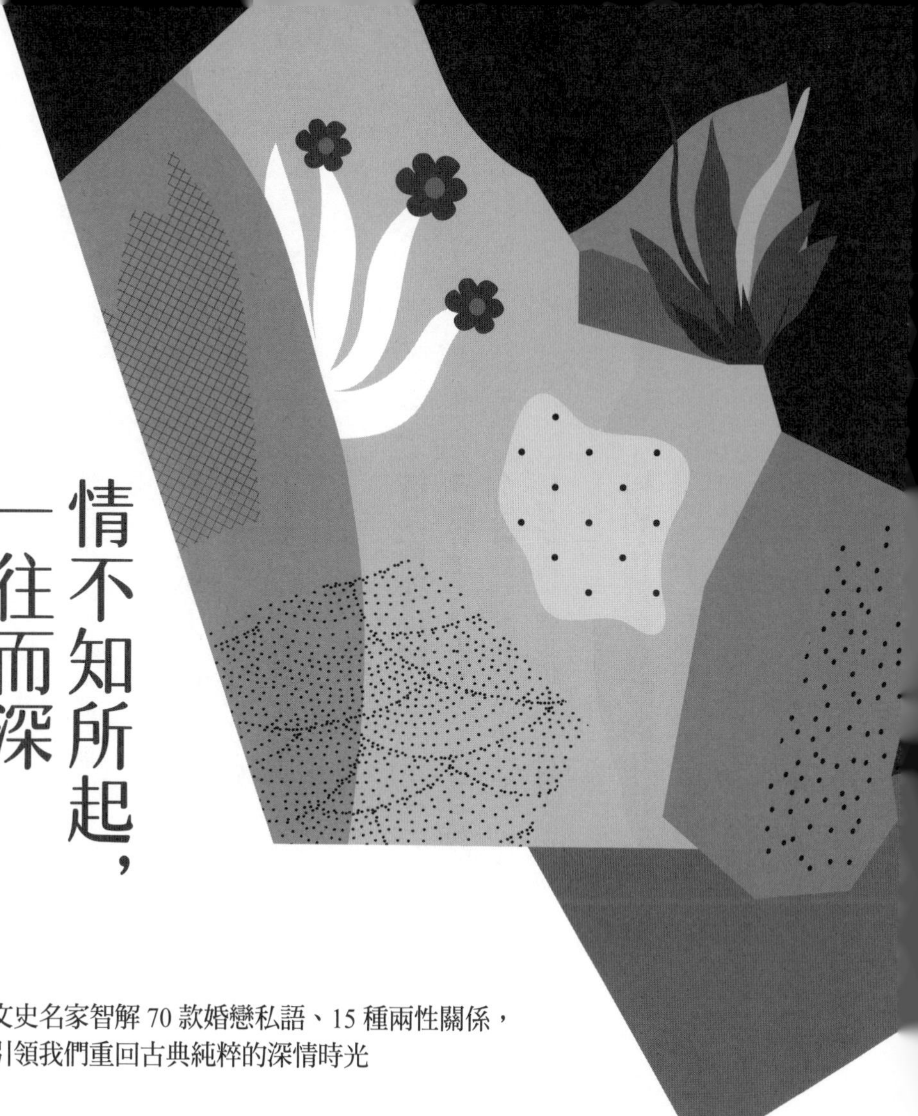

情不知所起，一往而深

文史名家智解 70 款婚戀私語、15 種兩性關係，
引領我們重回古典純粹的深情時光

王立群 —— 著

Contents
目次

七、多情自古傷離別

八、從別後，憶相逢

九、愛的阻力

序：你永遠都找不到心中的「那一個」

一

愛情是個說不清、說不完的永恆話題。

自古及今，任時光匆匆流逝，任滄海化成桑田，繁華轉瞬成了過眼雲煙，唯有愛情亙古不變。《禮記》中說：「飲食男女，人之大欲存焉。」（《禮記．禮運》）告子和孟子辯論時說：「食色，性也。」（《孟子．告子上》）兩者的意思是一樣的。人的一生，不管是榮華富貴，錦衣玉食；抑或貧困交加，殘羹冷炙，說來說去，總也離不開兩件大事：一個是吃的問題，一個是性的問題。吃是為了活著，性是為了「種族繁衍」，是為了把「活」一代一代地延續下去，是為了活得更長久。這兩件事情同等重要，男女關係，兩性情感，就像吃飯一樣，就像喝水一樣，不僅稀鬆平常，而且必不可少。

兩性的問題，昇華一下，就有了一個高雅的名字，稱之為愛，於是就有了愛情。

愛情是一種很奇怪的東西，是一種莫名其妙的感覺。

有的人，你看了一輩子，卻熟視無睹了一輩子，見與不見都是那麼無所謂；有的人，你只是在人群中不經意間看了那麼一眼，卻再也無法忘記他（她）的容顏，夢想著偶然能有一天再相見；有的人，甘願拋棄一切隨你浪跡天涯，你卻無動於衷；有的人，哪怕是一舉一動，一顰一笑，都讓你刻骨銘心。愛情，讓你哭，讓你笑，讓你苦，讓你甜；讓你輾轉反側，坐立不安；讓你狂熱衝動，糊裡糊塗；讓你充實，讓你空虛；讓你感傷，讓你迷惘。問世間情為何物，竟讓人如此「剪不斷理還亂」。

二

愛情，其實，就是一場夢。

每一個人，在愛情駕臨之前，甚至在還完全不懂情為何物的時候，在他的內心深處，早已經駐紮了一個「意中人」。為了這個朦朧的、模糊的，或許根本不存在的意中偶像，悽悽惶惶，尋尋覓覓。人，總是喜歡把現實的愛情，按照難以實現的樣式，編織成一個個美麗的童話，編織成一個個美夢，並一廂情願地沉溺其中，流連忘返，樂此不疲。這是愛情的一種永恆的精神模式，也是愛情亙古不變的魅力。所以，我們總是在尋找，總覺得前方一定會有更加美麗的風景；所以，在愛情的道路上，總是有那麼多的岔路口，我們總是行色匆匆，為了前方或許並不存在的好風景，我們從來不肯放慢追尋的腳步，全然不顧一路上的好景色。

愛情，其實就是一場戲。

一齣齣的大戲，我們在臺上演著，我們在臺下看著。演著英雄救美，以身相許；看著才子多情，紅顏薄命；演著美麗的童話，有情人終成眷屬；看著棒打鴛鴦，雙雙殉情。演著我們心中的好風景，看著美好的東西被毀滅。然後，我們唏噓，我們感嘆。戲裡戲外的紅男綠女，在某種程度上滿足了我們的愛情幻想。所以，我們樂此不疲。我想，人的一生一直都在幻想，幻想著你生命中那個意中人的到來。

就這樣，走著，看著，挑著，揀著，我們感嘆「得不到」，我們後悔「已失去」；就這樣，感嘆著，後悔著，我們就被「剩下」了。

三

講一個佛家的故事。

有一隻蜘蛛，在一座寺廟的橫梁上結網，廟裡香火頗旺，蜘蛛每天受到香火和虔誠祭拜的薰陶，漸漸地，有了佛性，就這樣，修煉了一千年。

忽然有一天，佛祖光臨了這座寺廟，似乎在不經意間抬頭，看見了橫梁上結網的蜘蛛。佛祖便問蜘蛛：「世間什麼才是最珍貴的？」蜘蛛想了想，回答說：「世間最珍貴的是『得不到』和『已失去』。」佛祖點了點頭，沒說什麼，離開了。

又過了一千年，蜘蛛依舊在那橫梁上結網修煉。一天，佛祖再次光臨寺廟，對蜘蛛說道：「一千年前問你的那個問題，你可有什麼新的認識？」蜘蛛說：「我覺得世間最珍貴的還是『得不到』和『已失去』。」佛祖笑了笑，沒說什麼，離開了。

又過了一千年，有一天，風將一滴露珠吹到了蜘蛛網上。蜘蛛望著晶瑩剔透的露珠，很是喜愛，每天看著很開心，覺得這是三千年來最開心的幾天。突然，一陣大風，將甘露吹走了。蜘蛛一下子覺得失去了什麼，寂寞，難過，傷心，感嘆。這時佛祖又來了，問蜘蛛：「這一千年來，你可曾好好想過，世間什麼才是最珍貴的？」蜘蛛想到了甘露，依舊對佛祖說：「世間最珍貴的是『得不到』和『已失去』。」佛祖說：「既然你還是這樣的認識，好吧，隨我到人間走一遭吧。」

就這樣，蜘蛛投胎到一個官宦人家，成了一個富家小姐，父母給她起名叫蛛兒。十六年後，出落成一個亭亭玉立、楚楚動人的絕色少女。

這一年，皇上為新科狀元甘鹿在後花園開慶功宴。席間，新科狀元吟詩作對，風度翩翩，在場的少女，無一不為甘鹿所傾倒，其中也有皇上最小的公主長風公主。但蛛兒一點也不擔心，因為她知道上天的安排，甘鹿注定是屬於她的。

過了一些日子，蛛兒陪母親燒香的時候，恰逢甘鹿陪同母親前來燒香。蛛兒很開心，但甘鹿並沒有表現出對她的絲毫的愛意。蛛兒問他：「難道你不記得十六年前，寺廟蜘蛛網上發生的事情了嗎？」甘鹿對此很是詫異，覺得蛛兒姑娘問的問題沒頭沒尾，可能是少女的想像力太豐富了吧。蛛兒呢，內心開始責怪佛祖，既然安排這段姻緣，為什麼不讓甘鹿記得此事呢？

幾天之後，皇帝下旨，詔新科狀元甘鹿與長風公主完婚，蛛兒和太子芝草完婚。這一消息，大大出乎蛛兒意料，她怎麼也沒想到，佛祖竟然如此對她。所以，她不吃不喝，生命危在旦夕。太子芝草得知此事，匆匆趕來探望，對奄奄一息的蛛兒說：「那一天，在後花園的眾多女子中，我對你一見鍾情，所以才再三懇求父皇答應這門親事。如果你死了，我活著還有什麼意思呢！」說著說著，就要拔劍自刎。

這時，佛祖出現了。佛祖問蛛兒：「你可曾想過，甘露（甘鹿）是由誰帶來的，又是由誰帶走的？是風（長風公主）啊。甘鹿是屬於長風公主的，對你而言，他只不過是你生命中的一段插曲。太子芝草是誰，是當年寺廟門前的一棵小草，他看了你三千年，愛慕了你三千年，但是你卻從沒有低頭看過他一眼。現在，你應該明白了世間什麼才是最珍貴的了吧！」

蛛兒大徹大悟：「世間最珍貴的，不是『得不到』，也不是『已失去』，而是現在能夠把握到的幸福。」然後，她與太子芝草深情相擁。

這是一個佛家故事。在不同的地方，看過不止一次，甚至曾經努力追尋這個故事的來源，結果均無功而返。其實，這個故事到底出自哪裡，是確有所出，還是後人杜撰，都無關緊要了，故事本身所要傳達的世間最珍貴的，是現在能夠把握到的幸福才是最根本的。

那麼多的樣式，不少已經變了質，變了味。所以，在當下，回眸古典時代的愛情，重溫古典時代的愛情體驗，也還不是那麼古董，也還不算多麼矯情。這就是我為什麼忽然想起寫寫飲食男女最初的想法。

在寫下這些雜七雜八的文字的時候，不知為什麼，腦海裡老是浮現海子*的那首著名的詩歌〈面朝大海，春暖花開〉：

從明天起，做一個幸福的人
餵馬、劈柴，周遊世界
從明天起，關心糧食和蔬菜
我有一所房子，面朝大海，春暖花開
從明天起，和每一個親人通訊
告訴他們我的幸福
那幸福的閃電告訴我的
我將告訴每一個人
給每一條河每一座山取一個溫暖的名字
陌生人，我也為你祝福

願你有一個燦爛的前程
願你有情人終成眷屬
願你在塵世獲得幸福
我只願面朝大海，春暖花開

海子離開我們已經二十五年了，平心而論，海子不是那個時代最優秀的詩人，我們懷念他，更多地是懷念那個時代，懷念海子詩歌中交織的那個美好時代。要在平凡的世界中營造一種平凡幸福的生活，要在喧囂的都市之外尋找一種純情乾淨的生活，海子的理想，聽起來很簡單、很樸素，其實，這已經是一種很高的境界了，在當下，這似乎是相當奢侈的理想，似乎都遙不可及了。

＊原名查海生，中國當代詩人。

一

世界這麼大，還能遇見你

愛情是美好的，一切的美好源自兩個人的相識。茫茫人海，據說一個人一生中要與兩千多萬個人擦肩而過，而在自己的生命中輕舞飛揚的是千萬分之一的緣分。寶玉「這個妹妹我在哪裡見過」式的感嘆，詮釋著似曾相識的美好；張生「只叫人眼花撩亂口難言，魂靈兒飛在半天」的表現，詮釋著一見鍾情的悸動，「Miss right」「Mr. right」（對的人）在他們驀然相遇時已然觸動心底的琴紘。月下老人的紅線，伴著心靈的碰撞，伴著媒妁之言，用一根神奇的紅線將一對對男女拴在一起，時間在相遇瞬間定格，任花開花落、月圓月缺，瞬間終成永恆，訴說著流年裡的酸甜苦辣。

邂逅相遇：不期而遇的美好

前世五百次的回眸，換來今生的擦肩而過，多少痴男怨女在奈何橋邊喝下了孟婆湯，忘卻了滾滾紅塵，但亦有人在黯然回眸的瞬間不捨地留下了自己的印記，靠著這一獨特而將被喚醒的印記，「她」與「他」，終將等來再次的相遇，在今生今世再續前緣。

「她」與「他」的相遇，如同春風吹楊柳，紛紛揚揚，姿態各異，其中，最能喚醒心底沉睡的印記的，莫過於「邂逅相遇」之時的熟悉、心顫。

成語「邂逅相遇」，出自《詩經．鄭風．野有蔓草》，全詩如下：

野有蔓草，零露漙兮。有美一人，清揚婉兮。邂逅相遇，適我願兮。
野有蔓草，零露瀼瀼。有美一人，婉如清揚。邂逅相遇，與子偕臧。

〈野有蔓草〉一詩，歷來有不同的主題闡釋，有人認為這是一首「淫奔之詩」，有人認為這是描寫豔遇的詩篇，這一豔遇，可以是一夜情，也可以是野外的媾和。豔遇，似乎是人心底的野草，遇到春風，便會蔓延無邊；豔遇，似乎是每個男人都渴望的嘗試，它是那樣的神祕，那樣的富有挑戰。但我寧願相信這是一次美好的邂逅，在相遇的瞬間一切皆被定格，在相逢的剎那朦朧變為現實，「哦，原來你也在這裡」。

〈野有蔓草〉中的相遇發生在春夏之交的一個早晨。這一刻，春風浮動，白露未晞，一切是那樣的寧靜、靜謐，一位男子在蔓草叢生的曠野開始了一天的勞作。忽然，男子的心似乎有了觸電般的感覺，瞬間呼吸幾乎停息。究竟發生了什麼？是曠野中的野獸嚇傻了男子嗎？不是，如果是野獸，男子或許早就逃之夭夭了，此時出現的是一位美女，美得讓男子忘記了勞作，腦袋一下短路了。只見一抹白色緩緩走來，在綠草黃花之間越發顯得聖潔純淨，隨著距離的縮短，那抹白色越來越清晰，終於落定在男子面前。甫一站定，男子被女子清澈動人、顧盼生姿的眼睛所吸引，兩人四目相對之時，一股電流掠過，全身熱量飆升，如同電光石火一般，擊中了對方，他們不約而同地說了一句：「噢，你也在這裡嗎？」塵封的印記在此時被喚醒，他們如同前世的戀人一般熟悉，苦苦追尋的那個人在毫無預兆的情況下出現了，心中的情感一時間無法言說，這正如「眾裡尋他千百度，驀然回首，那人卻在燈火闌珊處」般的喜悅與激動。此時，一切語言都是蒼白的，他們在四目對視之時已然走向了對方的心靈深處，人生最幸福的事，莫過於與自己心中的那個「他」邂逅相遇，於是，他們決定一起走向美好的未來。

這便是「邂逅相遇」的來歷，指的是未約而相逢，指無意中相遇，又指初次相遇。這一成語最初是與美麗的愛情相關的，它與一般的「不期而遇」（事先沒有約定而遇見，指意外碰見，讓人感覺突如其來。出自《穀梁傳．隱公八年》：「不期而會曰遇。」）有著一定的區別，一生中不期而遇、擦肩而過的人很多，但「邂逅相遇」的多有一番美好在心中。「邂逅相遇」的意境，在張愛玲的筆下被詮釋得淋漓盡致，她在散文〈愛〉裡面提到：「於千萬人之中遇你所要遇見的人，於千萬年之中，時間的無涯的荒野裡，沒有早一步，也沒有晚一步，剛巧趕上了，那也沒有別的話可說，惟有輕輕地問一聲：『噢，你也在這裡嗎？』」遇到心儀的那個人，心中的滿足是無盡的，這種無盡的滿足足以形成一生的記憶，〈愛〉中的女主人公在經歷了三番五次的拐賣、無數驚險的風波之後，晚年的時候還記得那年那春，那樹那年輕人（老了的時候她還記得從前那一回事，常常說起，在那春天的晚上，在後門口的桃樹下，那年輕人。張愛玲〈愛〉）。

《詩經》中的「邂逅相遇」是比較含蓄的，人物的心理更多是通過「適我願兮」與「與子偕臧」表達出來的，後代的「邂逅相遇」版本則有很直白的傾訴，很瘋癲的表現。

「邂逅相遇」的直白版本，以五代的韋莊的〈思帝鄉．春日遊〉為代表。這是一首描寫女子主動追求意中人的詞：

春日遊，杏花吹滿頭。陌上誰家年少，足風流。妾擬將身嫁與，一生休。縱被無情棄，不能羞。

一個女子在春天郊遊之時，看著滿樹的杏花綻放，心中頓生情愫，恰在此時，田間小路上出現了一位風度翩翩的男子，此人的出現，使女子一番近乎虛無縹緲的臆想落在了現實之中，這分明就是那個自己朝思暮想的夢中「男神」啊！「男神」出現，還有什麼能夠阻擋花痴的步伐，不管對方願不願意，反正女子已然下定決心：「妾擬將身嫁與。」今生今世就賴上「男神」了，要嫁就嫁此風流少年，即使要冒著被拋棄的危險，她也願意為愛痴狂，為愛冒險。

「邂逅相遇」的瘋癲版本，以《西廂記》中的張生為代表。張生在寺院見到崔鶯鶯，如同段譽見到了「神仙姐姐」（誰想著寺裡遇神仙！我見他宜嗔宜喜春風面，偏、宜貼翠花鈿。《西廂記》第一本〈張君瑞鬧道場〉），被亦嗔亦喜的鶯鶯迷住了心竅，七魂丟了三魄，枉有能說善道的本領，此時也只有啞口無言的份，一下子傻了，痴了，瘋了，狂了（剛剛的打個照面，風魔了張解元。似神仙歸洞天，空餘下楊柳煙，只聞得鳥雀喧。《西廂記》第一本〈張君瑞鬧道場〉）。

張生對於他與崔鶯鶯的「邂逅相遇」，如痴如醉，鶯鶯便是那千般萬般都好的「神仙姐姐」，他被千般婀娜、萬般旖旎的崔鶯鶯折磨得心猿意馬（恰便似嚦嚦鶯聲花外囀，行一步可人憐。解舞腰肢嬌又軟，千般嫋娜，萬般旖旎，似垂柳晚風前。《西廂記》第一本〈張君瑞鬧道場〉），心裡一遍遍地迴盪著「我要死了」的聲音，如同著魔一般。「瘋魔」了的張生，毅然決然地放棄了當初求取功名光宗耀祖的理念（小生無意求官，有心待聽進。《西廂記》第一本〈張君瑞鬧道場〉），為的就是要「抱得美人歸」。張生在遇見鶯鶯之前，花花草草也見了很多，但終歸不是他的菜，而在見到鶯鶯的時候，他篤定這就是他想要的味道，他希望鶯鶯「快到自己的碗裡來」（顛不刺的見了萬千，似這般可喜娘的龐兒罕曾見。則著人眼花撩亂口難言，魂靈兒飛在半天。《西廂記》第一本〈張君瑞鬧道場〉）。

「如何讓你遇見我，在我最美麗的時刻」（席慕容〈一棵會開花的樹〉），在最美麗的時刻遇到最美麗的你，一見傾心，或許是每一個女孩子、男孩子都曾在夢中祈求過的「絕世好相遇」，因為它是那樣的美好，「笑相遇，似覺瓊枝玉樹相依，暖日明霞光爛。水盼蘭情，總平生稀見」（周邦彥〈拜星月慢．夜色催更〉）。溫暖，燦爛。愛情在相遇的一刻，已然埋下了種子，等待著破土發芽。

一見傾心、一見鍾情：愛之幸

「邂逅相遇」與美好結緣，與「一見傾心」匹配，詮釋著愛情的絢爛多姿，解釋著愛情的悸動心顫。

「一見傾心」，指初次見面便心生愛慕，這一成語出自《資治通鑑》，說的是南北朝時期後燕王慕容垂與前秦王苻堅的一則故事。

慕容垂是後燕的創立者，本是前燕文明王慕容皝（音同晃）的第五子，年少時便聰明睿智，氣度不凡，深得父親寵愛，這種寵愛甚至超越了對太子的愛，自然在贏得父親專寵的同時，亦招致了太子的不滿與仇恨，這一仇恨一直延續到太子榮登寶座之後。慕容垂在兄長登基之後，處處受到猜忌與排擠，終日裡鬱鬱不得志，最後慕容垂不得已出奔前秦。

慕容垂的到來，對前秦國主苻堅來說無異於「天上掉下了大餡餅」，欣喜異常。原來苻堅早有伐燕之志，但因忌憚慕容垂的威名而沒能得以實施。現在伐燕最大的威脅主動投降，無異於省卻了千軍萬馬之力。於是，苻堅親自到國都之外迎接慕容垂，執手相對，表達對慕容垂的愛慕之情，當然，這種愛慕是對慕容垂才能的愛慕，善於聯想的人千萬不要跑偏哦！

苻堅對慕容垂的愛慕之情，在前秦官員那裡，有一個很好的總結，那便是「一見傾心」，雖然來自不同的部族，但苻堅對慕容垂卻非常欣賞，給予慕容垂的待遇也是極高的，如同自己的血緣親族一般對待他，給予慕容垂的榮寵超過了朝中的有功之臣。故而，前秦官員認為「一見傾心」是君主對大臣最高的待遇（主上與將軍風殊類別，一見傾心，親如宗戚，寵踰勳舊，自古君臣際遇有如是之厚者乎？《資治通鑑・晉孝武帝太元九年》卷一百零五）。

以上便是成語「一見傾心」的來歷，從這一故事可以看出，此成語本無關風月，是在廣義層面對人與人之間愛慕之心的反映，並沒有限制在男女之情上。後來人們將廣義的愛慕多集中到男女之間的愛慕上，詞義範圍縮小。

「一見傾心」，第一次見面便心生愛慕之情，這是人生的一大幸事。與「一見傾心」相似的成語，還有「一見鍾情」，用來指男女之間一見面就產生了愛情，只不過「一見鍾情」從其產生那一刻起便是與愛情交織在一起的。「一見鍾情」比較早的文獻記載見於清代墨浪子的《西湖佳話》，是在一代名妓蘇小小的戀情中出現的。

蘇小小，一個在人世間僅僅行走了十九年的精靈，香消玉殞卻千古流傳；蘇小小，一個周旋於男人世界的青樓女子，卻成為歷代文人心中的夢。白居易、李賀、溫庭筠、袁枚等文壇才子，都是蘇小小的仰慕者，去往西湖，憑弔蘇小小這位薄命紅顏，似乎已經成為文人雅事之一。這是怎樣的一個女子，是什麼讓她在異代仍然豔壓群芳？要解釋這個問題，就要從蘇小小的愛情說起了。

蘇小小在正史中無傳，根據清代墨浪子的《西湖佳話》的記載，蘇小小是南齊人，她的身世與《鹿鼎記》中的韋小寶一樣，母親本為青樓女子，父親是誰無從探知，自幼便在青樓中生活（蘇小小本生於妓家，父不知何人，而母死，門後冷落，風月中之滋味，已不識為何如。《西湖佳話》卷六〈西泠韻跡〉），但是，韋小寶在青樓之中學得了一身流氓無賴的本領，幼年處處遭人白眼，而蘇小小則是天賜一副絕世容顏，生於西泠橋畔，然能與西湖山水爭奇鬥豔，秀外慧中，人見人愛（卻喜得家住於西泠橋畔，日受西湖山水之滋培，早生得性慧心靈，姿容如畫，遠望如生花白雪，近對如帶笑芙蓉。到了十二三歲上，髮漸漸齊，而烏雲半挽；

眉看看畫，而翠黛雙分。人見了早驚驚喜喜，以為從來所未有。《西湖佳話》卷六〈西泠韻跡〉）。蘇小小引以自傲的除了「天生麗質」之外，她還天生聰穎，雖未經高人指點，卻也頗有才學，出口成章，「腹有詩書氣自華」，蘇小小是美貌與智慧並存的女子（到了十四五時，不獨色貌絕倫，更有一種妙處，又不曾從師受學，誰知天性聰明，信中吐辭，皆成佳句。《西湖佳話》卷六〈西泠韻跡〉）。

蘇小小在西泠橋畔引起轟動效應，還與她的一次出遊有關。南齊時代，西湖還沒有進行人工改造與裝飾，即使是從西泠橋畔去往西湖，也是透透迤迤，道路迂遠，至少得一二十里的路程，要想遊玩還真得費些力氣。當時的男子遊玩可以騎馬前往，女孩子就要受些限制，蘇小小則識見不俗，她為了能去欣賞西湖美景，為了能感受自然之美，派人去做了一輛「油壁香車」，即車壁用油塗抹，散發著香氣，四周垂著帷幔的車子，「油壁香車」是人力車，需要由一個人推著行走。蘇小小自有了專用車之後，便時時去往西子湖畔，傍山沿湖去遊玩，好不自由自在！

時間一久，蘇小小在欣賞湖光山色之時，她與她的油壁香車，儼然成了西湖的另一道美麗的風景，西湖一下子熱鬧了起來，人們紛紛跟隨、圍繞著蘇小小的油壁香車，品頭論足，不知裡面坐的是何許人也（有人看見，盡以為異，紛紛議論道：「此女若說是大人家的閨秀，豈無僕從相隨？怎肯教他出頭露面獨坐車中，任人飽看？若說是小人家兒女，畢竟有些羞縮處，哪裡有此神仙一般的模樣？」大家疑疑惑惑，只管跟著車兒猜度。《西湖佳話》卷六〈西泠韻跡〉）。蘇小小看著越聚越多的人群，看著面帶疑惑的表情，知道吊胃口的同時也要適時解疑答惑，要不然容易形成審美疲勞，於是便信口吟唱了一首詩：「燕引鶯招柳夾途，章臺直接到西湖。春花秋月如相訪，家住西泠妾姓蘇。」蘇小小的詩句無非是在說：「我是蘇小小，我為我自己代言。」此詩一出，人們恍然大悟，原來這是蘇小小自編自導自演的廣告，人家的這次出遊，只是告訴大家她的職業、工作地點及姓氏，言外之意就是歡迎大家去往西泠橋畔的「天上人間」捧場。

當然，蘇小小的廣告打得還是比較出色的，一下子上了「頭條」，成為了點選量最高的「藝人」，頓時引來了「蛙聲一片」，富豪公子、科甲鄉紳紛至沓來，差點擠破了西泠橋畔「天上人間」的門檻。這些人慕名前來，有人想讓蘇小小做家中的歌姬，有人想娶蘇小小做自己的小妾。為了贏得美人的芳心，為了達成所願，他們不惜「一擲千金」，豪擲狂砸，只求博得美人一笑。面對著如此盛大的場面，蘇小小異常地淡定，似乎此事與自己一點關係也沒有，她冷眼旁觀著面前嘚吧嘚吧的嘴巴，突然感覺很好笑，至於這些登徒子*們的話語依然沒有入她的耳，更不能入其心，都被遮蔽了。做富貴人家的歌姬、小妾，或許對於一般的青樓女子來說是一條極好的出路，但是在蘇小小看來還不如待在青樓裡自由、乾淨，況且眼前這些衣冠楚楚的「富二代」，一個個如同繡花枕頭，一個個遊手好閒，整日裡揮霍著老子的錢財粉飾自己的面子，這等俗物，入不了蘇小小的法眼，她心中的那個「他」雖然模糊，但是絕對不是這個樣子。當然，那個影子後來越來越近，終於變成了一個清晰的輪廓，在蘇小小的世界裡掀起了洶湧波濤。

那日，蘇小小與往常一樣，坐著油壁香車，沿著西湖，觀賞著迷人的湖光山色、山光水影，突然之間，一個少年郎君闖入了她的視線，此人騎著一頭青驄馬，英俊風雅，風度翩翩，這分明就是自己朝思暮想的「青馬王子」呀，蘇小小瞬間被吸引，挪不開視線了。就在蘇小小捕捉到少年郎君的時候，那少年亦勒住了馬，端詳起這位香車美女，這一看不要緊，心中是驚喜交加，驚的是塵世間竟能生出如此風流標致的女子，喜的是瓊姿玉貌的仙子被他遇上了，一時間也顧不得身分，圍著蘇小小的香車，或左或右，再三欣賞著這一「天外飛仙」。蘇小小在風月場合見慣了男人的逢場作戲，她從少年郎的表現已然看出他的心理，但這次她完全被眼前的少年郎打動了，於是配合著少年郎的瞻視，轉動著臉龐，任其顧盼。或許兩人被瞬間到來的悸動攝住了，一時間沉默無語，只任情愫在眉目間傳遞。當然，「此時無聲勝有聲」，語言是多餘的，語言亦是蒼白的。

＊出自戰國時期楚國宋玉所寫的《登徒子好色賦》，引申為貪戀女色的男子。

時間似乎都靜止了，不忍心打擾那時那刻的靜謐。後來還是蘇小小打破了這一沉默，對著少年郎吟唱了一首詩：「妾乘油壁車，郎乘青驄馬。何處結同心，西泠松柏下。」蘇小小的詩句，一時間又讓少年郎魄散魂飛，尤其是「結同心」三個字，讓少年郎知曉了蘇小小的心意，原來不是自己一個人的一廂情願，原來不是「落花有意，流水無情」，兩人初次見面，便同時看對眼，人生之幸，夫復何求？

目送著蘇小小遠去的背影，少年郎心神盪漾，追尋而去，向蘇小小表明了心意，表明了身分。少年郎遞出自己的「名片」，蘇小小異常震驚，原來此少年郎名叫阮郁，是當朝宰相阮道的公子，兩人初見之時無關身分、錢財，只是少男少女之間的相互吸引，在知道了阮郁「高官二代」的身分之後，蘇小小心中掠過一絲擔憂，但是這絲擔憂馬上便被阮郁的柔情軟化了，蘇小小也無暇再去多思。

這便是蘇小小與阮郁「一見鍾情」的故事。「一見鍾情」的事情雖然早已有之，但這一詞語的首次完整出現是在《西湖佳話》中，是蘇小小向阮郁表明心志之時說的。蘇小小言：

> 賤妾，青樓弱女也，何足重輕，乃蒙郎君一見鍾情，故賤妾有感於心，而微吟示意。又何幸郎君不棄，果殷殷過訪。過訪已自叨榮，奈何復金玉輝煌，鄭重如此。

蘇小小說的「一見鍾情」是對當日阮郁「因勒住馬，或左或右的，再三瞻視」的概括，也是她的這次創造，讓世間多了一個讓多少少男少女欣羡不已的成語。但是，「一見鍾情」是可遇不可求的，「一見鍾情」看似撞大運，實則是有條件的：

第一，「一見鍾情」觸發的時間很短。

英國赫特福德大學（University of Hertfordshire）魏斯曼教授主持進行了一次大規模的約會調查，最後得出結論，「一見鍾情」所需時間的最大值是三十秒，一旦超過三十秒，便失去了「一見鍾情」的可能。所以，「一見鍾情」是轉瞬即逝的。

第二，「一見鍾情」的對象應當是靚男美女，至少也得氣質獨特。

「一見鍾情」，是在兩人第一次見面時發生的，對一個從未謀面之人的判斷，對於一個一無所知之人的評定，很難在秒時間之內判斷其品性、才氣等。所以，對於此人的評判只能按照「外貌協會」的路子進行，從此人的相貌、穿著打扮、氣質風度著手，憑藉直覺做出判斷。江蘇衛視的相親節目《非誠勿擾》的第一關就是對此原則的踐行，男來賓一上場，征服女來賓的首先是他們的外形裝扮，當然，《非誠勿擾》是綜藝節目，要講求節目效果，在第一關的亮相之後還有簡單的自我介紹，這比純粹的「一見鍾情」要多了不少判斷因素。

在「一見鍾情」的過程中，或許只有「都教授」那樣的男神、「神仙姐姐」那樣的女神，方能在眾人當中脫穎而出，成為「一見鍾情」的對象，他們有著上天賜予的天然的吸引力。稍微低一點的標準也要氣質頗佳，而那些掉在人堆裡找不出來的「屌絲」凡人，還是乖乖退到一邊，給「高富帥」「白富美」們自動讓出空間吧，「犀利哥」可以贏來網友的頂帖關注，但是很難靠其邋遢的衣著贏得女子的「一見鍾情」，這便是「一見鍾情」的殘酷與高傲，這一華麗而奢侈的「稀有物」，不是我輩「撞大運」就能遇上的。

「物以稀為貴」，正是因為「一見鍾情」的可遇不可求，它才成為縈繞在愛情世界中的耀眼光環，人人都希望哪天自己也可以成為那位幸運兒，所以，「一見鍾情」雖然就如同皎潔的月亮，雖然「遙不可及」，亦讓人無限神往。

走馬觀花：陡然轉變的幸福

不期而遇的戀情，給人的是一種無以言說的欣喜，當然，男女的相遇，有些還是經過刻意安排的，刻意安排的相遇，有時也會有峰迴路轉的欣喜。

在中國成語中有一個與此相關的成語，那便是「走馬觀花」。「走馬觀花」有兩個版本的解讀。第一個版本，出自唐代詩人孟郊的〈登科後〉：

昔日齷齪不足誇，今朝放蕩思無涯。

春風得意馬蹄疾，一日看盡長安花。

孟郊是〈遊子吟〉的作者，年少家貧，生活落魄，仕途不順，屢試不第，直到四十六歲始登進士科。此次金榜題名，讓孟郊一掃之前的鬱悶之氣，之前整日裡沉淪下僚，此刻終於揚眉吐氣一把，得意之情無以言表。於是，孟郊便外出傾瀉著自己的情緒：在和煦溫暖的春天裡，孟郊騎著高頭大馬，策馬奔騰在長安大道上，馬兒似乎也感受到了主人的喜悅，步履輕盈，四蹄生風，不知不覺間馬上的孟郊已經將長安的滿園春色看完了。隨著馬兒的奔跑，心中更加寬闊，孟郊分明看到了一個龍騰虎躍的未來；隨著春風吹拂，孟郊分明感受到了屬於他的春天已經來了。

「詩以言志」，在策馬奔騰一番後，按捺不住欣喜的孟郊將自己的這番情緒寫成了詩歌，於是〈登科後〉便出現了。「昔日齷齪不足誇，今朝放蕩思無涯」是今昔對比的寫照，往昔的落魄沉悶隨著金榜題名而變得風輕雲淡，往日的痛苦似乎也帶上了甜蜜。這種甜蜜愉悅的心情，在後兩句中得到了集中體現，虛虛實實之間將孟郊的得意之態表現得淋漓盡致。按照唐代科舉考試的時間安排，進士科是在秋季進行，發榜時間是在春季，一般是農曆二月。對應著鮮花爛漫的時節，唐朝政府為新科進士舉行花宴，其中有「杏園探花」的節目，新科進士及第的第三名「探花」需要騎著高頭大馬在長安城內採摘鮮花，其他進士也要參與其中。

由此，成語「春風得意」與「走馬觀花」出現了，意在表現處境順利，做事如意，心境愉悅，後來「走馬觀花」也用來指粗略地觀察，與「浮光掠影」「蜻蜓點水」意思相近。

「走馬觀花」第二個解讀版本，與男女相遇見面的故事有關，是民間調侃媒人的版本。這一故事說的是，有一個男子，長相俊秀，唯一一個缺點便是腳有點瘸，走起路來就像《鄉村愛情故事》*中的「劉大腦袋」一樣，一高一低，不很協調，找媳婦不是很好找，但是男子卻志向高遠，雖不說「娶妻當娶陰麗華」，但至少不能是「王雲」那樣式的。同時，有一個女子，二八青春，身材婀娜，唯一的缺點便是鼻子長得難看，鼻梁塌陷（也有人說是大鼻子），找對象時時碰壁，但是女孩子也想找個好相公，雖不奢望像「都教授」那般養眼，但至少要看得過眼。一男一女，皆有缺陷，皆有優點，皆有難題，而且他們皆找到了同樣一個媒人，希望媒人能幫助自己覓得佳偶。正所謂「無巧不成書」，媒人當下就感覺這不就是天造地設的一雙嗎？但是媒人感覺到此二人心氣都很高，一旦立刻告訴他們對方的真實情況，勢必會一拍兩散，於是，媒人隱忍不發，為他們安排了一次巧妙的見面，讓他們自己拿主意。見面的地點安排在女子的家門口，見面之時二人都做了一番修飾：男子騎著一匹馬，緩緩走過；女子手拈一朵花，放在鼻子前，作嗅花狀。這番修飾無疑是掩飾缺陷的絕佳辦法，二人揚長避短取得了絕佳效果，騎在馬上的男子高大威武，嗅花的女子不但缺點頓失，而且還增添了一番別樣的羞澀之美。二人沒有任何言語的交流，但是眉目之間已然將情感表露無遺，臉上分明出現了

「一〇〇分」的表情，見面一結束便急切地讓媒人提親，一段姻緣就此結成。

拜堂成親，洞房花燭，二人一沒有馬騎，一沒有花遮，一切真相大白，二人大呼上當，痛罵媒人騙了自己，一時間鬧得雞飛狗跳，但是平靜下來之後，二人似乎也能接受這一事實，從一開始，他們二人其實就已經向著共同的方向走了，心理動向相同，如此想想，對方的缺陷似乎也不那麼討厭了。

這一版本中的男女主人公，被媒人有計畫地導演了一場「見面會」，在這場見面會中他們沒有坦誠相見，最後釀成的這杯酒，無論是苦是甜都需要他們自己來埋單。

當今時代進入到網路時代，男女相遇的機會更多，網路世界提供了更多發展戀情的「相遇」，當然，這種相遇，可以是網路世界中的相遇，亦可以是通過網路之後的現實世界的真實相遇。可供選擇的機會多了，是一好事，但是網路世界中的人們也要擦亮眼睛，切不可被那些花花草草亮瞎了眼睛，因為網路世界中「走馬觀花」式的相遇太平常了，「一見鍾情」似乎也不是什麼難事，一番包裝之後，隔著千山萬水，「美」便產生了：有人假扮軍官，迷倒女子一片，騙財騙色，還騙得對方心甘情願，其實，被剝下外衣之後不過是一個靠欺騙過生活的無業

＊中國農村題材的電視劇，劉大腦袋、王雲分別為其中角色。

遊民；已婚男子為網路上的紅顏知己夜不能寐，對方的綿綿情話讓他無法把持，最後毅然與妻子離婚，要與他的紅顏知己共同迎接生命的春天，誰知一切辦妥之後，女子卻「網」間蒸發了，QQ*黑著，微信無信，email不回，當初男子視作情感樂園的網路世界瞬間倒塌，他變得一無所有。

不過，前段時間，一則「女孩爬山邂逅意中人瘋狂尋找，欲放棄時對方現身」的新聞，又證明了網路相遇的美好，網路讓一次匆忙的「一見鍾情」沒有成為擦肩而過的遺憾，而成就了一次僅靠背影尋人的奇蹟，這便是愛情的力量，一次相遇，一生美好。

男女相遇，結果無非兩種，一是擦肩而過，二是發生點故事。世界這麼大，如果在千萬人中能夠遇見，就已經相當不易了；要是遇見了，還能碰出一點火花，互相「稀罕」對方，那就注定能夠發生一點故事了。到了這個階段，就開始進入戀愛了。

＊中國即時通訊軟體，由騰訊公司所成立。

二

待你長髮及腰

戀愛如同一條大河，是由無數大大小小的支流匯成的，這些支流是不同的戀情；這條大河是由無數的河段組成的，這些河段便是戀愛的不同階段。自然，處於源頭的便是初戀。不知是從什麼時候開始，似乎還在懵懵懂懂的時候，心中有了一絲愛的衝動：隔壁班的那個長髮飄飄的水一樣嫻靜的女孩是那樣的純美；籃球場上穿著白球鞋奮力扣籃的男孩是那樣的陽光。但是這種無以名狀的愛意，有人只能放在心裡，默默地注視著那個特定的他或她，欲言又止，欲說還休；有人則會大膽直接地向對方表白，不管結果如何。那種「怦怦跳」的心動，一生只有一次，無論甜蜜還是酸澀，終是一生最柔軟的回憶。

青梅竹馬、兩小無猜：無瑕的戀情

世間有一種愛，潔白如雪，冰清玉潔，沒有一絲雜質；世間有一種情，朦朧羞澀，青春悸動，沒有一絲後悔。此愛不容褻瀆，此情一生珍視，歷久彌新，永留心底。這便是初戀。

提到初戀，「青梅竹馬」「兩小無猜」非常自然地湧入腦海，兩個從小玩到大的小夥伴，一個是總角晏晏，一個是豆蔻佳人，一起走過天真無邪的年代，感情在「扮家家酒」的過程中一點點沉澱。

「青梅竹馬」與「兩小無猜」，這兩個成語都是出自唐代大詩人李白的詩句。李白的〈長干行〉寫道：

> 妾髮初覆額，折花門前劇。
> 郎騎竹馬來，繞床弄青梅。
> 同居長干里，兩小無嫌猜。
> 十四為君婦，羞顏未嘗開。
> 低頭向暗壁，千喚不一回。
> 十五始展眉，願同塵與灰。

常存抱柱信，豈上望夫臺。
十六君遠行，瞿塘灩澦堆。
五月不可觸，猿聲天上哀。
門前遲行跡，一一生綠苔。
苔深不能掃，落葉秋風早。
八月蝴蝶黃，雙飛西園草。
感此傷妾心，坐愁紅顏老。
早晚下三巴，預將書報家。
相迎不道遠，直至長風沙。

此詩是一首思婦詩，展現的是女子思念長期在外經商的丈夫的綿綿情思。在詩作的最開始，女子回顧了兩人孩提時代的嬉戲遊玩景象：當初女子還是小孩子的時候，頭髮還沒那麼長，有點像現在「齊劉海」的娃娃一般，女孩兒常常折一朵花在家門口嬉戲玩耍。每次女孩兒出現的時候，男孩兒都會拿著一根竹竿，當馬來騎，招呼著女孩兒一起來玩耍。這種「扮家家酒」式的玩耍戲路大多數孩子都玩過，這或許就是中國戲曲道具的由來原因，馬鞭一揮，就代表馬兒行走，與以竹竿為馬，何其相似，可見嬉戲之中亦可見文化因素。

忽然之間，玩興正濃的女孩兒抬頭看到了樹上青澀的梅子，青翠可愛，便想摘一個玩，但是由於「海拔」太低，跳來跳去也搆不著樹枝，於是，女孩兒將求助的眼神拋給了男孩兒，男孩兒心領神會，也想在女孩兒面前表現一下「男子漢」的風采，只不過，男孩兒的想法雖好，但是十二三歲的年齡，身體剛剛發育，他比女孩兒也高不了多少，蹦蹦跳跳也沒能搆著梅子。看著女孩兒失望的眼神，男孩兒心中不知為何動了一下，他只知道此時他不想讓女孩兒有著這種眼神，這種眼神會刺痛他。好在男孩兒腦袋靈活，左右看了一下之後，將自己騎的「白馬」竹竿拿了過來，用竹竿打下了幾個梅子。梅子落下來之後，女孩兒的嘴角瞬間上揚，眉飛色舞地拍手叫好，招呼男孩兒一起玩耍，於是，在井邊的護欄旁出現了兩個逗弄梅子的身影，他們一會兒站定觀看，一會兒環繞著護欄你追我趕，好不開心自在！

這樣開心歡快的嬉鬧在金陵古巷的「長干」不斷地上演著，兩人天真爛漫互相要好。兩家父母平日裡關係很融洽，彼此都知根知柢，看著兩個一起嬉戲玩耍的孩子，他們很開心，後來便不約而同地提出要讓兩個孩子結為夫妻之好。男孩女孩雖然並不是很明確婚姻為何事，但是想到兩人還能長相廝守，嬉戲遊玩，也是樂事一件，於是女孩在十四歲的時候，便嫁給了自己要好的這個玩伴。婚後兩人慢慢地成長著，也知道了夫妻與玩伴是不一樣的，他們之間的感情越來越深，發誓此生此世永遠恩愛，至死不渝。

恩愛的生活總是短暫的，在女孩十六歲的時候，男孩作為家庭的支柱外出經商，維持家庭的生活支出與家族的榮耀，女孩留守在家，日日夜夜長相思念。

以上便是「青梅竹馬」與「兩小無猜」的來歷，這是表現小兒女相親相愛的成語，指男女從小相識，一起玩耍，感情純潔，親密無間，沒有猜疑。

李白〈長干行〉中兩個沒有嫌隙的小兒女的情誼，在《紅樓夢》中變成了寶玉與黛玉的愛情傳奇。寶玉與黛玉的愛情被稱作「木石前盟」，黛玉本是三生石前的一株絳珠仙草，寶玉本是太虛幻境的神瑛侍者，他倆的結緣源自神瑛侍者每日裡以甘露澆灌絳珠仙草，絳珠仙草因此得以生存下來。後來神瑛侍者動了凡心要去往人間感受凡人的生活，絳珠仙草得知之後決定一併下凡了卻此番情緣，願意用一生的眼淚回報他當初的澆灌之恩。

「木石前盟」是在《紅樓夢》虛構的神話世界中寶玉與黛玉各自的前身之間的淵源，那麼，從神話世界中降入凡人世界的寶玉與黛玉，他們之間的愛情可以被稱作「青梅竹馬」「兩小無猜」式的。降入凡間的寶玉是「鐘鳴鼎食之家，翰墨詩書之族」的榮國府的公子，賈家老太太的心肝寶貝，黛玉則是賈家老太太的親外孫女，只因母親早早去世，身為外祖母的賈家老太太生怕黛玉無人照料、無人教育，便遣人將黛玉接到了賈府，帶在自己身邊，親自照顧。當時初入賈府的黛玉僅有六歲，寶玉也才七歲，兩人在「碧紗櫥」同吃同住，對於寄人籬下敏感的黛玉來說，寶玉就是她童年生活的開心果，惟有在寶玉那兒她才格外放鬆，而寶玉對黛玉更是異常地照顧，體貼備至，有什麼好吃好玩的第一個想到的便是他的「林妹妹」（當初姑娘來了，那不是我陪著頑笑？憑我心愛的，姑娘要，就拿去，我愛吃的，聽見姑娘也愛吃，連忙乾乾淨淨收著等姑娘吃。一桌子吃飯，一床上睡覺。丫頭們想不到的，我怕姑娘生氣，我替丫頭們想到了。《紅樓夢》第二十八回〈蔣玉菡情贈茜香羅 薛寶釵羞籠紅麝串〉）。一起走過童年的一對小兒女，他們的感情是其他人無法替代的，也是其他人無法言說的，時時待在一起自然親密過他人，兩人之間亦沒有什麼禮法的概念，最初也沒有什麼嫌隙猜忌（我心裡想著：姊妹們從小兒長大，親也罷，熱也罷，和氣到了兒，才見得比人好。《紅樓夢》第二十八回〈蔣玉菡情贈茜香羅 薛寶釵羞籠紅麝串〉）。

第十九回〈情切切良宵花解語 意綿綿靜日玉生香〉就是對二人兩小無猜之態的生動展示。那日黛玉午後睏倦，臥床小憩，寶玉未打招呼便來給黛玉解悶，即使黛玉讓他先去別處玩耍，他也厚著臉皮不走，並且表示在黛玉處最舒服，黛玉與他人是不一樣的（寶玉推他道：「我往那去呢，見了別人就怪膩的。」《紅樓夢》第十九回〈情切切良宵花解語 意綿綿靜日玉生香〉）這種類似於撒嬌的語氣，對於黛玉來說是很受用的，她也樂得寶玉只與她玩。寶玉看著黛玉躺著，很自然地和黛玉相對而臥，說起了悄悄話，她揩拭他身上的胭脂印，他嗅聞她袖中的幽香。這些舉動要是放在薛蟠那樣的呆霸王身上，不定生出什麼邪惡思想呢，但是寶玉與黛玉沒有一絲的邪念，也沒有一絲的尷尬，他們暱而不狎，愛而不淫。

懵懂的心，在小兒女的嬉戲玩鬧中生出一絲奇妙的感覺，就在小兒女還不知道「它」為何物時，「它」已悄然而至，不僅送來了一縷春風，而且慷慨地送來了整個春天。從這個意義上說，〈長干行〉中的小兒女、《紅樓夢》中的寶黛是幸福的，因為玩伴很多，卻並非所有的人都能綻放出燦爛煙花，或許是太熟悉了，熟悉到無法共譜那首澀澀的歌謠。

金屋藏嬌：美麗的童話

歷史上還有一對小兒女，在他們少不更事（年紀輕，沒有經歷過什麼事情，指經驗不多。出自《隋書．李雄傳》：「吾兒既少，更事未多。」）的年紀，他們為世間男女留下了一個美麗的童話，也留下了一個世人皆知的成語——金屋藏嬌。

「金屋藏嬌」，也稱「金屋貯嬌」，源自漢魏小說《漢武故事》，是與漢武帝有關的一則成語。漢武帝，原名劉彘，根據《漢武故事》的記載，劉彘四歲的時候被立為膠東王，幾年之後，他的姑姑館陶長公主將他抱在膝蓋之上，開玩笑似的問劉彘：「彘兒想不想娶個媳婦呀？」劉彘很爽快地回答：「要啊。」館陶長公主聽了之後哈哈大笑，這小不點心思還不少呢，便指著周圍的百餘名侍女讓劉彘挑選，選中哪個就把哪個賜給他，結果劉彘左右看了一番，都沒有相中。娶媳婦的事情是館陶長公主提出來的，雖然是姑侄倆的玩笑話，也不能讓大侄子太沒面子，後來，館陶長公主便指著自己的女兒阿嬌問劉彘：「讓你妹妹阿嬌給你做媳婦好嗎？」聽了姑姑的這句話，劉彘一下子笑逐顏開，拍手叫好，並且很鄭重地對館陶長公主說：「如果娶了阿嬌做媳婦，我一定要造一個金屋子，讓阿嬌來住。」衝口而出的語言是最能反映人的真實心理的，在這一點上，它要好過深思熟慮之後的場面話。館陶長公主看著滿臉稚嫩的劉彘此時偏偏鄭重其事，很是高興，自己貴為公主，當初婚配之時也沒有感受到這種「愛的約定」，自己沒有感受過的幸福，自己的寶貝享受了，心中亦是開心的。因此，館陶長公主便極力向漢景帝請求，給劉彘與阿嬌這一對小兒女定下了婚事（漢景皇帝王皇后內太子宮，得幸，有娠，夢日入其懷。帝又夢高祖謂己曰：「王夫人生子，可名為彘。」及生男，因名焉。是為武帝。帝以乙酉年七月七日旦生於猗蘭殿。年四歲，立為膠東王。數歲，長公主嫖抱置膝上，問曰：「兒欲得婦不？」膠東王曰：「欲得婦。」長主指左右長御百餘人，皆云不用。末指其女問曰：「阿嬌好不？」於是乃笑對曰：「好！若得阿嬌作婦，當作金屋貯之也。」長主大悅，乃苦要上，遂成婚焉。《漢武故事》）。按照《漢武故事》的脈絡，劉彘與阿嬌的愛情是在一對表兄妹平時的交往過程中自然而然締結而成的，在眾人當中唯獨阿嬌讓他開心，這種愛很感性，但卻是小兒女的真切情思。

劉彘要為阿嬌造一座金屋，感動了館陶長公主，感動了阿嬌，也感動了後世的許多人，尤其是視愛情如事業的女人們，將其視為最美麗的童話。其實，「金屋藏嬌」為美麗童話的說法，正是切中肯綮，緣由有三。

第一，愛情象徵。

童話是美好的，相信童話，就等同於相信生活是美好的，好多人在欣賞童話的同時，是將自己投射到童話當中，幻想著自己就是童話的主角，以獲得一種精神的慰藉。劉彘要打造的「金屋」，不僅僅是一座金碧輝煌的宮殿，更重要的是劉彘對阿嬌愛的宣言，源自對阿嬌的喜愛與重視，試若對一個不相干或者不喜歡的人，有誰會如此大費周折？雖然劉彘的「金屋」當時只是口頭上的承諾，但是後來劉彘娶了阿嬌、登上皇帝寶座之後，阿嬌便入主中宮，那座真真實實、金碧輝煌的皇宮，又何嘗不是當初許諾的那座「金屋」呢！

第二，出處不靠譜。

「金屋藏嬌」是美好的，但是這種美好的可信度要打一個問號。「金屋藏嬌」的記載，不見於任何正史記載，《史記》《漢書》以及其他漢代的文人作品，都未有記載，只有《漢武故事》一書有言。正所謂「孤證不立」，而且《漢武故事》是一部雜史雜傳類的小說，小說與史書最大的不同在於，小說是「因文生事」，強調虛構，史書是「以文運事」，注重真實。《漢武故事》也不例外，很多記載與《史記》《漢書》的記載相出入，並且其中有一些近似荒誕的妖妄之詞（多與《史記》《漢書》相出入，而雜以妖妄之語。《四庫全書總目提要》）。記載「金屋藏嬌」故事的典籍本身的可信度不高，這一故事的真實性就是一個問題，至少在沒有其他相關文獻記載的前提下，我們不能貿然斷定這是歷史的真實。

第三，愛情有附加因素。

童話是美麗的，但是美麗的童話在現實的映照下往往漏洞百出，不可細究。劉彘與阿嬌的故事，《漢武故事》的記載，並非完全空穴來風，這應當是在歷史真實基礎上的虛構。劉彘與阿嬌確實是夫妻，阿嬌確實是劉彘的首位皇后，但是，他們二人的婚姻，不是用純粹的愛情所能解釋的，其中有很大的政治因素。

先從館陶長公主說起。館陶長公主最初選定的女婿並非劉彘，而是另有其人。當時，漢景帝已經立兒子劉榮為太子，劉榮的母親為栗姬，野心頗盛的館陶長公主為了進一步鞏固自己的地位，想讓自己的女兒阿嬌與太子劉榮成親。館陶長公主在當時竇太后與漢景帝面前說話很有分量，朝中亦有一定的勢力，此親事一旦結成，受惠的不單單是館陶長公主一方，太子劉榮亦是受惠方。本來是雙贏的事情，但是因為太子母親栗姬的嫉妒之心而夭折了。原來館陶長公主為了籠絡漢景帝之心，時常為漢景帝贈送美人，而這些美人在漢景帝那兒所得到的寵愛大大多於栗姬，感受到冷落的栗姬將所有的過錯都算到了館陶長公主的頭上：要不是有這個大姑子的挑唆，自己何至於如此？現在還想與我貴為太子的兒子結親，門都沒有，自己回去思過去吧！栗姬果斷回絕了館陶長公主，或許她從這一回絕中找到了一絲心理平衡，獲得了情緒的宣洩，但是，她萬萬沒有想到因為自己的妒忌，最終葬送了兒子的前途，也葬送了自己的生命。

大姑子惹不起，宮廷裡的大姑子更惹不起，宮廷裡的大姑子館陶長公主最最惹不起，這是一個極有政治手腕的女人，惹惱了她，能有好果子吃嗎！顏面掃地的館陶長公主被拒絕之後，便對這個不知好歹的兄弟媳婦下手了，不斷在漢景帝面前說栗姬的壞話，這些壞話對於栗姬來說是致命的，漢景帝明顯地對栗姬日漸生怨（景帝長男榮，其母栗姬。栗姬，齊人也。立榮為太子。長公主嫖有女，欲予為妃。栗姬妒，而景帝諸美人皆因長公主見景帝，得貴幸，皆過栗姬，栗姬日怨怒，謝長公主，不許。長公主欲予王夫人，王夫人許之。長公主怒，而日讒栗姬短於景帝曰：「栗姬與諸貴夫人幸姬會，常使侍者祝唾其背，挾邪媚道。」景帝以故望之。《史記》卷四十九〈外戚世家〉）。除此之外，館陶長公主也在漢景帝的其他兒子中尋找合適的聯姻對象，最後館陶長公主瞄上了膠東王劉彘，劉彘的母親王夫人與栗姬相比，更加理性，也更加明白政治的詭譎，更清楚這位大姑子的威力，非常痛快地便約定了兩門親事：一是劉彘與阿嬌，一是館陶長公主的次子陳蹻與王夫人的三女兒隆慮公主。兩門親事一定，館陶長公主與王夫人的「統一戰線」自然達成，之後她們為了共同的目標發動了進攻，最終，劉榮太子之位被廢，栗姬鬱鬱而終，劉彘靠著兩位「母親大人」的努力，被立為太子（廢太子為臨江王。栗姬愈恚恨，不得見，以憂死。卒立王夫人為皇后，其男為太子，封皇后兄信為蓋侯。《史記》卷四十九〈外戚世家〉）。

通過《史記》史實的梳理，方知劉彘與阿嬌的婚姻是政治聯姻，中間摻雜著王夫人與館陶長公主各自的政治利益，並不是他們一對小兒女可以左右的。在這過程中，劉彘是何態度已不可知，他是被蒙在鼓中，還是也參與其中，已經隨著歷史的遠去而成為永久的謎。但是，館陶長公主的聯姻主張絕不可能單單因為一句「金屋藏嬌」的誓言而生，在她那裡權勢要比誓言來得更實際。我們可以推測一下，被摻雜上政治因素的婚姻，在劉彘明曉真相或者有能力支配他的婚姻時，「金屋」裡藏的阿嬌還能否如童話中的公主一般幸福呢？阿嬌從「金屋」到「長門冷宮」的轉變，無情地揭下了童話的面紗。

「金屋藏嬌」「金屋貯嬌」，最初源自《漢武故事》中的一段誓言，並沒有概括成固定的詞語，意思是營造華麗的屋子迎娶心愛的女子。不管是歷史事實，還是文人的虛構，「金屋藏嬌」「金屋貯嬌」被後世人以獵奇獵豔的心理吸納過來，只不過後人在吸納的過程中，「金屋藏嬌」「金屋貯嬌」的意思發生了變化，多從字面意思出發解釋，用來指納妾，或者藏外寵，「金屋」所藏的「嬌」，也便由有具體指稱對象的詞變成了一個泛稱，阿嬌演變成了一個個嬌美的女子。這種變化的出現，或許與愛情神話的破滅有關。

情竇初開、秋水伊人：初戀不顧一切

〈長干行〉青梅竹馬、兩小無猜的愛情，劉彘金屋藏嬌、金屋貯嬌的愛情，有一個共同點，那便是相戀的一對小兒女是從小的玩伴，他們的情感是在朝夕相伴的歲月裡、嬉戲的遊戲中形成的。這是初戀的一種類型，這樣的愛情是美好的，也是幸運的，更是幸福的。除此之外，初戀的另一種類型是「秋水伊人」式的，戀愛的對象不是從小的玩伴，而是之前與自己不相關的一個人。

「秋水伊人」，出自中國現存最早的一部詩歌總集《詩經》，《詩經》收錄了十五個地區的曲調、歌詞。其中有一個地區的樂歌被稱作「秦風」，所涵蓋區域包括今陝西省、甘肅省天水地區等，此地區以驍勇尚武著稱，以慷慨激昂聞名（山西天水、隴西、安定、北地處勢迫近羌胡，民俗修習戰備，高上勇力鞍馬騎射。故〈秦詩〉曰：「王於興師，修我甲兵，與子皆行。」其風聲氣俗自古而然，今之歌謠慷慨，風流猶存耳。《漢書》卷六十九〈趙充國辛慶忌傳〉），張藝謀導演的電影《英雄》中整裝待發、齊呼「大風」的將士，便是此種風俗的現代遺存，《詩經．秦風》中的〈無衣〉則是先秦時代秦地風尚的集中代表。但是，就是在這樣一個以強悍威武著稱的地區，出現了一首纏綿悱惻、風格唯美的愛情詩，這首詩便是流傳久遠的〈蒹葭（音同兼佳）〉：

蒹葭蒼蒼，白露為霜。所謂伊人，在水一方，溯洄從之，道阻且長。溯游從之，宛在水中央。

蒹葭萋萋，白露未晞。所謂伊人，在水之湄。溯洄從之，道阻且躋。溯游從之，宛在水

中坻。

蒹葭采采，白露未已。所謂伊人，在水之涘。溯洄從之，道阻且右。溯游從之，宛在水中沚。

〈蒹葭〉一詩在《詩經‧秦風》中的出現，再一次證明了「鐵漢亦有柔情」，在愛情面前人人平等，都有愛的權利與能力。此詩被稱為與現代朦朧詩派相貫通的詩作，詩篇首先描繪了一幅「秋晨水邊圖」，用空靈縹緲的意境引人入勝，這是怎樣的一個情況？是誰在蒼涼幽渺的時空裡出現？他在幹什麼呢？這是一個臨河而立的男子，身材頎長偉岸，眼睛盯著對岸左右移動著，時而興奮，時而焦灼，時而目視前方，時而翹首以盼，吸引他的是對岸的一位女子，這位女子是什麼樣態？這位女子的長相如何？對此，〈蒹葭〉都沒有揭示，按照常理推測，以男子的執著態度，女子一定有著獨特的韻味，或者貌美如花，或者婀娜多姿，或者輕舞飛揚，或者嫻靜如水，但實際上，男子對女子的身分一無所知，男子甚至連女子的樣貌如何都無從說起，兩人也沒有對過話。那天早上男子因事來到了河邊，突然他的眼神被河邊那個若隱若現的白色身影吸引了，這一道白光撞擊著男子的心靈，一發不可收，愛情沒有任何道理可言，他就不可救藥地愛上了，一下子陷入了情網。

愛情來得太突然，突然到無法拒絕，突然到有些不可思議，只因為一個若隱若現的身影便喜歡上了，並且愛得那樣地堅定，那樣地執著：女子的影像在男子的注視之下，在霧氣的瀰漫之下，似乎有點虛幻，有點模糊，一會兒「宛在水中央」，一會兒「宛在水中坻」，一會兒「宛在水中沚」。即便如此，男子也沒有半絲懷疑，他認定了這個撩動他心弦的影子，隨著女子倩影的移動，男子水路、陸路地尋找，頗有點「上窮碧落下黃泉」的感覺，怎奈秋水湯湯，思之容易，行之不易。

這種沒有任何要求沒有任何雜念的愛情，這種青澀而不計後果的愛情，或許只會出現在初戀之時，似乎只有在情竇初開（指少年男女心中剛剛萌生愛情。出自清代李漁《蜃中樓・耳卜》：「但凡人家子弟，長進不長進，讀得書與讀不得書，全看情竇初開的那幾年。」）的少男少女時代方有。

以上便是成語「秋水伊人」的來歷，指的是思念的那個人。〈蒹葭〉的意境朦朧而真實，寂寥而不蒼涼，只因如此，在於其中有愛，有對愛的追索，因此吸引、征服了後代的許多文人，戴望舒〈雨巷〉中那個「丁香一樣的，結著愁怨的姑娘」，便是「秋水伊人」的翻版，酷愛古典文學的瓊瑤據此創作了小說《在水一方》，並留下了舒緩悠揚的同名歌曲〈在水一方〉：

綠草蒼蒼，白霧茫茫，

有位佳人，在水一方。
綠草萋萋，白霧迷離，
有位佳人，靠水而居。
我願逆流而上，依偎在她身旁。
無奈前有險灘，道路又遠又長。
我願順流而下，找尋她的方向。
卻見依稀彷彿，她在水的中央。
我願逆流而上，與她輕言細語。
無奈前有險灘，道路曲折無已。
我願順流而下，找尋她的足跡。
卻見彷彿依稀，她在水中佇立。
綠草蒼蒼，白霧茫茫，
有位佳人，在水一方。

瓊瑤作詞的〈在水一方〉，是對〈蒹葭〉中「在水一方」的「秋水伊人」的頌美，亦是對為愛執著的男子的頌美，可謂此男子的異代知己，得其所哉！

初戀只有一次，它發生在情竇初開的懵懂時代，雖然說「初戀不懂愛情」，雖然說初戀亦有甜蜜與苦澀之別，但初戀總是心中最柔軟最不能被忘記的地方，它如同一顆璀璨的明珠，映照著過往的青春；初戀如同一張泛黃的老照片，總是在不經意間照亮心底的記憶；初戀如同樹上的青梅，讓人垂涎，放一粒在嘴中，青澀之感，一生不會忘記；初戀如同賣水果大媽打出來的廣告——「甜過初戀」，自有一番甜蜜浪漫在心中。人們總說初戀是最難忘的，其實，難忘的不是初戀的那個「人」，而是「初戀那些事」、「初戀那份情」，因為，初戀時愛的未必是真真實實的那個人，初戀的對象有時只是自己幻想中的那個「完美女孩」「光環男孩」，所有想像世界中的美好全部新增到了戀愛對象身上，初戀更為欣賞的是自己那未曾體驗過的、青澀的、全身投入的感覺。正如同〈蒹葭〉中的不求回報的男子一樣，在未曾見面的「戀人」面前，他在自己的腦海中製造出了一個完美戀人，這是自造的幻影，但為此幻影上下求索亦是無怨無悔。

瓊瑤的《窗外》、張藝謀導演的《山楂樹之戀》，就是對這種純潔無瑕、原汁原味的初戀的敬禮，人們在為其中的情節、情感感動感慨的同時，實際上也是為自己的初戀所感動所感慨。當人們再次回憶自己的初戀時，回憶的亦是那份連自己都被感動了的真誠，紀念的是自己「逝去的青春」，所以千萬不要和人的「初戀」較勁，無須嫉妒，無須擔憂，當然，亦不要觸碰、否定某人的「初戀」，在初戀面前沒有勝者。初戀是一種自我的救贖，與他人無關。

三

相約在荒煙蔓草的年代

愛情就是一個故事，約會是這個故事中非常重要的情節。男女雙方，不管是如何認識的，只要彼此還不是那麼相互討厭，就有約會的可能。男女之間約會，也因此成為兩情相悅的美麗故事。浪漫的約會往往是成功愛情的開端。在古代，由於有那麼多禮教條條框框的約束，男女之間的約會不像今天青年男女那麼坦然，而是多了些偷情的意味。約會的難度，無形之中增加了約會的魅力。那麼，古人是怎樣約會的呢？讓我們一起來重溫荒煙蔓草年代的男女約會。

桑中之約、桑間濮上：約會的好去處

現在很多地方經常舉辦萬人相親大會，為在忙碌生活中的男男女女提供見面、認識、約會的機會與平臺，其實，這種約會形式，並不是現代人的首創，因為古已有之，而且在很早的時候就有了。

周朝的時候，國家對男女婚姻就有了很細緻的制度。制度規定：每年的春天，農曆二月的時候，青年男女必須參加國家舉辦的相親大會。在這個規模宏大的聚會上，男女雙方，只要看對了眼，根本不需要什麼煩瑣的手續，就可以手拉手，走進附近的密林，立刻結合。這在當時是國家、社會允許的，是很正常的事情。反之，如果一個人沒有什麼特別的原因而不去參加這次聚會，國家會給予一定的處罰（中春之月，令會男女，於是時也，奔者不禁。若無故而不用令者，罰之。《周禮·地官·媒氏》）。

在後人眼中，尤其是儒家學者的追憶裡，西周是一個特別講究禮儀（孔子所謂「郁郁乎文哉」）的時代，娶個老婆要經歷六道煩瑣的手續，為什麼國家還舉辦如此的聚會，全然不顧這些程序了呢？

我認為，至少有兩個重要的因素。

一是人口的因素。

在古代，衡量一個國家是否強大有兩個指標很重要：人口、土地。這兩個指標也可以歸結到一個，即人口。人口多了，兵力就多了，可以開疆拓土，至少能夠保持土地不被他國侵占。所以，人口數量，在古代非常關鍵。再者，中國古代是農業社會，人口始終是社會發展的基本動力源泉。缺乏各種現代農業機械的古代，人力是解決一切困難、發展農業生產、增加社會財富、提高人民生活的唯一保障。這種觀念，持續悠久。以前，我們在描述中國國情的時候，還經常說「地大物博，人口眾多」，還經常說「人多力量大」，都是這種觀念的遺留。

戰國時期，孟子來到大梁（今為河南開封），見到魏國的最高領導梁惠王時，梁惠王向孟子請教的就是如何增加人口與土地的問題。梁惠王說：「我對於這個國家治理真的是很盡心盡力，這個地方發生了饑荒災害，我就給百姓調撥糧食，讓他們遷移到沒有災害的地方，另外的地方出現饑荒，我也這麼處理。我對國家治理真的是很用心的啊。鄰國的國君絕對比不上我，但是，為什麼他們的人口沒見減少，我的人口也沒見增加呢？」（寡人之於國也，盡心焉耳矣。河內凶，則移其民於河東，移其粟於河內。河東凶亦然。察鄰國之政，無如寡人之用心者。鄰國之民不加少，寡人之民不加多，何也？《孟子．梁惠王上》）孟子給出了一個什麼建議，姑且不說，單單看梁惠王最關心的國家大事，就是人口的問題、土地的問題。當然，梁惠王增加人口的措施並非是通過本國人口的生育，可能這樣他嫌太慢了，他想通過國家對百姓民生的關懷來吸引他國的移民，在那個時候，百姓移居他國還是很容易的。這當然是很急功近利的做法。西周國家政府則是通過組織男女聚會，強制青年男女，尤其是大齡青年男女（令男三十而娶，女二十而嫁。《周禮・地官・媒氏》），造成「事實婚姻」的做法，以此來增加人口。這不失為一個從根本上解決問題的措施。

國家通過強制措施，讓青年男女結合，以此增加人口數量，提升國家的實力，但是，為什麼要通過組織類似「萬人相親大會」的方式呢？這其中還有其他的原因。

二是原始儀式的遺留。

古人對人類自身「種的繁衍」認識還沒那麼清晰、科學的時候，行為中包含了很多宗教色彩。通過舉行頗有宗教意味的祭祀「郊禖」之神，以此實現生育。《詩經》中有一組詩歌，反映周民族的產生、發展、壯大的歷史，一般我們稱之為周民族的史詩。其中，第一首名為〈生民〉，寫周民族的祖先后稷的出生。

《詩經》上說，周民族的女性祖先姜嫄，在野外看到一個大腳印，很好奇，就上去踩，踩到腳印上，內心就那麼「一激靈」，於是懷孕了，生下了后稷（厥初生民，時維姜嫄。生民如何？克禋克祀，以弗無子。履帝武敏，歆，攸介攸止。載震載夙，載生載育，時維后稷。《詩經・生民》）。這裡寫得很神奇。其實，這不過是一種原始的求子儀式。由男子扮演一個生育的神，姜嫄與之載歌載舞，沿著生育之神的腳印，完成一定的儀式，最後實現兩個人的結合，如此而已。

這種原始的儀式，在西周逐漸演變為「中春之月，令會男女」的習俗，中國古代有個傳統節日——上巳節，即每年的三月上旬的一個節日，這個節日就是一個祭祀生育之神、求偶、求育的節日，逐漸成為男男女女名正言順約會的節日。

至於為什麼會在春天進行，這很好理解。春天是個萬物甦醒、發芽生長的季節，古人很自然地將其與人類自身的繁衍聯繫在一起，而且，在這樣的季節，不冷不熱，適宜男女野外的聚會、「野合」。

正是因為這樣的原始風俗，漢語中生成了幾個與此相關的成語，如「桑中之約」「桑間濮上」，都是反映古代男女約會的。

桑中之約，出自《詩經》，「桑中」的意思是「桑林之中」，即在桑林之中約會。《詩經·鄘風·桑中》全詩如下：

> 爰采唐矣？沬之鄉矣。云誰之思？美孟姜矣。期我乎桑中，要我乎上宮，送我乎淇之上矣。
>
> 爰采麥矣？沬之北矣。云誰之思？美孟弋矣。期我乎桑中，要我乎上宮，送我乎淇之上矣。
>
> 爰采葑矣？沬之東矣。云誰之思？美孟庸矣。期我乎桑中，要我乎上宮，送我乎淇之上

矣。

為什麼要到桑林中約會呢？古代國家有兩件大事：祭祀與戰爭（國之大事，在祀與戎。《左傳．成公十三年》）。祭祀必須有場所，祭祀的對象不同，場所也不一。其中比較重要的是「社」，是祭祀土地的場所，「社」因此也便成為國家的代稱。「江山社稷」「社會」等稱謂便由此而來。

在社的周圍，一般都會種些桑樹。桑樹枝葉繁茂，不僅能夠養蠶織布，而且象徵著旺盛的生命力。古代祭祀生育之神，其場所一般在郊外，所以稱之為「郊禖」，周圍也會種植大量的桑樹。桑樹在古代詩文中是經常見到的物種。換句話說，古人生活環境中到處都是這種植物，所以，發生在桑林中的愛情故事不僅自然而然，而且也多少帶點象徵意味，意味著人的旺盛的生生不息的生育能力。

〈桑中〉這首詩歌，就是反映了在這樣的生活背景以及文化氛圍下，男女約會以及男歡女愛的事情。雖然對這首詩歌有多種不同的理解，但有一點是沒有差異的，即男女情愛。

儘管有人將這首詩歌的內容句句坐實，但我個人更傾向於一種儀式，或者說是一種表演。故事中的採摘女蘿，採摘麥子，採摘蕪菁，雖然都是勞動，但可能只是表演性質的，或者說是通過歌舞來體現的這些勞動內容。在表演之中迸發的情慾，或者說是愛情，悄然生長，於是，姜家的大姑娘約我到桑林中幽會。在茂密的桑林之中，男女結合，帶著濃厚的原始氣息，是對愛情狂野的追求，是生命的創造，生命之樹在愛的潤澤裡發芽、生長。結束之後，戀人還依依不捨，送我到淇水邊上。

這就是「桑中之約」的原始出處，後人就用這個成語指代「男女之間的密約幽會」。與「桑中之約」意義比較接近的，還有一個成語：桑間濮上。

桑間在濮水之上，是古代衛國的地方，此地為何叫「桑間」，古書雖沒有明確記載，但一定與桑林有關，因此，一定與男歡女愛有關。所以，古人這樣說：「這是男女聚會之地，是男歡女愛的場所（衛地有桑間濮上之阻，男女亦亟聚會，聲色生焉。《漢書．地理志下》）。」後人就用「桑間濮上」指代男女約會。

從某種程度而言，「桑中之約」、「桑間濮上」的約會，是被當時社會認可，甚至是鼓勵的。不過，古人的約會與今天單純的見見面、吃個飯、看看電影等還不完全一樣，往往約會之時，順便把接下來的所有事情一塊兒給辦了。所以，這種約會，帶有相當多的情愛色彩。除此之外，在古代，男女之間的情愛，都受到很多方面的限制，所以，經常是偷偷摸摸地進行。成語「搔首踟躕」就與此有關。

花前月下、月約星期：約會可不是秀給別人看的

今天的男男女女，一旦希望與某個特定的異性約會，一般就是通過邀請對方吃吃飯、喝喝茶、看看電影、聊聊天諸如此類的方式進行，只要雙方不是很討厭的話，實現這一點並不困難。但是，在古代卻不行，男子也罷，女子也罷，他們都不敢將對方約到大庭廣眾之地，所以往往會選擇一個人跡罕至的去處，偷偷摸摸地約會。這樣的約會方式，雖然不是那麼容易，在一定程度上恰恰增加了約會的魅力。

清代有一首歌謠（楊次也《西湖竹枝》其一），對約會男女不希望他人遇見、不希望他人在場的細膩心理，闡釋得很有意思，相當到位：

自翻黃曆揀良辰，幾日前頭約比鄰。
郎自乞晴儂乞雨，要他微雨散閒人。

一對青年男女，費盡心思，終於定下了一個約會的日子。男子心粗，只盼望約會那天最好天氣晴朗，為什麼呢？因為天晴好做事、做好事。女孩子呢，心思細膩，她首先想到的就是人多眼雜這個煩人的問題，所以她乞求老天爺最好來點雨，下是下，但雨也不能下得太大，因為

瓢潑大雨會使自己的約會泡湯，但也不要三兩個雨點，因為雨太小了不能將閒雜人等驅散。雨要不大不小，雨的大小程度要以能夠把那些到處轉悠的閒人趕回家中為宜。這個約會中的女孩子心思很有意思，從中正好發現男女之間的約會不僅要偷偷摸摸地進行，而且是不希望他人圍觀的。儘管約會很令人興奮，也許很幸福，但這個時候還不是「秀恩愛」的時候。

這首詩歌是清人寫的，時代很晚了，但約會的情感心理一直沒有變，因為《詩經》中有一首名為〈靜女〉的歌謠，反映的也是一次青年男女偷偷摸摸約會的場景。全詩如下：

靜女其姝，俟我於城隅。愛而不見，搔首踟躕。
靜女其孌，貽我彤管。彤管有煒，說懌女美。
自牧歸荑，洵美且異。匪女之為美，美人之貽。

很明顯，這是一首描寫男女約會的詩歌。從詩歌內容推測，這次約會是一個美麗的女子主動發起的。約會的地點就在「城隅」，也就是城牆的一角。兩人為什麼要把約會的地點安排在城牆角呢？城門附近人來人往的，人最多，而城牆角的人就少，沒事誰也不會去那裡瞎轉悠，所以，城牆角作為男女幽會的場所就顯得更為合適一些。

約會時一般男子要提前趕到「老地方」，但這首詩中姑娘到得比較早。到了之後，男子還沒來，不知是出於害羞，還是其他什麼心理，女子事先躲藏了起來，偷偷看看男子的表現。男子到了之後，沒看到女子，是女子變卦不來了呢，還是有什麼事情耽擱了呢？男子內心焦灼不安，抓耳撓腮，走來走去。詩歌抓住了男子「搔首踟躕」這個動作細節，將約會之中男子的焦急的心理展現得很形象細緻。

當然，不是所有的約會都像〈靜女〉描繪得這般浪漫而有情調的。在春秋時期，就有一位痴情男，興高采烈去赴一場約會，結果不但「等的花兒都謝了」，最後還把自己的性命給搭上了。這個就是歷史上著名的「尾生抱柱」的典故（尾生與女子期於梁下，女子不來，水至不去，抱梁柱而死。《莊子．盜跖》）。

古人用這個典故，往往是為了說明尾生如何守信，尾生成為古代誠實守信的典範。在此，我們不妨將關注點轉移一下，轉向尾生的約會地點：大橋之下。為什麼尾生不將地點定在大橋之上呢？那樣的話，既能堅守信諾，又不會發生為了守信而喪命的悲劇了。大橋之上，人來人往，哪裡能是約會的好處所呢！大橋之下，人跡罕至，而且還有生命危險，就更不會有人來了。這才是尾生為什麼選擇「梁下」的根本原因。

一方面，古代男女約會受到各種教條的阻礙，比如「父母之命，媒妁之言」，比如「男女授受不親」，等等，總之遠遠沒有今天那麼自由。另一方面，男女之間的約會是要營造一個二人世界，又生怕他人的閒言碎語，一般不需要「第三者」在場，所以，約會需要偷偷摸摸地進行。與此關聯，形容這方面的成語也多含有「背地裡」「偷偷地」之意，如「暗約私期」「暗約偷期」，「暗」「私」「偷」，都是「背著人」的意思，這兩個成語均指私下裡、偷偷地相互約定。

總之，不管過去還是今天，男女約會，選擇一個合適的場所很重要，安靜、人少，恐怕古今男女約會都希望如此。如果沒有一個合適的場所，就需要選擇一個合適的時間，比如說，白天人多，人多嘴雜，那夜晚人少，夜深人靜，這就是一個很好的時間。「花前月下」「月約星期」，這些成語就是對此種心理的反映。

不過，「花前月下」這個成語最初並不是用來指代男女約會的，它出自唐代詩人白居易的一首詩歌〈老病〉：

> **晝聽笙歌夜醉眠，若非月下即花前。**
> **如今老病須知分，不負春來二十年。**

從詩歌的名稱上來看，白居易這首詩歌應該是晚年的時候寫的，晚年的白居易經歷過宦海沉浮，把一些問題都看淡了，開始追求一種優雅閒適的生活，所以他晚年的創作主要是「閒適詩」，藝術成就很高。這首〈老病〉詩就反映了白居易「樂天知分」的心態：白天欣賞欣賞鮮花，聽聽優美的音樂，晚上在月光之下喝點小酒，自在自足，恬然自安，這是白居易欣賞的生活。從「花前月下」產生的具體語境來看，最初指的是遊樂休閒的美好環境。因為男女約會，需要一個美好的環境，所以這個成語後來就專指談情說愛的場所了。為什麼會選擇「月下」，恐怕不僅僅是因為有月亮的晚上，「月朦朧，鳥朦朧」，更有情調，也有夜闌人靜、夜晚人少的意思吧。與此相近的是「月約星期」，這個成語不是說「月亮」與「星星」的見面，而是指男女在星前月下、偷偷摸摸的見面約會。

古人的約會多選在夜晚，而且，古人約會也真是不易，所以，很多時候，約會就不單純是純粹的見面、聊天，互相瞭解，增進感情，而是把更多的事情也一塊兒給辦了，因此古人的約會順理成章地就有了偷情的意味。成語「雲期雨信」「雨約雲期」，意思雖然都是指男女約會，但其中的「雲雨」，就已經說明了不是單純的見面聊天那些事，更有「靈與肉」的結合。「雲」與「雨」，本是兩種自然現象，但在文學語境中，往往是男女交合的文雅稱呼。這樣的指代由來已久，出自署名宋玉的一篇文章，寫楚王到高唐遊玩，做了一個美夢，夢見一個美女，前來自薦枕蓆，離開之時說：「妾在巫山之南的一座山上，天亮的時候就是天上的雲彩，傍晚的時候就化成淅淅瀝瀝的小雨，就這樣如此朝朝暮暮（在巫山之陽，高丘之阻。旦為朝雲，暮為行雨，朝朝暮暮，陽臺之下。〈高唐賦〉）。」後來的文人，就用「巫山雲雨」指代男女歡合，更多的時候直接用「雲雨」表達這種意思，如《紅樓夢》中寫賈寶玉第一次的男歡女愛，那一回的題目就是「賈寶玉初試雲雨情」。

當然，這種約會以及與之伴隨而來的偷情，在文人的筆下，往往寫得很高雅，很「小資」。如南唐國主李煜與小周后最初的曖昧故事。

李煜是南唐的最後一任國君，歷史上習慣稱其為李後主。李煜的第一任皇后是大周后，小周后是大周后的妹妹，比姊姊小十四歲。李煜與大周后成婚的時候，小周后年僅五歲。小周后天生活潑，美麗可愛，深受李煜母親的喜愛，時常派人接她到宮中小住。大周后去世的時候，小周后已經出落成十五歲的婀娜少女了。

據文獻記載，小周后是在大周后病逝之前就已經進宮了，在大周后病重期間，李煜與他的這位小姨子就開始正式約會了，因為大周后還在世，所以約會不可能光明正大地進行。但是，「生性好詞」的李煜，把他自己的這段風流韻事寫進了一首詞牌為〈菩薩蠻〉的詞中：

> **花明月暗籠輕霧，今宵好向郎邊去。剗（音同產，猶言「光著」）襪步香階，手提金縷鞋。**
>
> **畫堂南畔見，一向偎人顫。奴為出來難，教郎恣意憐。**

這明顯是一首描寫男女幽會之詞。後來評論家一致認同這是李煜與小周后情事的紀實。從這首詞的內容看，月暗霧籠之夜，小周后應姊夫之約，提著鞋子，光著小腳丫，躡手躡腳，生怕被人發覺，偷偷摸摸地前去與李煜約會偷情。光著腳丫的小周后，依偎在李煜的懷裡，粉嘴喃喃：我來一趟可不易喲，你想怎樣就怎樣吧。

李煜的詞在當時流傳很快、很廣，所以，他這首自傳性質的記載，很快就傳遍了金陵的大街小巷，老百姓對此津津樂道，以致後來李煜正式迎娶小周后的時候，金陵城萬人空巷，都去圍觀這個光著腳丫、提著鞋子、半夜與姊夫幽會偷情的小女子的風采。文獻記載說，當時有人為了能夠看上一眼，爬到房頂上，竟有因此掉下來斃命者。

所以說，古人約會，有兩個要素必須考慮周全，一個是地點問題，一個是時間問題。要選擇一個人跡罕至的地方，要選擇一個大部分人都休息的時間。其實，對於時間，不僅考慮人多人少的問題，還要考慮時間長短的問題。

男女約會，心理時間過得特別快，情意綿綿的男女總覺得時間不夠用，所以，南朝民歌中就出現了這樣咬牙切齒的詛咒與乞求：

打殺長鳴雞，彈去烏臼鳥。願得連冥不復曙，一年都一曉。（〈讀曲歌〉）

公雞啼鳴，烏臼鳥叫，意味著天就快亮了，而約會中的男女還沒待夠，還沒有親熱夠，所以就發了如此的感嘆，把那天殺的公雞、烏臼鳥統統給弄死，好像除掉這些，天就不亮一樣，還乞求天天是黑夜，一個黑夜有一年那麼長就好了。

當然，也有男女雙方約好見面而一方失約的事情發生，北朝民歌中殘存了這樣兩句：「月明光光星欲墮，欲來不來早語我！」（〈地驅樂歌〉）兩個人約定夜裡會面的，不知什麼原因，男子因故未能赴約，眼看著天就亮了，苦等一夜的女子，惱恨那個負心賊，罵道：「到底來還是不來，應該早和我說清楚。」這是北朝的女子，情感比較直露，受各種框框的約束還算少，所以說話直接，即使這樣，雙方的約會與偷情仍選在夜深人靜的時候。

待月西廂：一部經典的約會教科書

在古代的愛情故事中，崔鶯鶯與書生張君瑞的故事，可謂家喻戶曉。這部經典愛情故事，敘述了張生與鶯鶯邂逅相遇、一見鍾情、私定終身、歷經挫折，並最終結合的故事，不但生成了一個經典的成語——待月西廂，而且，他們二人的故事，儼然成了一部約會的經典教科書。

待月西廂，字面意思是在西廂房等待月亮升起，後來專指男女之間的偷偷約會。這個意義是如何生成的呢？

崔、張故事的最早版本是唐代元稹的《會真記》，大意是講崔、張二人一見鍾情，鶯鶯背著母親相約張生，夜間在花園幽會，但作為女子，又不好意思正面直說，就題詩〈月明三五夜〉，差遣丫鬟紅娘送給張生：「待月西廂下，迎風戶半開。拂牆花影動，疑是玉人來。」這明顯是一邀請約會偷情的「請帖」，讀書人張生哪能不懂，所以，是夜遂成好事。詩歌寫得很有情致，明顯是約會的暗語，所以後人就取前四字，專指男女情人私下約會。

由元稹的《會真記》，到王實甫的《西廂記》，崔、張的愛情故事更加完滿，由此成為一個經典的愛情正規化。說這是一段經典，有幾個理由：

一是才子佳人，書生張君瑞有才，崔鶯鶯有貌，郎才女貌。古代的才子佳人，總是窮書生，富家小姐，張生出身一般，也就是個「窮屌絲」，鶯鶯則是前相國的千金。

二是邂逅相遇，一見鍾情，兩心相悅。

三是風生雲起，頓生波折，一場相思。

四是終成眷屬。雖然山重水複，最終柳暗花明，有情人終成眷屬，大團圓結局。

這樣的故事情節，一波三折，既讓人牽腸掛肚，又把握住了人們憧憬美好的心理，稱之為經典的愛情版本，一點也不奇怪。

在這個男歡女愛的經典版本中，才子佳人幽會的過程也因此成為經典。先是一見鍾情，然後女方寫詩傳情，用詩歌暗示約會時間和地點，再然後就是佳人在深明大義的丫鬟的幫助下，成功地赴約，於是，一段才子佳人的「俗套」故事就此演繹開來。才子佳人約會的那個特定的場景也成為經典的最富詩情畫意的場景。

在一個「雲斂晴空，冰輪乍湧；風掃殘紅，香階亂擁」的月夜，愛情的詩意在這個場景中瀰漫開來，發揮得淋漓盡致，竟讓人為之陶醉得平添出一絲窒息的感覺：愛情實在是一種心口上的疼痛啊。

後來的無數讀者，往往就因此在閱讀的過程中，將自己幻化成張生，一種不著邊際的暢想往往因此瀰漫開來。這就是為什麼那麼俗套的愛情故事，總還是會有人喜歡。

這是古代的一段經典愛情，其中有性，也有愛，更有情，而且層層鋪墊，所以蕩氣迴腸。在古代，崔、張二人的愛情故事，儼然成了一部教科書。《紅樓夢》第二十三回就寫到賈寶玉、林黛玉讀《西廂記》的情景。

如今進入速食文化階段，約會簡單了，容易了，速度加快了，但是許許多多的愛情似乎也因此變了味。物質與精神並重的完美理想在現實中失衡的時候多，原本那麼美好的幽會、愛情，在當下往往就可以用五個字來概括：「上床脫褲子」。這來是來得直接，但其中除了性，愛恨情愁的東西早已無影無蹤了，這雖然是「返璞歸真」點，但早已沒有了荒煙蔓草年代的那種約會的誘惑與魅力。

所以說，不管吃什麼速食，節奏如何地快，最好還是抽出那麼一點點時間，還是需要體驗一下古典時代層層鋪墊、九曲迴廊式的約會與愛情的。

四

拿什麼送給你，我的愛人

隨著西方文化的傳入，「情人節」「白色情人節」成為了年輕戀人們示愛、求愛的重要節日，中國本土的「七夕節」也被重新提倡，加入到這一重要的「情人節」隊伍中來。諸多商家瞅準了這一商機，打造出琳琅滿目的物品，紛紛以「愛」的名義，對外宣傳，廣泛推銷。鮮花、巧克力、首飾、化妝品、手表、皮帶等，在「情人節」的助推下，創造了銷售量的新高。戀人們在商業化的「情人節」大潮中，為了更好地表達自己對愛情的忠貞、珍惜，紛紛向著「高大上*」的方向努力，只要博得戀人感動的笑容，什麼金錢，什麼吃一個月的方便麵，統統不在話下，愛情與金錢的選擇題，在「情人節」近似瘋狂的消費引導下，著實不會是一個難題。其實，中國古代亦有自己的情人節，也有贈送禮物表情達意的傳統，那麼，中國成語中有著哪些定情物？古人是如何看待定情禮物的呢？

---

* 水平好、大氣又有質感的事物。

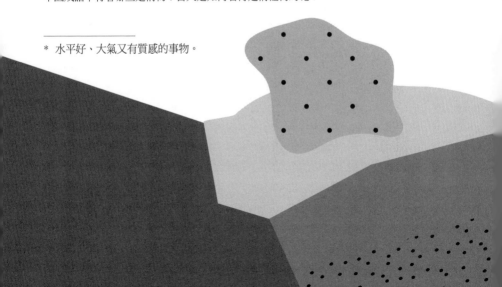

采蘭贈芍：中國式情人節禮物

現代社會的商家在西方情人節基礎之上，多方開拓情侶市場空間，因此，中國的情人節「七夕節」便被搬了出來，在西方情人節的利潤高漲之後再創一個小高峰。「七夕節」被稱作「中國的情人節」，主要源自牛郎織女七月七日相會的傳說，但是，「七夕節」原名「乞巧節」，並不專門是為了紀念牛郎織女的愛情悲劇而設立。「七夕節」的主要民俗內容是女子向織女祈求智慧與技藝，主要是未婚女子的增長技藝的節日，最初本與愛情無關。

既然「七夕節」初不是「中國的情人節」，那麼，中國豈不是在西方人面前又丟了面子？中國人豈不是太沒有浪漫情調了嗎？其實不然，中國人不乏浪漫，中國亦有自己傳統的情人節，較為常見的是元宵節與上巳節。

元宵節，亦稱上元節，從「元宵節」的字面意思可知，此節日最早指的是「上元節的晚上」。上元節是新年第一次月圓之夜，也就是每年的正月十五，在這一天，賞花燈、舞龍獅、猜燈謎、吃元宵，是世代相沿的慶祝活動。在這一普天同慶的日子裡，被禁錮在大院裡的女孩子也被允許出門了，可以結伴出遊，於是，元宵節便成為了男女相遇相識、約會定情的節日。「唐宋八大家」之一的歐陽修曾寫過一首與此節日相關的詞——〈生查子·元夕〉：

去年元夜時，花市燈如晝。月上柳梢頭，人約黃昏後。
今年元夜時，月與燈依舊。不見去年人，淚滿春衫袖。

此詩是對兩年元宵節的對比描寫。去年的元宵相會是歡快的、幸福的，在如晝的花市夜景之中，一對戀人在熙熙攘攘的人群中間顯得異常的安靜，似乎時間已經停止，似乎人群與已無關，在他們眼中、心中的只有對面的那個人兒，少年、佳人、華燈、柳枝，共同譜寫了一曲美妙的「元夜戀曲」，一切都是那樣的美好。時間一轉，一年過去了，還是同樣的元宵節，還是同樣的柳樹邊，還是同樣的華燈燦爛，但是，心中伊人已不見，夢中佳人已無蹤影，曾經的約定就此破滅，她是有什麼阻礙沒有如約而至，還是故意將自己晾在一邊，一切都不得而知，謎底唯有女子方能揭曉，芳蹤無處覓，唯有淚滿袖。此詩妙就妙在前後的對比及情感的變化上，幸福與傷感總是毗鄰而居，讓人唏噓不已，但同時此詩也為後人留下了一個心嚮往之的幸福節日，這是一個屬於戀人間的節日。

上巳節，在漢代以前指的是農曆三月上旬的巳日，故而稱「上巳節」，後來為了好記，便將日期固定在每年農曆的三月初三這一天。上巳節的固定專案有祭祀高禖與男女遊玩。高禖也即媒人，是掌管婚姻與生育的神靈，這在人口壽命不是很長的古代來說，是極為重要的神靈，最初，國家的第一國君要率領百官、妃嬪，到郊外舉行莊嚴隆重的祭祀儀式，以祈求來年人口增長、風調雨順（至元日以大牢祠於高禖，天子親往，后妃帥九嬪御，乃禮天子所御，帶以弓韣，授以弓矢於高禖之前。《禮記．月令》）。國君對於上巳節都如此重視，民間百姓自然也不例外，在陽春三月時節，春風吹拂，人們不約而同地到郊外進行祭祀，男男女女、老老少少都位列其中，後來這一祭祀活動也變成了郊外遊玩的活動，當然，這一天的遊玩是有一定的目的的，那便是青年未婚男女要在這場全民遊玩的活動中尋找合適的結婚物件。這一天，是國家規定的「相親日」，是法定的「談情說愛日」，未婚男女可以自由配對，自由戀愛，互贈禮物，一切百無禁忌（中春之月，令會男女，於是時也，奔者不禁。《周禮．地官．媒氏》）。

成語「采蘭贈芍」便是對此情人節男女互贈禮物的說明。

「采蘭贈芍」，亦稱「采蘭贈藥」，此成語出自《詩經．鄭風．溱洧》：

> 溱與洧，方渙渙兮。士與女，方秉蕑兮。女曰觀乎？士曰既且。且往觀乎？洧之外，洵訏且樂。維士與女，伊其相謔，贈之以勺藥。
>
> 溱與洧，瀏其清矣。士與女，殷其盈矣。女曰觀乎？士曰既且。且往觀乎？洧之外，洵訏且樂。維士與女，伊其將謔，贈之以勺藥。

〈溱洧〉是《詩經》中描寫男女戀情極富生命氣息的篇章，溱洧指的是春秋時期鄭國國內的兩條著名的河流，暮春三月，冰雪解凍，「紅杏枝頭春意鬧」，河流也如同其他易感的事物一樣，歡騰地跳躍著。流水、鮮花、青草、春風，引起了人們踏青的樂趣，特別是在上巳節這個特別的節日裡，鄭國的溱水、洧水旁出現了熙熙攘攘的春遊隊伍。在春遊隊伍中，最為快樂的是戀愛中的青年男女，他們可以光明正大地談情說愛，於是一對對戀人拿著兩人一起採的蘭草走了過來。

蘭草，有芳香之氣，在春秋時代被視為吉祥美好的象徵，在鄭國亦是具有特殊意義。據說，鄭國的國君鄭穆公的出生是與蘭草有關的。鄭穆公的父親是鄭文公，母親為燕姞，因為身分低賤，燕姞一直沒有得到鄭文公的萬般寵愛。有一天，燕姞做了一個非常奇怪的夢，在夢中，燕姞的祖先從天上降臨，贈給她一株蘭草，並要求燕姞將蘭草作為自己的兒子，之所以如此在於蘭草是國中最香的草，百姓特別喜歡佩戴蘭草。燕姞醒來之後，半天沒有回過神來，她不知道祖先到底是什麼意思，難不成意味著自己一生無子，只能靠著這株蘭草度日？心生疑惑的燕姞忐忑不安，感嘆著自己這沒有生機死氣沉沉的人生。正在燕姞用自己的猜測解讀著奇怪之夢的時候，不知太陽從哪兒出來了，鄭文公駕臨燕姞住所，並且還送給燕姞一株蘭草。燕姞手裡拿著鄭文公的這株蘭草，聯想其祖先夢中所給的那株蘭草，心中的疑惑瞬間解開了，明白了蘭草與兒子的關聯，於是，在鄭文公臨幸之後，燕姞便萬般柔媚地將夢中之事和盤托出，並且對鄭文公說：「臣妾地位低賤，如果僥倖懷了孩子，別人不相信的話，我是否可以以蘭草作為信物呢？」鄭文公聽說之後也感覺很稀奇，便同意了。十月之後，燕姞果然生了一個頗帶香氣的兒子。正是因為有燕姞的那個夢，鄭文公便給了鄭穆公一個名——蘭，以感謝上天的賜予（初，鄭文公有賤妾曰燕姞，夢天使與己蘭，曰：「餘為伯鯈。餘，而祖也，以是為而子。以蘭有國香，人服媚之如是。」既而文公見之，與之蘭而御之。辭曰：「妾不才，幸而有子，將不信，敢徵蘭乎。」公曰：「諾。」生穆公，名之曰蘭。《左傳．宣公三年》）。

鄭穆公「因蘭而生」，亦「因蘭而死」（穆公有疾，曰：「蘭死，吾其死乎，吾所以生也。」刈蘭而卒。《左傳．宣公三年》），這一傳奇經歷，更加促成了蘭草在鄭國的無上地位，人們在上巳節除了靠蘭草祓除不祥之外，更想借助蘭草獲得一份欣喜，獲得一份榮耀，獲得一份戀情，獲得一個娃娃。於是，上巳節的男女便會相互採摘蘭草送給心愛的對象，以表達對戀人的祝福與祝願。

良辰美景，一路芬芳，詩意盎然，戀愛中的男女在大自然的賜予之下自由地歡笑，毫無顧忌地打鬧，如河水一般暢快。愉快的時光總是那樣的短暫，不知不覺間夜色已經降臨，肆意遊玩的戀人也只能依依惜別，執手相看，竟是那樣的不捨，他們多麼希望時間可以為他們而稍作停留，讓他們可以在美好的春光中盡情地擁抱屬於戀人的「春天」，但是，時間總是那樣的無情，不會為任何人改變自己前進的步伐，戀人們在感嘆「時間都去哪兒了」的同時，只能將「愛情之花」芍藥作為禮物送給對方，以求對方記得自己，戀著自己。

〈溱洧〉中男女互贈蘭草與芍藥表達對愛情的渴望與珍視，結緣於蘭草，定情於芍藥，清新而帶有原始質樸之風，傳為美談（每值風日融和，良辰美景，競相出遊，以至蘭勺互贈，播為美談，男女戲謔，恬不知羞。方玉潤《詩經原始》），後人據此概括出了「采蘭贈芍」「采蘭贈藥」的成語，比喻男女互贈禮物，表示相愛。蘭草與芍藥是帶有香氣的，並且有著一定的吉祥寓意，因此，春秋時代情人節男女贈送禮物，看重的是禮物的美好寓意，來自自然，與金錢無關。蘭草與芍藥也因此成為男女戀情的代名詞，或許「人生何處無芳草，何必單戀一枝花」，大概也與此有關吧！

愛情是不分國度的，西方情人節亦有送花的傳統，他們送的多是玫瑰花。這一習俗據說與古希臘神話中愛神阿芙蘿黛蒂（Aphrodite）的愛情悲劇有關，阿芙蘿黛蒂愛上了花樣美少年阿多尼斯（Adonis），但是阿芙蘿黛蒂對阿多尼斯的愛意引起了戰神阿瑞斯（Ares）的嫉妒。阿芙蘿黛蒂對此早有察覺，時時提防，時時保護阿多尼斯，並提醒阿多尼斯注意安全，但是百密一疏，有一次阿多尼斯趁阿芙蘿黛蒂熟睡之時，悄悄地到森林中去打獵，一下讓阿瑞斯瞅到了機會，設計將阿多尼斯拉入陷阱，最終阿多尼斯被野豬咬死。等到阿芙蘿黛蒂趕到之時，阿多尼斯的鮮血已經流盡，在灼熱的陽光照耀之下，宛如一朵嬌豔欲滴的玫瑰。

中國的情人節與西方情人節一樣，也有借助贈送鮮花表達情意的傳統，也就是說，情人節並非西方人的專利，送花的浪漫傳統，中國自古就已有之。

投木報瓊：《詩經》時代的拋繡球

進入到戀愛之中的男女，他們內心對戀人的愛意無窮無盡，壓抑不住，他們需要借助一定的媒介把自己的情感宣洩出來，把對戀人的愛表達出來，這種宣洩，這種表達，不做作，無雜念。

還是《詩經》，從「野有蔓草」的時代走來，為我們送來了質樸的情歌，帶來了新的成語：投桃報李、投木報瓊，將我們帶回了那個情意綿綿的氛圍。

「投桃報李」，出自《詩經．大雅．抑》：「投我以桃，報之以李。」對於此成語，人們是耳熟能詳，出口便來，其字面意思是他送給我桃，我以李子給予回贈，泛指相互贈答，友好往來。〈抑〉是帶有警誡性質的詩篇，涉及到日常生活習慣、言談之法、立身之本等等方面，被稱為「千古箴銘之祖」（吳闓生《詩義會通》），「投我以桃，報之以李」，便是〈抑〉提出的修明德行的其中一條法則，這是為人處世、待人接物的重要原則，同時也是在「禮儀三百，威儀三千」的周代產生的人生規矩，是尊禮行禮的重要表現，是對等原則的重要體現，因此「投桃報李」還與「禮尚往來」（意思是在禮節上注重有來有往，借指用對方對待自己的態度和方式去對待對方。出自《禮記．曲禮上》：「太上貴德，其次務施報，禮尚往來，往而不來，非禮也；來而不往，亦非禮也。」）有著相似之義，是發自內心的尊禮之舉。

「投桃報李」的人生原則適應於生活的方方面面，各個領域都會用到，愛情世界亦需要有表情達意的媒介，也需要有增進感情的禮儀。《詩經・衛風・木瓜》將「投桃報李」的原則具體化到愛情世界中，全詩如下：

投我以木瓜，報之以瓊琚。匪報也，永以為好也！
投我以木桃，報之以瓊瑤。匪報也，永以為好也！
投我以木李，報之以瓊玖。匪報也，永以為好也！

女孩子送給少年瓜、桃、李，少年回贈給女孩的禮物是瓊琚、瓊瑤、瓊玖，瓜、桃、李與瓊琚、瓊瑤、瓊玖，分別是男女表情達意的媒介，單從媒介的商品價值來看，瓜、桃、李就如同一個寒酸的低廉品，瓊琚、瓊瑤、瓊玖則是「高大上」的奢華之物，二者並不符合「投桃報李」的對等原則，男子回贈的禮物要更加昂貴，但是這看似相差懸殊的禮物，在男子看來則是對等的，它符合的是情感上的對等原則，男子看重的不是禮物的經濟價值，而是其情感價值，這是兩人珍重戀情永遠結好的信物，亦是兩人情感昇華的體現。在男子看來，即便是用別人看來奢華的禮物來送給自己心愛的女子，都不能完全表達自己的情感，都不能回報女子對他的深情厚愛（言人有贈我以微物，我當報之以重寶，而猶未足以為報也，但欲其長以為好而不忘耳。朱熹《詩集傳》）。

隨著詩歌的一唱三嘆，一對戀人的情感也日益加深，中國成語世界中也因此多了新的一員——投木報瓊，用以指男女相愛互贈禮品，後來亦被用來指報答他人對自己的深情厚誼。

「投木報瓊」，展現了古代戀人贈送定情禮物的另一原則：重情。只要心中有愛，戀人們關注的不是什麼「香車寶馬」，不是什麼「鑽石恆久遠」，不是什麼「人民幣〇〇斤」，在他們心中，對方的「情」才是最為珍貴的禮物，正如南北朝的陸凱所言：「江南無所有，聊贈一枝春。」一枝花足以達情，一份情足以魂牽夢繞。只要心中有情，所有的禮物都會打上「愛的色彩」，怎麼看怎麼喜歡，這種喜歡不是因為禮物的美好，而是因為那是所愛佳人送來的禮物、送來的情思。在《詩經‧邶風‧靜女》之中，戀人送給了男子一根茅草，便讓男子高興無比，拿著那根茅草反覆把玩，茅草雖小，茅草雖平凡，但是男子似乎從茅草身上嗅到了女子尋找最美的茅草時的細膩與情意，彷彿從茅草身上看到了密密麻麻的「愛」字，這是女子對他的肯定，怎能不開心呢？（靜女其孌，貽我彤管。彤管有煒，說懌女美。自牧歸荑，洵美且異。匪女之為美，美人之貽。《詩經‧邶風‧靜女》）

另外，「投木報瓊」式的表情達意，是古代民俗的傳承與遺留。古代的中國，女子最初主要以採摘業為主，後來以農業為主，每到瓜果成熟的夏秋時節，人們為了慶祝豐收，慶祝獲得「舌尖上的美味」，都會舉行一次「水果宴會」，在宴會安排上，男與女各自排成一列，相對而坐，女孩子只要有相中的對象，就可以將手中的水果拋給心慕的男子，被水果砸中的男子就需要將身上佩戴的玉佩送給女子，作為定情信物，二人就此便約定為婚姻之好（古俗於夏季果熟之時，會人民於林中，士女分曹而聚，女各以果實投其所悅之士，中焉者或以佩玉相報，幾約為夫妻焉。聞一多《詩經新義》）。女子以水果作為定情物，是與女子的勞作物件有關，至少在先秦時期女子的禮物一般都與此有關（女贄不過榛慄棗修，以告虔也。《左傳．莊公二十四年》）。男子以玉器作為定情物，亦與男子的身分有關，在「文質彬彬」的禮儀時代，玉與君子之風聯繫在一起，沒有特別的事情，君子必須要佩玉，因此玉器便成為男子贈送禮物的首選，這是足以與自己的生命相貫通的信物（男贄大者玉帛，小者禽鳥，以章物也。《左傳．莊公二十四年》）。這種「投木報瓊」的定情方式，在「美男子」潘岳那裡收穫了足以開一間水果店的水果，在普通百姓那裡演變成了「拋繡球招親」，道具由扔到身上或許會有痛感的水果變成了喜慶無比、軟綿綿的輕柔型繡球，唯獨愛情亙古未變。

鈿合金釵：唐玄宗的愛情信物

「采蘭贈芍」「投木報瓊」中的禮物，女子部分是就地取材或者是勞動果實，從其來源來看，並非特別費功夫，從其價值來說，並非特別貴重。這似乎造成了一種印象，那便是中國古代的女子似乎都是大大咧咧的「女漢子」，似乎都是以最小代價換取最大利益的「小氣鬼」，實際上，這確實是一種錯覺，「采蘭贈芍」「投木報瓊」都是先秦時代的時代烙印，在他們看來，最自然的、與自己最貼近的物品才是最能表達情感的，後來隨著風俗的變化，女子在其定情物上也是頗費周章，不吝錢財。

漢樂府民歌中有一首〈有所思〉，寫了一個女子送給戀人的定情物：

有所思，乃在大海南。何用問遺君？雙珠玳瑁簪，用玉紹繚之。聞君有他心，拉雜摧燒之。摧燒之，當風揚其灰。

女子的戀人是「異地戀」，戀人居住在相距萬里的大海之南，為了表達自己對戀人的思念與情意，女子花費了很長時間，非常考究地做出了一件禮物，禮物很美，包裝也很精緻，這件禮物被稱作「雙珠玳瑁簪」。「玳瑁」是珍貴的海洋動物，海龜科，不易得，女子用玳瑁的甲片做成了一個簪子，在簪子的一端鑲上了兩顆名貴的珍珠，可謂用心良苦。看著精美絕倫的簪子，女子似乎還意猶未盡，總感覺還有不盡完美的地方，最後又用美玉將簪子一點點裝飾起來，其實，一點點製作、裝飾起來的禮物，是女子的一番愛戀深情，味道純得很！

與此相應，在漢代還有一篇與贈送禮物表情達意有關的著名詩篇，此詩便是張衡的〈四愁詩〉：

我所思兮在太山，欲往從之梁父艱。側身東望涕沾翰。美人贈我金錯刀，何以報之英瓊瑤。路遠莫致倚逍遙，何為懷憂心煩勞。

我所思兮在桂林，欲往從之湘水深。側身南望涕沾襟。美人贈我琴琅玕，何以報之雙玉盤。路遠莫致倚惆悵，何為懷憂心煩怏。

我所思兮在漢陽，欲往從之隴阪長。側身西望涕沾裳。美人贈我貂襜褕，何以報之明月珠。路遠莫致倚踟躕，何為懷憂心煩紆。

我所思兮在雁門，欲往從之雪雰雰。側身北望涕沾巾。美人贈我錦繡緞，何以報之青玉案。路遠莫致倚增嘆，何為懷憂心煩惋。

〈四愁詩〉是張衡繼承了楚辭香草美人的傳統，抒發空有報國之志而壯志難酬的鬱悶之情，此詩共有四章，抒情脈絡基本相同，分別列舉東、南、西、北四個方位來追尋「美人」，當然「美人」並非實指，而是有著一定的社會寄託。在這首詩中，張衡亦繼承了男女互贈禮物表情達意的傳統，美人送的禮物分別是金錯刀、琴琅玕、貂襜褕、錦繡緞，都是珍貴之物，與先秦時代的女子禮物相比，上了一個檔次，並且種類亦多了起來，有貴重的古幣，有美石，有貂裘衣服，有絲織品，越發地精緻起來；男子的禮物為英瓊瑤、雙玉盤、明月珠、青玉案，主要集中在玉器上面，變化不算太大，就是多了一個美女佩戴的明月珠子，是為女子的容顏裝扮考慮的，看來，中國男人自古以來就有「為愛痴狂」的奉獻精神，送出去的禮物都很「高大上」。

古代男子中最有權勢、財富最多的一般來說是皇帝，但愛情於帝王家本就少有（念情之所鍾，在帝王家罕有。洪昇《長生殿》），因此，皇帝送給女人的禮物很多是形式性的賞賜、恩賜，禮物在他們那兒缺少感情色彩，顯示的是無上的權威，丟棄的是人的真情。在素有「寡情」「泛情」甚至是「濫情」之稱的皇帝隊伍中，有一位很特殊，與眾不同，他雖然貴為皇帝，但是他的情感與一般大眾無二，亦有其「重情」的因子，這人便是歷史上鼎鼎有名的唐玄宗李隆基。

唐玄宗鍾情的對象是「四大美人」之一的楊玉環，正史對二人的情感世界的描寫比較簡單，唐玄宗的愛戀是通過對楊玉環的高規格待遇來體現的，赫赫聲威的隨從、四方進獻的奇玩珍寶，以及杜牧詩作「一騎紅塵妃子笑，無人知是荔枝來」的專供（妃每從遊幸，乘馬則力士授轡策。凡充錦繡官及冶瑑金玉者，大抵千人，奉須索，奇服祕玩，變化若神。四方爭為怪珍入貢，動駭耳目。於是嶺南節度使張九章、廣陵長史王翼以所獻最，進九章銀青階，擢翼戶部侍郎，天下風靡。妃嗜荔支，必欲生致之，乃置騎傳送，走數千里，味未變已至京師。《新唐書·后妃·楊貴妃傳》），都是唐玄宗愛意的體現。但是這些事情在擁有特權的皇帝那裡本不算什麼特別的待遇，這些待遇在皇帝寵幸過的曇花一現般的妃嬪那裡也是有過的。最先將唐玄宗與楊玉環拉到聖潔、純粹的愛情世界中的，是唐代白居易的〈長恨歌〉。

〈長恨歌〉寫的是唐玄宗與楊玉環的愛情悲劇，安史之亂的號角將二人笙歌燕舞的生活打亂，將兩人長相廝守的願望澆滅（春宵苦短日高起，從此君王不早朝。承歡侍宴無閒暇，春從春遊夜專夜。後宮佳麗三千人，三千寵愛在一身。金屋妝成嬌侍夜，玉樓宴罷醉和春。姊妹弟兄皆列土，可憐光彩生門戶。遂令天下父母心，不重生男重生女。驪宮高處入青雲，仙樂風飄處處聞。緩歌謾舞凝絲竹，盡日君王看不足。白居易〈長恨歌〉），馬嵬坡前，唐玄宗在壓力之下賜死楊玉環，從此二人生死相隔，再無相見的可能（漁陽鼙鼓動地來，驚破霓裳羽衣曲。九重城闕煙塵生，千乘萬騎西南行。翠華搖搖行復止，西出都門百餘里。六軍不發無奈何，宛轉蛾眉馬前死。花鈿委地無人收，翠翹金雀玉搔頭。君王掩面救不得，回看血淚相和流。白居易〈長恨歌〉）。安史之亂平定之後，唐玄宗回歸京城長安，宮內的一切彷彿還是原先的模樣，荷花池裡荷花依舊盛開，太液池上的芙蓉花依然燦爛，大明宮的楊柳依舊隨風輕拂，宮中的一切似乎都沒有變化，讓唐玄宗不禁懷疑：之前的那場大動亂是真的嗎？這是不是他的一個夢呢？當然，他寧願相信這是一個夢，唯有如此，他才可以忘卻賜死楊玉環的痛；唯有如此，他才可以與楊玉環日夜相伴；唯有如此，他才可以免受相思之苦。然而，一切只能是唐玄宗的幻想，他不是「至尊寶」，他沒有「月光寶盒」，他無法讓時光倒流，發生了的終歸是發生了，離去了的依然是隨風消逝，無法再回，迎接他的只能是睹物思人的悲愴，留給他的只有孤燈再挑的長夜；陪伴他的只有那冷冰冰的鴛鴦瓦、寒刺刺的翡翠被，縈繞在耳邊的唯有秋雨滴梧桐的蒼涼聲（歸來池苑皆依舊，太液芙蓉未央柳。芙蓉如面柳如眉，對此如何不淚垂。春風桃李花開日，秋雨梧桐葉落時。西宮南內多秋草，落葉滿階紅不掃。梨園弟子白髮新，椒房阿監青娥老。夕殿螢飛思悄然，孤燈挑盡未成眠。遲遲鐘鼓初長夜，耿耿星河欲曙天。鴛鴦瓦冷霜華重，翡翠衾寒誰與共。白居易〈長恨歌〉）。

飽受相思之苦的唐玄宗，讓臨邛一道士借助法術為他尋找楊玉環的魂魄，以求兩人夢中得見一面。臨邛道士上天入地也未尋得楊玉環的魂魄蹤影，最後在雲霧籠罩的蓬萊仙山隱隱約約地見到了一位仙子的模樣身段與楊玉環很相似，便前往打探（臨邛道士鴻都客，能以精誠致魂魄。為感君王輾轉思，遂教方士殷勤覓。排空馭氣奔如電，昇天入地求之遍。上窮碧落下黃泉，兩處茫茫皆不見。忽聞海上有仙山，山在虛無縹緲間。樓閣玲瓏五雲起，其中綽約多仙子。中有一人字太真，雪膚花貌參差是。白居易〈長恨歌〉）。終於，功夫不負有心人，臨邛道士的努力見了成效，蓬萊仙山的仙子確實是楊玉環，原來楊玉環馬嵬坡一難後得道成仙了。

在臨邛道士傳達完唐玄宗的思戀之苦後，楊玉環哭得是梨花帶雨，縱有千般萬般的柔情思念，怎奈生死兩茫茫，無法闖破，悲愴之下，楊玉環拿出了之前二人的定情之物：一個鈿合

（鑲嵌金、銀、玉、貝的首飾盒子），一個金釵，鈿合留下一面，金釵留下一段，剩餘的那一面、一段讓臨邛道士帶回給唐玄宗，以慰藉唐玄宗的相思之苦。原來，當年的七月七日，唐玄宗與楊玉環在長生殿定下了「比翼齊飛」「共結連理」的約定，並且互贈鈿合、金釵為定情之物，意味他們的愛情會如鈿合、金釵一樣堅固恆久（惟將舊物表深情，鈿合金釵寄將去。釵留一股合一扇，釵擘黃金合分鈿。但教心似金鈿堅，天上人間會相見。臨別殷勤重寄詞，詞中有誓兩心知。七月七日長生殿，夜半無人私語時。在天願作比翼鳥，在地願為連理枝。天長地久有時盡，此恨綿綿無絕期。白居易〈長恨歌〉）。

〈長恨歌〉不僅第一次展現了唐玄宗與楊玉環纏綿悱惻的愛情，而且還為成語殿堂添了新的一員——鈿合金釵，或者也稱金釵鈿合，本來特指唐玄宗與楊玉環的定情信物，後來泛指情人間的信物。

〈長恨歌〉一經出現便引起了轟動效應，至清代洪昇據此創作了戲曲〈長生殿〉，將〈長恨歌〉的悲劇故事轉變成了喜劇故事，亦取得了巨大成功。洪昇〈長生殿〉中李、楊愛情的關鍵便是「釵合情緣」，足見李、楊定情信物的影響，更加促成了成語「鈿合金釵」的流傳。

「采蘭贈芍」、「投木報瓊」、「鈿合金釵」，見證了中國古代的幾種定情物，時光穿梭至二十世紀，中國人的定情物又多了許多，更加具有時代特色：

三四〇年代，雨傘、手帕等個人生活用品成為表情達意的重要媒介，革命志士則有以互贈子彈為定情物的情況出現；

五六〇年代，《毛主席語錄》成為重要的定情之物，在毛主席的監督下一定要忠於愛情，除此之外，方巾、髮卡、鋼筆、筆記本等也是較為常見的禮物；

七八〇年代，「三大件」成為定親必備的物件，為愛人織圍巾也是戀愛中一個不可少的溫暖工程，促進了紡織事業的發展；

九〇年代，玫瑰、巧克力從西方傳入，引起了新潮戀人們的青睞；

進入二十一世紀之後，戀人們可供選擇的定情物越來越多，房子、車子、手機、電腦、網路祝福等等，琳琅滿目。一個時代有一個時代的定情物，定情物見證了中國的時代變化、思想更新，時代越發展，定情物越新穎。但是，在贈送定情物問題上要避免兩個極端：

第一個極端是「絕對拜金主義」。此極端堅持的信條是「沒有最好，只有更好」，「不求最好，只求最貴」，好的唯一衡量標準便是定情物的市場價值。但是，在定情物絕對物化的同時，有沒有想過，「愛情」也同時被物化了？當「愛情」從神壇走向低俗，變得廉價，「愛情買賣」也就出現了。

第二個極端是「過分清高」。此極端堅持的信條是「視金錢為糞土」，在一些人眼中，愛情與金錢是完全絕緣的，愛情一旦與金錢勾搭上，它的純潔立馬被玷汙，它就不再是人生最美麗的殿堂。但是，金錢本身沒有過錯，人也有追求更高生活質量的權利，試問，一個事業成功、經濟富足、富有生活品味的男人，送給你的禮物僅僅是廉價的地攤貨，你能確保他是絕對愛你的嗎？

愛情本與金錢無關，與定情物是什麼也無關，在這個似乎什麼都能代表愛情、似乎什麼又都無法代表愛情的時代，回歸本心，回歸情感，或許就是最好的禮物。

五

你若不離不棄，
我必生死相依

語言是有魔力的，誓言更具備超凡魔力，一句「我愛你」，足以揉碎多少熱戀中才子佳人的心；一句「天長地久」，足以打造幸福甜美的美好未來；一句「你在我心中是最美的」，足以在戀人心中激起層層波瀾。熱戀中的人是最美的，一句「在天願作比翼鳥，在地願為連理枝」，足以在精神世界中打造出如膠似漆、耳鬢廝磨的景象，比翼鳥、連理枝亦成為愛的代稱。可以說，在戀愛的美好階段，愛情誓言如影隨形，發揮著作用。但是，語言又具有破壞力，足以顛覆之前所有的美好，足以打碎所有如夢如幻的回憶。那麼，中國成語世界中有哪些常見的愛情誓言成語呢？如何看待這些成語中的堅定、熱烈與執著呢？

割臂之盟：私定終身的約定

愛情誓言，是戀愛必不可少的催化劑，是戀愛自然而然會有的情感表達，一切是那樣的自然，一切是那樣的動人。在踏進愛情殿堂的那刻起，愛情誓言也便產生了，比如「割臂之盟」。

「割臂之盟」，字面意思是刺破胳膊訂立的盟約，此成語是一歷史成語，從其產生開始，便與男女情事有關。「割臂之盟」出自《左傳．莊公三十二年》，說的是魯國國君魯莊公的愛情傳奇。

要說魯莊公的愛情傳奇，先要從魯莊公的家庭說起，魯莊公愛情的產生、破滅都與他那個特殊的家庭有著密不可分的關聯。魯莊公有著在外人看來羨慕不已的家庭，老爸是一國之君，老媽是被後代戲稱為「春秋 twins（雙胞胎）」之一的美人文姜，豔冠群芳，風華絕代。按道理來說，這一個頂級家庭應該是幸福的，無須為生計發愁，無須為事業過多打拚，但是，對於魯莊公以及他的老爸魯桓公來說，他們並不感覺幸福，反而有些煩惱。

魯桓公與文姜是政治婚姻，他們兩人一開始對這樁婚姻便是兩種不同的態度：魯桓公是歡喜，文姜則是無奈。魯桓公素聞文姜的美名，公認的大美人終於落到了他的手裡，成了他法定的妻子，惹來世間多少男子「羨慕嫉妒恨」的眼神，魯桓公對此很受用，他此刻終於感受到了

「萬眾矚目」是何等的暢快，而且這種暢快與做國君的暢快是不一樣的感覺，足以滿足他「大男人」的虛榮。但是，文姜對魯桓公卻很感冒，和魯桓公獨處總是提不起情緒，無論魯桓公怎麼討好，文姜即使表面應和，其實心裡一片冰冷。文姜知道自己根本不愛魯桓公，而且永遠不可能愛上他，因為在他們之間橫亙著一個人，一個文姜早就愛上卻不該愛上的人，此人名叫諸兒，後來登上齊國國君寶座，稱為齊襄公，是文姜同父異母的哥哥。早在文姜未出嫁之前，文姜與齊襄公就已經有了不倫之戀，兄妹二人有了苟且私情之事，而且愛得極為深沉，以至於文姜出嫁魯國之後，二人時時惦念，一有機會便會重敘舊情。雖然這樣的機會不是很多，按照春秋時代的禮俗，女子出嫁之後，沒有特別的事情不能私自回娘家，但是，有關文姜與齊襄公的風言風語還是傳了出來。面對著大舅子給自己戴的這一頂「綠帽子」，作為一個正常男人的魯桓公自然很是生氣，有心責備，但每次面對文姜那張如花似玉的臉時卻總是不忍，雖貴為國君，也只能忍氣吞聲，將這股怨恨生生地吞了下去。誰讓他愛著這個女人，如同中蠱一般！

文姜與魯桓公的婚姻就這樣一直維持了十五年，直到魯桓公十八年（西元前六九四年），魯桓公因為政治需要，與齊襄公在齊國有一次國事會晤。文姜聽到這一消息之後，心中思念的小鳥早就喳喳亂叫了，她想念她的哥哥，她想念哥哥俊秀的臉龐，她想念哥哥的柔情似水，自從父親去世之時回過一次齊國，她已經足足三年沒有見過哥哥了，現在魯桓公要去齊國，這對於文姜來說是一個極好的機會，雖然這種會晤按照禮制君主夫人是不能隨行的，但是，文姜相信自己可以說服魯桓公，她對此有足夠的自信與把握。於是，文姜非常少見地對魯桓公施展了媚術，沉迷其中的魯桓公不用文姜軟磨硬泡就答應了，哪怕大臣反對也無濟於事，在魯桓公那裡，大臣的諫言哪裡比得上文姜的柔情，而且魯桓公自信文姜與齊襄公即便是再大膽，也不敢當著自己的面給自己扣「綠帽子」！

但是，文姜的自信有自信的理由，魯桓公的自信則完全出自他的想像。真是「色字頭上一把刀」，三年未見的文姜與齊襄公見面以後，舊情復燃，如同乾柴烈火一般熱烈，哪裡還顧得了那麼多！文姜整日留宿齊宮，徹夜不歸。這一切是在挑戰魯桓公的底線，終於將魯桓公的怒火逼了出來，從來沒有對文姜發過脾氣的魯桓公，首次狠狠責斥了文姜。從小沒有受過呵斥的文姜，一直是男人手中的寶，無論是父親、哥哥，還是丈夫，無一例外，魯桓公的責斥讓文姜深覺委屈，此時，她更感覺哥哥齊襄公要好過魯桓公百倍，於是便跑到齊宮向齊襄公告狀，訴說委屈，讓齊襄公為自己出氣。齊襄公聽聞此事，深知不妙，這事一旦鬧大了，傳出去，那就可能引發兩國爭端，他必須將此事控制好。一番深思熟慮之後，齊襄公設宴招待魯桓公，將魯桓公灌醉，在魯桓公回驛館的路上，派大力士彭生殺死了魯桓公（十八年春，公將有行，遂與姜氏如齊。申曰：「女有家，男有室，無相瀆也，謂之有禮。易此，必敗。」公會齊侯於濼，遂及文姜如齊。齊侯通焉。公謫之，以告。夏四月丙子，享公。使公子彭生乘公，公薨於車。《左傳・桓公十八年》）。

魯莊公是在魯桓公六年出生的，老爸被殺之時，他只有十二歲。這十二年，正是魯莊公的童年時期，父母之間的情感及生活狀態，對魯莊公來說是一種抹不去的記憶，長大之後的魯莊公對感情看得很重，對自己的人生規畫是要找到可以與自己心心相印的人，可以相濡以沫地過一生，不要重蹈父母的覆轍。

老天對魯莊公還是相對眷顧的，他的緣分來了。那時，正是楊柳依依之時，魯莊公閒來無事，突然想看看宮外的風景，但是又不想太麻煩，不想出宮遊玩，於是，便讓人選擇一個最佳方位搭建一座高臺，可以看到外面的風景。高臺很快建好了，魯莊公非常高興地登臺賞景，臺子又高又寬闊，魯莊公無須出宮便能看到全城的美景，一切都盡收眼底，這便是權力的好處。

魯莊公賞景的高臺離魯國大夫黨氏的家很近，魯莊公在高臺之上對黨氏一家的情況，特別是後花園，一目了然。那天，正在魯莊公登臺賞景之時，突然，一個人影吸引了他，魯莊公的眼神隨著曼妙的身影遊走，最後在女子面向他的那一刻定住了。哦，這是怎樣的女子啊！靚麗而不失清純，活潑而不失典雅，她的美與魯莊公老媽的美是不一樣的，她的美是一種「清水出芙蓉」的感覺，縱是看慣了美女的魯莊公，也在一剎那動了心。魯莊公當時並沒有採取什麼行動，只是靜靜地看著，一連幾天都是如此，他想走入這個女孩的世界，隨著她的身影一起感受她的生活。時間一長，女孩也知道了「對面的男孩看過來」，有一個人總在以灼熱的眼神向他訴說故事，雖然相貌看不清楚，但是從身形來看還算說得過去，心中亦是莫名的驚喜，剛開始她還在躲避，還有羞澀，後來便變成了期待，期待著一高一低之處的眼神交接。

就這樣，時間一天天過去，魯莊公「高臺上的戀情」逐步升溫。魯莊公在此期間也託人打聽了女孩的相關情況，回饋的資訊是女孩乃大夫黨氏的女兒，叫孟任。後來，魯莊公已經不滿足於這樣的眼神戀情了，便來到了黨氏後花園的門口，小聲地叫著孟任，但是，令魯莊公意外的是，之前和他脈脈含情的孟任一下子把後花園的門關上了。魯莊公吃了閉門羹，只能對著大門來抒情了，當然，他知道孟任就在門的那一邊。魯莊公率先向孟任表達了自己對她的愛慕之情，其次表明了自己的身分，再次希望孟任能接受自己的愛。躲在門那邊竊竊發笑的孟任，聽到魯莊公一句句滾燙的話語，少女的心思也被挑動起來，「哪個男子不鍾情？」「哪個女子不懷春？」孟任已然被魯莊公打動了，她想同意魯莊公的示愛，但是又礙於禮制，女孩子不能自己隨隨便便地接受一個男人的愛，因為在當時人的觀念中，私訂終身是要被人看不起的，是不被認可的，這樣的話，女孩一生不可能坐上正妻的位子，只能是小妾（奔者為妾，父母國人皆賤之。《禮記》）。

最後，孟任讓魯莊公給自己發個誓言，自己才會接納他。魯莊公對孟任是出自真情，仔細想了想，對著門口，看著上天，說出了他對孟任的愛情誓言：「我愛你，就是要娶你為國君夫人。」孟任聽了之後，非常感動地開啟了後花園的門，二人刺破了手臂以示誠信，訂立了婚約（初，公築臺臨黨氏，見孟任，從之。而以夫人言許之。割臂盟公，生子般焉。《左傳．莊公三十二年》）。

魯莊公對孟任的愛是發自真心，而且這一愛並沒有因為時間的改變而改變，但是，魯莊公對孟任的愛情誓言並沒有兌現，沒有兌現的原因，不是魯莊公沒有誠信，不是魯莊公另有他歡，而是他的老媽從中作梗。文姜在間接地「謀殺親夫」魯桓公之後，更加不知收斂，頻頻地與她的哥哥齊襄公約會，為了讓他們的這段亂倫的戀情以正大光明的方式延續下去，文姜與齊襄公約定二人結為兒女親家，讓魯莊公與齊襄公的女兒成親。當然，文姜提議的這一婚姻，也與文姜的政治意圖有關，文姜要進一步借助齊國的支援提升魯國的影響力。無論是出於私心，還是出自政治考慮，文姜非常正式地將這一決定告訴了魯莊公，習慣了順從老媽的魯莊公，再次選擇了順從，如同他的父親一般。

魯莊公認為此次婚姻，只是形式上的婚姻，並不影響他與孟任之間的感情，何況他們當時已經都有了兒子，魯莊公天真地以為只要他繼續疼愛孟任，他們的感情還會一如往常。但是，魯莊公永遠體會不到愛情誓言在女人心中的地位，女人是將愛情作為終生的事業來經營的，當初孟任之所以接受魯莊公，並且在沒有父母許可的情況下與他有了夫妻之實，就是相信了愛情誓言，也正是靠著這一愛情誓言，孟任即便是未被文姜接納，即便是沒有被冊立為國君夫人，她總歸心中還有希望，幻想著某一天魯莊公可以堂堂正正地將自己扶正。但是魯莊公的懦弱，讓她的希望瞬間土崩瓦解，她日夜念叨的愛情誓言至此成了諷刺。從此，孟任陷入了萬劫不復的境地，這個靠著愛情誓言過活的女子，為情所傷，鬱鬱而終。

魯莊公是歷史記載中第一個「自由戀愛」的君主，他的愛也可謂轟轟烈烈，他的愛情誓言也很動情，他即便是在遵從母命娶了國君夫人之後，對孟任依然很是疼愛，在他眼中他依然在遵守自己的誓言，至少在他心中孟任就是他的國君夫人。但是，誓言來不得半點褻瀆，來不得半點折扣，它要求的是百分之百的遵從。

山盟海誓、海枯石爛：熱戀時的堅定執著

當戀情發展到熱戀階段，情侶之間經歷了花前月下的甜蜜，經歷了耳鬢廝磨的親密，在如膠似漆的關係之中，自然而然地與對方有了長相廝守的念頭，在美好、熱烈念頭的刺激之下，立下了愛情誓言。熱戀時期愛情誓言的力量是非常強的，它們是「天長地久」的海誓山盟，哪怕是「海枯石爛」亦不可改變。

「天長地久」，出自《老子》，最初與愛情無關。《老子》第七章有言：

天長地久。天地所以能長久者，以其不自生，故能長生。是以聖人後其身而身先，外其身而身存。以其無私，故能成其私。

《老子》此章是來闡釋其「無私無欲」之說。在《老子》看來，天地是長生久存、永無盡頭的，天地之所以能如此長久，根本原因在於天地的執行是順其自然的，而不會自益其生，自立其身。從天象對應到人事，《老子》認為，聖君如果能無私無欲，不求自利，就能得到民眾擁戴而安居帝王之位，這正是「以無私成其私」。《老子》提倡「自然」「無為」，反對外在的修飾，反對外來力量的干預，要求世間萬物按照自然而然的規律運轉，在其看來，唯有如此，才是世間萬物的長久之道。

這便是「天長地久」的來歷，沒有過多的浪漫色彩，反而是凝聚著深刻的哲理，指的是天地的存在是最為長久的，形容時間久遠，後來人們將此成語的適用範圍擴大，用來指情感、友誼等與天地共存。

「天長地久」，是從正面的祈望來訴說對愛情的執著與堅持，是按照事物的發展邏輯來說的，這是愛情誓言的一種思維類型。另外，還有一類愛情誓言是從反常的事物出發來表達的，「海枯石爛」便是此類。

「海枯石爛」，字面意思是大海乾涸，石頭風化成土，在古人心目之中，這種情況是不可能出現的，因此「海枯石爛」形容經歷的時間極其久遠，表示不論多久，情感也不會改變。「海枯石爛」經常用在誓言當中，元好問的〈西樓曲〉言：「海枯石爛兩鴛鴦，只合雙飛便雙死。」任憑海枯石爛，也要做永不分離的鴛鴦，成雙成對，同生共死。

「天長地久」與「海枯石爛」，從正反兩個方面詮釋著愛的執著、愛的堅定，已是引人入勝，一旦二者結合，共同打造的愛情誓言，會是怎樣的驚心動魄呢？

漢樂府民歌中有一首詩〈上邪〉，被稱作「短章中神品」，就是愛情誓言的驚心動魄之代表。〈上邪〉全篇很短，全詩如下：

上邪！
我欲與君相知，
長命無絕衰。
山無陵，
江水為竭，
冬雷震震，
夏雨雪，
天地合，
乃敢與君絕！

此詩是一女子的愛情自誓之詞，感情真摯，氣勢奔放。「上邪」，意思是「天啊」，

「邪」是語氣助詞，這是女子指天為誓，表明自己的決心。在中國人心目中，上天是至高無上的權威，它不僅可以掌管自然界的氣候變化，而且還可以掌管世間的人事滄桑，在人們心中，上天是正義的化身，是罪惡的懲罰者，這是中國人心中最後的希冀，也是中國人心中最大的敬畏。屈原在〈離騷〉中抒發遭受讒佞陷害的不平之氣，就提到「指九天以為正兮，夫唯靈脩之故也」，他指著蒼天，希望蒼天為證，他是忠誠的，他是忠於國君的。這應該是成語「指天為誓」的最初來源，以此表示意志堅決。〈上邪〉中的女子也是對著最敬畏的上天起誓，起誓要與自己心愛的男子永遠相知相愛，此情此心永遠不會衰竭。

女子指天為誓已經表明了其堅定態度，但是，在那個心中瀰漫著濃濃愛意的女子看來，單單指天為誓似乎還不足以表達自己的情感，她心中對男子的堅貞似乎連蒼天都無法相提並論，在此情況下，女子一下子臆想出了五種非正常現象，排比而下進一步表明心跡：如果巍巍群山消失不見，如果滔滔江水乾涸枯竭，如果凜凜冬日裡雷聲震天，如果炎炎夏日裡大雪紛飛，如果天地交接合二為一，如果以上五種事情全部發生了，我才敢將對你的深情拋棄！女子所說的五種自然界的狀況，都不符合自然界的正常規律，單獨哪一種，在當時人心目中都是不可能出現的異常狀況，更何況是需要五種現象同時出現呢？愛情世界中的女子，她的想像是無邊無際的，她在想像世界中構造出了這樣的「世界末日」式的場景，以表明自己的矢志不渝。既然高山還聳立，既然江水還在流，既然雷聲不眷戀冬日，既然大雪不愛夏日，既然天地依然相對而立，那麼還有什麼理由不相信愛情，不相信誓言呢？清代王先謙就曾評論道：「五者皆必無之事，則我之不能絕君明矣。」可謂深得〈上邪〉痴情女子之心。

〈上邪〉從正反兩個方面，將心中不可遏制的「愛情之火」對著蒼天表了一表，如同岩漿噴發一般，既熱烈，又奔放，聽到這番誓詞的男友，是何其的幸福，又是何其的震撼（首三，正說，意言已盡，後五，反面竭力申說。如此，然後敢絕，是終不可絕也。迭用五事，兩就地維說，兩就天時說，直說到天地混合，一氣趕落，不見堆垛，局奇筆橫。清代張玉谷《古詩賞析》卷五）。可見，愛情誓言是愛情的黏合劑，同時，愛情誓言也是需要精美的語言「包裝」的，愛情誓言也是需要匠心獨具的，〈上邪〉的愛情誓言簡短而堅定、精悍而震撼，比起那些「我要和你在一起」的大白話，其效果自然不可同日而語。

〈上邪〉愛情誓言的動人心魄，使很多人產生了共鳴，也在後代出現了一個非常優秀的「學生」——敦煌曲子詞〈菩薩蠻〉：

> 枕前發盡千般願，要休且待青山爛。水面上秤錘浮，直待黃河徹底枯。白日參辰現，北斗回南面，休即未能休，且待三更見日頭。

〈菩薩蠻〉的抒情方法與〈上邪〉的下半章很相似，也是用反常事例排比而下：青山傾頹，秤錘浮水面，黃河枯竭，大白天出星星，北斗星指向南，三更時分出太陽，只有這六種事象同時出現，我才會和你分別。與〈上邪〉不同的是，〈菩薩蠻〉特意提到了女子發誓的地點：枕前，這一關鍵性的地點可以見出，〈菩薩蠻〉中一對戀人的進展程度要快過〈上邪〉，「雲鬢花顏金步搖，芙蓉帳暖度春宵」，芙蓉帳裡，鴛鴦枕前，一對玉人希望這種歡愉可以伴其一生。這恰如《甄嬛傳》中皇帝賜浴甄嬛湯泉行宮，當夜實為甄嬛的新婚之夜，一番雲雨之後，甄嬛坐在床上，對著一對紅燭，許下「情長到老」的願望與誓言。紅燭輕搖，美人在側，甄嬛的這一誓言感動了皇帝，皇帝將此誓言視若珍寶，直言不會辜負甄嬛的一番深情。

此情此景，發此誓言，一切源自本心，一切源於充盈心中的幸福感，相信與〈上邪〉中女子嚴肅的表情不同，〈菩薩蠻〉中的女子是帶著笑容發的誓言，一如那時那刻純真幸福的甄嬛一般。

嚴肅與笑容，本就是熱戀中愛情誓言必不可少的部分：因為鄭重，所以嚴肅；因為幸福，所以笑容相伴。因為想與你相伴，所以嚴肅；因為與你相伴，所以滿面春風。

之死靡它：遭遇打擊時的觸底反彈

戀愛是美好的，尤其對於女孩子來說，如果條件允許，她或許會選擇長久地享受愛情的滋味，一生能在愛河中徜徉，是一種難得的幸福。但是，愛情亦是一條辛酸路，並非所有的愛情都能一帆風順，直接進入到婚姻，能夠攜手相伴，一生一世。好多人在戀愛的時候，往往會遇到來自不同方面的壓力，會遭到不同程度的反對，而這些壓力和反對，對於愛得很深的戀人來說，無疑是「幸福的炸彈」，這一炸彈的出現，在某種程度上進一步催生了愛情的瘋長滋蔓，而且，戀人們也在默默地用自己的愛情誓言對抗著「炸彈」。

「之死靡它」，便是戀愛遭受打擊時的愛情誓言。「之死靡它」，出自《詩經．鄘風．柏舟》：

泛彼柏舟，在彼中河。髧彼兩髦，實維我儀。之死矢靡它。母也天只，不諒人只！

泛彼柏舟，在彼河側。髧彼兩髦，實維我特。之死矢靡慝。母也天只，不諒人只！

〈柏舟〉中的戀人是一對小兒女，他們年齡都不大，這從男孩子的裝扮「髧彼兩髦」就可以看出。「髧」指頭髮下垂之狀，「兩髦」，指前額頭髮齊眉，額後頭髮分向兩邊紮起。根據古代人的習俗，男子在及冠禮前後，其髮式會發生變化，以表示年齡的不同。及冠禮是男子成年的標誌，在此之前，男子的髮式就是「髧彼兩髦」，在及冠禮之時，受冠者的頭髮會被聚攏於頭頂挽成髮髻，稱為「挽髻」，之後便是「加冠」。「加冠」之後，男子的髮式不同，男子也便脫離了少年時代，可以結婚了。由此可見，〈柏舟〉中的這對戀人，他們的戀情類似於現在的「早戀」。

初涉愛河，一對小兒女被從未體驗過的情愫纏繞著，他們好奇，他們欣喜，他們羞澀，他們期待，在懵懵懂懂之間已然全身投入到愛情之中，毫無保留，全心付出，「淺嘗輒止」一詞在初涉愛河的戀人詞典中是沒有的，他們拒絕此成語的出現。這份純純的愛、濃濃的情，在他們看來，是那樣的珍貴，那樣的純粹，因此，他們的戀情不容任何人侵犯，不容任何人褻瀆。初涉愛河的小兒女以自己弱小的力量守衛著那片樂園，一旦有人入侵，自然要奮起反抗，與其勢不兩立，哪怕這人是自己最最愛著的媽媽。〈柏舟〉中的女孩，她的懵懂之戀被媽媽發現了，媽媽或許是認為女孩年齡還小，這個年齡還不適合談戀愛，媽媽也或許是認為女兒戀上的這人不怎麼靠譜，〈柏舟〉中沒提到具體原因，但是不管怎樣，媽媽在獲悉女兒戀愛之後，對女兒實施了「二十四小時全天監控」，女兒到哪兒媽媽就到哪兒。因為媽媽的原因，女孩到了約會的時間點也不敢出去，即便出去了，有著「尾巴」媽媽，估計男孩看見了也不敢露面，時間一長，女孩剛剛有的甜蜜，便消失得無影無蹤了，而且還多了些逆反情緒，而這一切的罪魁禍首就是自己的媽媽。

女孩在媽媽再一次的教導面前，內心的壓抑終於爆發了，她狂吼著：「我怎麼會有你這樣的媽？你怎麼就不能體諒女兒的心呢？」並且最後態度堅決地向媽媽表明了自己的態度：之死矢靡它、之死矢靡慝，一生一世只愛這一人，從這一刻就認定這一人啦，非他不嫁！

這便是成語「之死靡它」的來歷，意思是到死也不變心，形容愛情專一，至死不變。後來有時也用於形容立場堅定，不只用於愛情之中。

初涉愛河，一般是懵懂青澀的，這種愛靠的只是一種感覺，不太考慮現實與個性的差異，只是任由那絲欣賞蔓延，因此從初戀一直走到婚姻殿堂的比例並不是很高。但是初戀之所以重要，之所以珍貴，就在於它是戀情的「第一次」，「第一次」帶來的感覺是異樣的、迷人的，從而「初戀保衛戰」打得也是異常地堅定，〈柏舟〉「之死靡它」的誓言，便是對愛情破壞力的挑戰。

在愛情遭遇阻力之時，有人選擇直面鬥爭，有人選擇隱性鬥爭，〈柏舟〉的女子便是選擇與媽媽的阻力直接交火，《詩經．王風．大車》則是選擇私奔來對抗阻力：

大車檻檻，毳衣如菼。豈不爾思？畏子不敢。
大車啍啍，毳衣如璊，豈不爾思？畏子不奔。
谷則異室，死則同穴。謂予不信，有如皎日。

〈大車〉一詩開篇便是沉悶的氣氛：一輛牛車駛過，聲音沉重低悶，與此氣氛相應，緩緩拉開的畫面中出現了一對男女，他們面色凝重，似乎在討論著什麼。近前一聽，原來，這對男女是一對戀人，他們自由戀愛，彼此相愛，但是卻遭到了女方父母的反對。父母理想的乘龍快婿不是男子這樣子，父母在得知女兒有了戀情之後，馬上找人給女兒敲定了一門他們看來門當戶對的婚事。事情馬上變得嚴峻起來，或許兩人就此會永不相見，更不用提什麼長相廝守了，心急如焚的小夥子接受不了自己的戀人即將另嫁他人的事實，因此，他決定鋌而走險了。那天，一對戀人找到機會碰了個面，女孩子訴說了自己對小夥子的不捨，兩相纏綿悲泣之時，小夥子將自己的大膽決定說了出來，他決定要與女孩子一起私奔，掌握自己的幸福。但是，女孩子此時卻顯得有些猶豫不定，私奔對於她來說一直是一個不好的字眼，是只有壞人才會幹的事，如今小夥子的提議，不僅僅是在挑戰她固有的認知，而且還是在拿她的未來作賭注。離開父母與人私奔，自己就會受人唾棄，自己唯一可以依靠的便是眼前這個人了，但是，他能一如既往地對自己這樣好嗎？一旦哪天這個人變了心，自己也離開了父母，那與她相伴的也只有「咎由自取」這個詞了。

私奔，對於〈大車〉中的女孩子來說，是一個挑戰，這一步不是「眼睛一睜一閉」那麼簡單的事情，邁出這一步，等待她的或許是美麗人生，也有可能是懸崖峭壁。看著女孩的猶豫、擔心，小夥子心中雖著急，但也理解，為了解開女孩的心結，小夥子毅然雙膝跪地，對天起誓：我一生一世只愛你一個，即便我們兩個活著不能共處一室，死後也要同穴共棲。如果我說的話有絲毫水分，老天會懲罰我的。

「謂予不信，有如皎日」，此處，小夥子是對著明亮的太陽發誓，這與屈原的「指天為誓」是同樣的心理，源自太陽神崇拜，亦是出自敬畏之心，這是古代人發誓的另外一種類型。

《詩經．王風．大車》著意表現了男子的愛情誓言，這一愛情誓言是在愛情受阻之時勇於追求幸福的體現，鏗鏘有力，震撼人心，詩篇結尾雖然沒有交代一對戀人的結局，但是，由「谷則異室，死則同穴」傳遞的深情與堅定，「謂予不信，有如皎日」傳遞的真誠與敬畏，我們寧願相信，女子終於走出心結，將手交到了男子手中，而這一交便是一輩子。

愛情誓言代表的是承諾，背後的是真情，若真情不再，愛情誓言便如水中泡沫，多了水分，本心已無。《裸婚時代》*中的劉易陽*的愛情告白版誓言曾經引來感動一片：

我沒車，沒錢，沒房，沒鑽戒，但我有一顆陪你到老的心，
等到你老了，我依然揹著你，我給你當枴杖，
等你沒牙了，我就嚼碎了餵給你，
我一定等你死後再死，要不把你一個人留在這世界上，沒人照顧，我做鬼也不放心。

在見慣了背信棄義的事情之後，在不少明星的情感危機出現之後，人們紛紛感嘆：愛情誓

言你也信，鬼也不放心！

---

* 中國現代電視劇，改編自小說。
* 《裸婚時代》劇中男主角。

六

土豪、屌絲、文藝青年、高富帥

早一點的時候，有一首〈你瀟灑我漂亮〉* 的歌曲很流行。歌曲唱道：「女人愛瀟灑，男人愛漂亮，不知地不覺地就迷上你」，「有愛情還要麵包，有房子還要珠寶，瀟灑漂亮怎能吃得飽」。這首歌旋律很歡快，卻提出了一個令人煩惱的、不愉快的現實問題。在對人生另一半的選擇上，外表與金錢兼而得之的高富帥，那當然是上上之選，但人生哪裡會十全十美呢！因此，面對的往往是這樣的困境：瀟灑漂亮的往往是除了瀟灑漂亮外一無所有，有能力大把大把花錢的往往除了錢以外一無所有，文藝青年有思想卻囊中羞澀，那些矮窮矬的屌絲又是那麼地愛你。是找一個你愛的人，還是找一個愛你的人？這實在是一個艱難的抉擇。

---

* 台灣一九八〇年代的流行曲，原唱為成鳳。

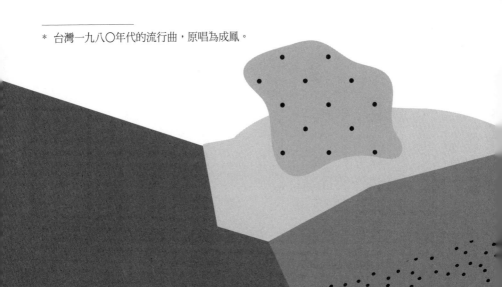

以貌取人：誰都喜歡漂亮的，可哪有那麼多漂亮的

心理學家曾經做過一個試驗：分別讓一位戴金絲眼鏡、手持資料夾的青年學者，一位打扮入時的漂亮女郎，一位挎著菜籃子、臉色疲憊的中年婦女，一位留著怪異頭髮、穿著邋遢的男青年在公路邊搭車，結果顯示，漂亮女郎、青年學者的搭車成功率很高，中年婦女稍微困難一些，那個男青年就很難搭到車。這個試驗說明：外貌是非常關鍵的，人的第一印象百分之五十以上是由外貌造成的，外貌是決定一個人是否可信的重要條件，也是決定他人如何對你的首要條件。

還有一項調查顯示，女生找不到對象的原因百分之九十九是因為醜，諸如其他像宅、懶、自閉、女漢子、害羞、脾氣暴躁、不會化妝等眾多因素，僅僅占百分之一；而男生找不到對象的原因，有百分之四十五是因為窮，百分之四十五是因為醜，還有百分之十的原因很有意思，是因為有男朋友。

在男女戀愛、擇偶的過程中，有幾個因素是經常被重點考慮的：外貌、金錢、地位、才能等。但正如以上所述，不管是試驗，還是調查，都非常明確地指向這樣一個問題：在戀愛與婚姻中，人的外表是相當重要的。即使本人很有才，因為外貌而錯失美好姻緣的，也可以輕易舉出一些。

漢末建安年間，圍繞在曹操父子周圍有一批文人，歷史上稱之為「建安七子」，這七人之中，成就最高的是王粲，有「建安之傑」的美譽。

王粲出身名門望族，曾祖父、祖父，在漢代的時候，都位至三公，做過部長級的高官，父親做過漢代大將軍何進的長史，是相當於祕書長的角色。所以，從出身來看，王粲是官宦世家，即使他不出仕做官，也能成為典型的「官二代」。因此，王粲的社會地位是沒得說的。官宦子弟，自小往往嬌生慣養，大多難成大器，王粲卻不是這樣。

王粲有才，而且是相當有才。他小時候就很有才，他的才能主要表現在兩個方面：一是全面發展；二是過目不忘（看過就不會忘記，形容記憶力非常好）。

按照史書的記載，王粲的語文、數學都很優秀。數學方面，不僅善於計算，而且還有計算方面的專業學術論文。語文方面，善作文，一是寫得快，提筆便成，不用作任何修改，以致別人都不大相信，懷疑他是早就在腦海中想好了的；二是寫得好，王粲提筆而就的文章，別人反覆斟酌，也找不出可以修改增減的地方（性善算，作算術，略盡其理。善屬文，舉筆便成，無所改定，時人常以為宿構，然正復精意覃思，亦不能加也。《三國志．魏書．王粲傳》）。成語「精意覃思」就是從這裡來的，意思是「精心研究，深入思考」。別人精心研究、深入思考，還不如王粲的提筆而就。從王粲傳流下來的作品來看，他的文學成就的確很高，不僅詩歌寫得好，賦也很知名，一篇〈登樓賦〉，千古傳誦。元明以後的戲曲雜劇中，更是經常以「王粲登樓」的事件為題材，反覆書寫。

王粲的傑出才能從當時另外一個著名文人的評價中可以得到進一步印證。這個文人是蔡邕，就是歷史上著名的才女蔡文姬的父親，後人多稱之為蔡中郎。蔡邕是當時的文壇巨匠和領袖，此人才學過人，朝野聞名，人們對他無不敬仰，家裡常常賓客盈門。有一天，王粲去拜訪他。蔡邕早已聽說王粲的大名，聽說王粲到來，慌忙出迎，連鞋子都穿反了（時邕才學顯著，貴重朝廷，常車騎填巷，賓客盈坐。聞粲在門，倒屣迎之。《三國志．魏書．王粲傳》）。王粲進屋後，賓客見是個孩子，而且特別醜，大為驚訝，弄不懂蔡邕為什麼要如此看重王粲。蔡邕明白眾人的心思，就說：「這孩子是個天才，我是趕不上他的。我家的所有藏書，我打算都送給他，這才算物歸其主。」從當時文壇領袖蔡邕的態度與評價中，就可以肯定，王粲的才學絕非浪得虛名。

王粲的第二項本領即過目不忘。史書上記載了兩件事，證明王粲的記憶力的確超群。第一件事，背誦路邊碑文。有一次，王粲與幾個朋友同行，發現路邊一塊碑，就那麼匆匆瀏覽了一遍，別人問他：「你能背誦下來嗎？」王粲很自信地說：「能。」別人不信，王粲就背給他們聽，結果一字不漏，一字不錯（初，粲與人共行，讀道邊碑。人問曰：「卿能諳誦乎？」曰：「能。」因使背而誦之，不失一字。《三國志．魏書．王粲傳》）。這是王粲過目成誦的本領。第二件事，恢復棋盤。有一次，王粲圍觀別人下圍棋，不知是誰，不小心把棋盤打翻了，棋子散亂一地。王粲替他們照原樣恢復，把棋子再擺上。下棋的不相信，用頭巾把棋局蓋上，讓他再用其他的棋盤把棋子照原樣擺上。擺好後用來互相核對比較，棋子的位置一個也不錯（觀人圍棋，局壞，粲為覆之。棋者不信，以帊蓋局，使更以他局為之。用相比校，不誤一道。《三國志．魏書．王粲傳》）。

王粲出身望族，又是名揚四海的才子，按理說，絕對是天下女子心儀的伴侶。其實不然，因為王粲這個人長得的確不敢讓人恭維。史書上如此記載王粲的外貌：「容狀短小」「貌寢而體弱通侻」。什麼意思呢？三個字：矮矬醜。身材短小，重心應該比較穩固，但王粲弱不禁風，還不拘小節，特別不喜歡打扮。由此可以想像王粲的外貌了。按照現在的話說，王粲長得不是天生麗質，而是天生「勵志」。

就是因為這一點，王粲不僅錯過一門婚事，而且很長時間在政治上也很不得意。王粲投奔荊州劉表的時候，因為很有才能，劉表原打算將其招為東床快婿，但王粲身材短小，長相醜陋，按照劉表的說法，叫「貌躁」。什麼是「貌躁」？文獻中也沒解釋，正常的理解應該是看起來比較性急，按照現在的玩笑話說，王粲長得比較「著急」。所以，劉表想來想去，最終此事未成，將女兒嫁給了與王粲一起前來投奔的族兄王凱，這對王粲而言是一件不小的憾事。王凱的才學顯然不如王粲，但長得比王粲好多了，史書上講「凱有風貌」，「風貌」就是「風采容貌」，那王凱一定是個風度翩翩的美男子（初粲與族兄凱避地荊州依劉表，表有女。表愛粲才，欲以妻之，嫌其形陋周率，乃謂曰：「君才過人而體貌躁，非女婿才。」凱有風貌，乃妻凱。《博物志》卷六）。因為醜，劉表在政治上也不怎麼重用王粲，只是將他的文學才能為己所用罷了。王粲的那篇名賦〈登樓賦〉，表達的就是這種懷才不遇的傷感。

無獨有偶（不只一個，竟然還有配對的。表示兩事或兩人十分相似），像王粲這樣的婚戀遭遇，在歷史上不是唯一的，如唐代末年的羅隱。

在唐末文學史上，羅隱是不能被忽略的。他的詩歌在當時很出名，尤其是借歷史來諷刺現實的詠史詩。不過，正是因為他喜歡寫文諷刺現實，恃才傲物，所以儘管他前前後後參加科舉考試十餘次，結果卻是一樣的——名落孫山（語出范公偁《過庭錄》：吳人孫山，滑稽才子也。赴舉他郡，鄉人託以子偕往。鄉人子失意，山綴榜末，先歸。鄉人問其子得失，山曰：「解名盡處是孫山，賢郎更在孫山外。」指考試或選拔沒有錄取），最終只得鎩羽而歸（比喻失敗或不得志而歸）。羅隱的才學是不用懷疑的，因為當時的宰相鄭畋等人很欣賞他。鄭畋有個女兒，也很有才學，非常喜歡羅隱的詩，經常在他父親面前一遍一遍地吟誦，甚至忘記了吃飯睡覺（諷誦不已。《舊五代史》卷二十四〈羅隱傳〉。未嘗不於父前三復。《鑑戒錄》卷八〈錢塘秀〉）。女兒的行為，鄭畋看在眼裡，記在心中，知道女兒喜歡羅隱，有打算將女兒嫁給羅隱之意（鄭憐其意，欲以妻隱。《苕溪漁隱叢話前集》卷二四引《五代舊史》）。正巧，一天羅隱登門拜訪，鄭畋故意將其留下吃飯，暗中讓女兒相相她一直崇拜的才子（垂簾而窺之。《舊五代史》卷二十四〈羅隱傳〉）。結果，大失所望。因為羅隱長得極醜（貌極陋。《苕溪漁隱叢話前集》卷二四引〈五代舊史〉）。可見，文並非盡如其人。這女子不僅失望，而且將羅隱的詩稿統統燒掉，從此再也不吟誦羅隱的詩句，這樁婚事自然是沒有成功。

漢語中有個成語叫愛屋及烏，出自《尚書大傳．大戰》。意思是說喜歡一個人，連他屋頂上的烏鴉都喜歡；討厭一個人，連他村落的牆壁都討厭（愛人者，兼其屋上之烏；不愛人者，及其胥餘。《尚書大傳》卷三〈大戰〉）。鄭畋之女的行為與此類似，因為喜歡羅隱的詩歌，進而愛慕未見面的羅隱；但見到羅隱的真人之後，不僅很不喜歡相貌醜陋的羅隱，而且連羅隱的詩歌都討厭了。鄭畋之女的做法是有心理學根據的，在心理學上，這叫「光環效應」。

王粲與羅隱都是因為長相醜陋而失去了姻緣。這是典型的以貌取人的實例，不過，「以貌取人」這個成語，並非來自王粲，它的生成時間更早，是孔老夫子的話。

孔子眾多弟子中有一個名叫宰予的，能說會道，能言善辯。他開始給孔子的印象不錯，但宰予喜歡白天睡覺，大白天應該是用功讀書、做事的時間，宰予卻經常進入夢鄉。因此孔子很生氣，說：「腐爛的木頭是沒有辦法雕刻的，糞土做的牆是沒有辦法抹平，沒有辦法粉刷的，像宰予這種人，我還能罵啥呢？」（朽木不可雕也，糞土之牆不可圬也！於予與何誅？《論語．公冶長》）這很類似一個父親罵自己不爭氣的孩子。孔子罵完之後，還說：「以前，別人說啥我就信啥，宰予這件事告訴我一個道理，別人說什麼還不行，我得看看他做什麼。」

孔子還有一個叫澹（音同淡）臺滅明的弟子，字子羽。這個弟子長得不好看，「狀貌甚惡」（《史記》卷六十七〈仲尼弟子列傳〉）。起初他要做孔子的學生，孔子還很不想收他，覺得這麼醜陋的人，資質低下，不會成什麼氣候的。不過，他追隨孔子以後，學習認真，刻苦實踐，做事從不投機取巧，不是因為公事，從不會去見公卿大夫。子羽在長江一帶遊歷，聲譽很高，追隨他的弟子有三百人，到處都傳頌他的事蹟。

對這兩個弟子，孔子頗有感慨，說：「我只憑人的言語判斷人的品質，結果看錯了宰予；我只憑相貌判斷人的品質，結果看錯了子羽。」（吾以言取人，失之宰予；以貌取人，失之子羽。《史記》卷六十七〈仲尼弟子列傳〉）孔子的感慨，是說人的外表與內在往往不是那麼和諧一致的，甚至恰恰相反。很多人都瞭解、清楚這個事理，但在對戀愛、婚姻對象的選擇上，卻往往堅持「以貌取人」。上面講的兩個實例，都是對男子外貌的不滿意，而事實上，男子對女子的外貌是更為關注的。

所以，古代文獻中對美女的描述，大多特別關注於外貌，對外貌的描寫從來都捨得大量花費筆墨。如《詩經》中的齊國美女莊姜：她的小手就像柔軟的小草，她的膚色就像那凝結的玉脂。她的脖頸潔白豐潤，她的牙齒像那瓠瓜的籽。豐滿的前額，彎彎的眉，兩個酒窩，迷人的笑，美妙的眼睛送秋波（手如柔荑，膚如凝脂，領如蝤蠐，齒如瓠犀。螓首蛾眉，巧笑倩兮，美目盼兮。《詩經．衛風．碩人》）。後人評價這首詩說：千古頌美人者，無出其右（姚際恆〉）。這可能主要是從源頭方面說的，其實，文獻中的美女，一個接一個，一個勝一個，數不勝數。古代的幾大美女就毋庸多說了，其他的也可以舉出不少，如宋玉說的東鄰之女。

宋玉說：天下的美女，沒有比得上楚國的；楚國的美女，最美的就在我的家鄉；我家鄉最美的女子，就是我的鄰居。這是怎樣的一個美女呢？這位美女，增一分則太高，減一分則太矮。塗粉就顯得太白了，塗胭脂就顯得太紅了。眉毛像翠羽，肌膚像白雪，細腰就像一束絲織品，牙齒整齊潔白就像貝殼排列。總之，眉毛、肌膚、腰肢、牙齒，無一處不美。還有她的微笑，就那麼嫣然一笑，瞬間令一大堆男子為之傾倒。宋玉對東鄰美女的這些描繪，成為描繪古代美女的固定語彙：眉如翠羽、肌如白雪、腰如束素、齒如含貝、嫣然一笑（宋玉〈登徒子好色賦〉）。

宋玉在不厭其煩地描繪了這位美女之後，接著說，就是這樣的一位絕色美女，常常從牆頭上偷窺我，足足有三年時間，我都沒有一點點動心。宋玉這麼講，目的是說明他是如何地不好色，這也生成了一個成語：鄰女窺牆，用來形容女子對男子的傾慕，也用來形容對美好事物的傾慕。

在古代男子的眼裡，女子之美，首先是外貌之美，所以才會如此耐心地描摹，如此耐心地欣賞，正所謂「秀色可餐」（形容女子美色誘人）。

當下的漢語詞彙中，「美女」似乎已經演變成了幾乎對所有女性的稱呼。對於女性，總是不失時機地喊上一聲美女。所以，對女子而言，如果別人喊你「美女」的時候，你千萬不要當真，因為這並不是真正地在誇你，不過，當男性誇讚一位異性有氣質的時候，大多數情況下，這個女子長得實在不敢令人恭維了，長得實在沒有什麼可以誇讚的了，所以現在這並不是一個褒揚的詞語。正如在古代，醜女進入文字記載，如果不是作為美女的對立面以丑角的面貌出現的話（如東施效顰），這個女子往往是很有氣質的，即在品行方面很有過人之處。

才貌雙全：想得很美，不過也就是想想

不管是男性還是女性，理想的狀態，或者說，在追逐人生的另一半上，當然是希望才貌雙全，既有美貌，又有才能、品德。

才貌雙全，又作「才貌俱全」「才貌兩全」。這個成語產生得並不早，出現在元明清的通俗文學作品中。

元代著名的戲曲家白樸寫過一齣很有名的戲《牆頭馬上》（「牆頭馬上」也是一個成語，指男女邂逅相愛）。這齣戲講的是，尚書之子裴少俊，奉命到洛陽購買花苗，巧遇總管之女李千金。二人一見鍾情，私訂終身，但為裴少俊之父所不容，後歷經坎坷終於夫妻團圓。在戲中，裴少俊第一次出場時自我介紹說：「小生是工部尚書舍人裴少俊。自三歲能言，五歲識

字，七歲草字如雲，十歲吟詩應口，才貌兩全，京師人每呼為少俊。」這是「才貌兩全」的出處。明代有一種話本，名字叫《風月瑞仙亭》，內容是演繹卓文君私奔司馬相如的故事。在話本中，卓文君和他的父親都誇讚司馬相如才貌雙全，所以卓文君才與其私訂終身，所以朝廷才會徵召司馬相如進京。至於「才貌俱全」這個成語，出現更晚，是在《紅樓夢》中才出現的，是寫北靜王水溶的。

這三個成語，意思是一樣的，是說既有才，又有貌，大都用來形容男子，因為在古代的男權社會，一貫推崇「女子無才便是德」（出自張岱《公祭祁夫人女》：眉公曰：「丈夫有德便是才，女子無才便是德。」此語殊為未確。這是古代衡量女子德行的標準，提倡婦女一切順從，不必具備才識學幹）。其實，如果我們把「才」理解得更為寬泛一點，當然也可以用「才貌雙全」形容女性。

儘管現實世界中不乏才貌雙全的男男女女，但這更多的是一種理想狀態，所以經常出現在文學作品中，而歷史文獻中記載的或者著意突出的往往是「有才無貌」的人。王粲是這樣的人，羅隱是這樣的人，而且這不是個例。

唐代的書法家歐陽詢，懂點書法的人都知道，他的楷書被譽為唐人第一，後人評價說：「英俊之氣咄咄逼人。」（清代周星蓮《臨池管見》）他的字寫得是很英俊，實際上，歐陽詢本人長得很不英俊。不少文獻甚至是文藝作品中對此都有所記載。

二十幾個字，覺得劉向寫得太殘忍了。這是怎樣的一副尊容，也算是百年不遇、舉世無雙了吧：癟腦袋，稀頭髮，天靈蓋凹陷。高顴骨，深眼窩。鼻孔上翻，喉結腫大。脖子又粗又胖，外帶貓腰駝背，骨節粗陋，四肢高壯。大臉蛋子黑不溜秋的，一笑，露出滿嘴黃板牙。這副模樣，如同破爛扔在地上，沒有人撿，她自己還不斷誇耀自己，所以四十多歲了，始終嫁不出去。後來，她乾脆親自出去推銷自己，而且是向齊國的國君齊宣王推銷。

她跑到京城臨淄王宮，向謁者說：「我是齊國一個嫁不出去的女子，聽說大王很有聖德，我願意為大王打掃後宮，希望得到大王恩准。」這是什麼意思？意思是說我願意嫁給大王，大王你得趕緊娶我。當時，齊宣王正在飲酒，謁者稟報以後，左右不禁大笑，天下竟然有如此厚臉皮的人，難道她有什麼與眾不同嗎？齊宣王竟因此召見無鹽，說：「我後宮的人已經夠多的了，你在民間嫁不出去，反來求我，想進入後宮，你有什麼特異才能嗎？」無鹽說：「我只是聽說大王有聖德所以才來找你。」然後，她滔滔不絕地分析了齊宣王的四個危險，處處擊中齊宣王的心結，她那積累四十年的才華、智慧，噴薄而出。儘管她的聲音像夜裡的貓頭鷹叫聲那樣刺耳，但振聾發聵。齊宣王竟為此折服，拜無鹽為王后。齊國後來的長期安定，竟是醜女無鹽的功勞。

後人經常用「貌似無鹽」來形容女性容貌醜陋，但醜陋的無鹽女竟然以自己的遠見卓識，憑藉自己的才能位至王后。無鹽之所以能進入文獻記載，關鍵是其有才。史書之所以對此大書特書，也是因為她是非常獨特的。像無鹽這樣的女子，儘管獨特，但不是唯一。

東晉的許允，在當時也是名士，娶了名士阮共的女兒為妻。洞房花燭之夜，他發現阮家的女兒貌醜容陋，實在不能忍受，看不下去了，匆忙跑出新房，從此不肯再進。後來，許允的朋友桓範來看他，對許允說：「阮家既然嫁醜女於你，必定有原因，你得考察考察她。」

許允聽了桓範的話，才再次跨進新房。但他一見妻子的容貌，拔腿又要往外溜，新婦心知，他此次離去斷無再回之理，所以一把拽住他。許允邊掙扎邊同新婦說：「婦有『四德』（婦德、婦言、婦容、婦功），你有哪幾樣？符合幾條？拉著我幹什麼？」新婦說：「我所缺的僅僅是『美貌』（婦容）。而讀書人有『百行』，您又符合幾條呢？」許允說：「我百行俱備。」新婦又說：「百行以德為首，您好色不好德，怎能說俱備呢？」許允啞口無言，心有愧意。從此夫妻竟相敬相愛，感情和諧（許允婦是阮衛尉女，德如妹，奇醜。交禮竟，允無復入理，家人深以為憂。會允有客至……桓果語許云：「阮家既嫁醜女與卿，故當有意，卿宜察之。」許便回入內，既見婦，即欲出。婦料其此出，無復入理，便捉裾停之。許因謂曰：「婦有四德，卿有其幾？」婦曰：「新婦所乏唯容爾。然士有百行，君有幾？」許云：「皆備。」婦曰：「夫百行以德為首，君好色不好德，何謂皆備？」允有慚色，遂相敬重。《世說新語》卷下之上〈賢媛〉）。

雖然心理學研究證明，外貌給他人的第一印象是很關鍵的，所以「以貌取人」有心理基礎，喜歡一個人往往是從喜歡一個人的容貌開始的，但是，以貌取人難免有看走眼的時候，而真正愛一個人，看中的應該是內在。喜歡從外貌開始，愛的又是內在，先有喜歡才有愛，這其實是一個悖論。所以，必須記住，才貌雙全只是一種理想，以貌取人也很危險，有的人闖進你的生活，只是為了給你上一課，然後轉身離開。

當然，隨著時代的發展，對於人生另一半的選擇標準，也在不斷發生著改變，從前的男女婚戀的理想狀態是「郎才女貌」「才子佳人」，現在逐漸演變為「郎財女貌」「財子佳人」了。地位、金錢在現代的戀愛婚姻中，發揮著越來越重要的作用。

嫌貧愛富：似乎令人厭，其實很現實

其實，這種現象也不是今天才有的，雖然沒有今天這麼普遍，但古人在對人生另一半選擇的問題上，嫌貧愛富的事情也是經常有的。

嫌貧愛富，出自元代關漢卿的雜劇《裴度還帶》，講述的是唐代宰相裴度未做官時，拾金不昧、救人性命，最終得中狀元的故事。裴度父母雙亡家境貧寒，只得寄居在山神廟中。有一道人為裴度相面，斷定他命該橫死。此時另有韓太守因廉潔被誣陷入獄，韓夫人與女兒瓊英辛苦籌資以救韓太守，幸得他人贈玉帶相助。不承想，韓瓊英路過山神廟時不慎失落玉帶，被裴度撿到。韓氏母女正要絕望自盡，裴度將玉帶歸還，韓太守一家三口性命皆得救。就在裴度送韓氏母女出門之時，山神廟倒塌，裴度得以逃脫橫死厄運。後裴度赴京趕考，得中狀元，並與韓瓊英結為夫婦。這齣戲一共四折，在第二折中，裴度有一段唱詞：「有那等嫌貧愛富的兒曹輩，將俺這貧傲慢，把他那富追陪，那個肯恤孤念寡存仁義。」（《山神廟裴度還帶》第二折）這是裴度對自身身世、社會風氣有感而發。「嫌」意為厭惡，不滿意。「嫌貧愛富」就是「嫌棄貧窮喜愛富貴」，對人之好惡，一切以富貴為標準。

西漢時期的朱買臣，家裡窮得叮噹響，依靠砍柴度日，卻喜好讀書。他的妻子受不了這種天天喝稀粥吃野菜的窮苦日子，請求朱買臣把她休了，嫁給了當地的一個手工業者。這是一則典型的「嫌貧愛富」的故事。當初妻子請求被休的時候，朱買臣笑著說：「我到五十的時候，一定能夠富貴，現在四十多了，你再忍幾年吧。你跟著我這些年也受了很多苦，到時我要好好報答你。」他妻子大怒，罵道：「像你這路貨，早晚餓死在山溝路邊，哪來的富貴。」（買臣笑曰：「我年五十當富貴，今已四十餘矣。女苦日久，待我富貴報女功。」妻恚怒曰：「如公等，終餓死溝中耳，何能富貴！」買臣不能留，即聽去。《漢書》卷六十四〈朱買臣傳〉）沒想到，後來朱買臣真的飛黃騰達，做了會稽太守，衣錦還鄉，將貧困的前妻和她的丈夫安置在府中供養，他妻子羞愧自殺。這個事件後來通過多種藝術形式，不斷被演繹。

清代蒲松齡的《聊齋志異》中也記載了一個類似的故事。山東掖縣（今萊州）有一個姓毛的書生，家中世代貧寒卑微，父親靠給人放牛為生。書生自幼與當地大姓張家長女定親，但此女很看不起毛家，嫌其太窮了，經常對人說：「就是死，我也不嫁放牛人家！」（每向人曰：我死不從牧牛兒！《聊齋志異．姊妹易嫁》）到出嫁之日，此女堅決不從，其父迫於無奈，只好讓她的妹妹代替姊姊出嫁。出嫁不久，書生高中狀元，前程似錦。張家長女雖然嫁給了當地一個富戶子弟，但丈夫遊手好閒，不務正業，家道中落，最後竟然窮得吃不上飯，後來丈夫又死掉了，她悔恨不已，出家為尼。

成語詞典上講，「嫌貧愛富」這個詞多用於女子婚嫁，其實也不全是，男子中也有這樣的人。與曾國藩、左宗棠、李鴻章等並稱晚清八大名臣之一的駱秉章，據說也是個嫌貧愛富的主兒。

駱秉章三十多歲的時候，還沒娶妻。他是廣東花縣人，當地有一姓金的富戶，富戶的妹妹年齡也不小了，不過嫁不出去，因為長得醜：高高的顴骨、寬寬的額頭、滿臉的麻子。駱秉章聽說之後，前往提親。富戶自然高興，很爽快地答應了此事。從此，駱秉章傍上了大款，有強大的經濟後盾資助，全心全意攻讀，到四十歲的時候，考中進士（《清稗類鈔》第五冊〈婚姻類〉）。

文獻中對嫌貧愛富的拜金女大書特書，當然是持批評態度的。但是，每個女孩兒都會有虛榮心，都想過一種富裕的生活，這是她們的天性。所以，當身邊的窮小子給不了她物質的滿足，即使是長得如何帥，即使是如何愛她，在現實面前也往往不堪一擊。不過，當下某些女子對金錢的崇拜，不但不再羞羞答答，而且似乎已經病入膏肓。這種基礎之上的愛情與婚姻，似乎也注定了未來。

不過，現實就是如此，長得帥的沒有錢，有錢的沒文化，有文化的長得醜，總之，事實總是那麼不盡如人意。

東食西宿：貌似好辦法，實際不可能

既有容貌，又很富有，這是每一個女子都有的對另一半的夢想，但事實往往是不能兩全，魚和熊掌不能兼得，面對這個問題，到底該如何選擇呢？看看古代齊國這位女子的選擇。

齊國有個妙齡適婚女子，面臨著選擇的兩難困境。東家的男子面相醜陋但家境富足，西家的男子面容姣好但家境貧寒。女孩子的父母很民主，把決斷權交給女兒。他們怕女兒不好意思說，就示意女兒可以做手勢表示一下：袒露左、右胳膊來表態。結果女孩子將兩個胳膊都袒露出來。雖「知女莫若母」，但這一番舉動連她的母親也被弄得是一頭霧水。最後女孩自己道破了心中所願：西家的男人好，東家的伙食好。願在東家吃，在西家睡。齊國的這個女子還真是位奇女子，兩手都要抓，兩人都想要，以求實現個人的「雙贏」（齊人有女，二人求之。東家子醜而富，西家子好而貧。父母疑不能決，問其女定所欲適，「難指斥言者，偏袒令我知之」。女便兩袒。怪問其故。云：「欲東家食西家宿。」《藝文類聚》卷四十引〈風俗通義〉）。

齊國女子的這番作為，產生了一個成語：東食西宿（又作「西眠東食」），用來形容人貪得無厭，很有野心。

在我看來，這個姑娘的選擇儘管並不現實，分身無術，不可能同嫁兩家，但願望無可厚非，可以理解。無論男女，形而下的果腹，形而上的浪漫，生活幸福和精神充實，皆有追求之權利。況且，愛美之心，人皆有之。嫌貧愛富，自古而然。魚與熊掌，兼而欲得，亦是人性之貪婪。

齊女兩袒的故事，未必就是真事，不過，反映的觀念倒是真實的。假如真有其事，那個姑娘最後究竟嫁給了誰？嫁了之後，會不會又生出別的變數？不妨再假設一下，放在今天，如果面臨類似的選擇，又會出現幾種狀況呢？

余華有篇著名的小說《活著》，裡面寫年邁的福貴哄著一頭風燭殘年的老牛，在田野之中慢吞吞地犁地時，福貴慢騰騰地唱著一首民謠：「皇帝招我做女婿，路遠迢迢我不去。」當然，皇家的擇婿標準是絕對不會把與風燭殘年的老牛相依為命的年邁老頭子考慮在內的，但是，鄉下人也有鄉下人的不屑，也有鄉下人的自鳴得意：即使皇帝招我去做女婿，路那麼遠，我還不想去呢。當然，這也只是戲言而已。鄉下人擔憂的是「自家的鍋子太小，盛不下大魚」。仔細想想，在選擇自己的另一半時，樸質的鄉下人有時倒更實際。在這一點上，某些現代人似乎也該仔細想想了。

最近看某電視台播出的《童言無忌》節目，一個四歲的小男孩主動要求記者問自己在幼兒園喜歡誰，結果小男孩叫來了喜歡的小女孩，人家卻說：「他現在被蚊子咬了包，我不喜歡了……」節目看起來讓人忍俊不禁，但仔細想想，孩子的話語是單純的，所以很可愛，因此他們的世界總是很美好，即使是「情場失意」。看到這個節目後，我在想，現在戀愛婚姻中總是面臨著那麼多的選擇，總是覺得人生有那麼多的十字路口，是不是因為我們想得太多了，是不是因為我們的目的不那麼單純了呢？

七

多情自古傷離別

戀愛中的男女，尤其是處於熱戀中的情侶，成家立業的夫妻，尤其是卿卿我我的夫妻，哪個不希望天天「泡」在一起，一刻也不分離？然而，生活總是如此，有兩情相悅、長相廝守，也就難免有形單影隻、海角天涯；有朝朝暮暮、如膠似漆，也就難免有離多聚少、形影相弔。人的一生，誰沒有經歷過離別？誰沒有嘗過離別的滋味？人生最苦是離別，「相思相見知何日」？

黯然銷魂：離別是道不盡的傷

南朝時候，有個著名的文人，叫江淹，字文通，是濟陽考成人（今河南民權）。南朝共宋、齊、梁、陳四個朝代，他在宋、齊、梁三朝都做過官。這個人文學成就很高，尤其是他的駢文很有成就，寫得很好。不過，後人知道這個人，並不全是因為他的文學才能，主要是與他的幾個典故有關。

漢語中有個成語「江郎才盡」，其中的「江郎」說的就是江淹。江淹在齊明帝的時候，曾在宣城（今安徽宣城）做過太守，後來朝廷詔其進京。他從宣城東下，前往建康，快入都城的時候，在一個叫冶亭的地方留了一宿。夜裡，做了一個夢，夢見了一位美男子，自稱是郭璞。郭璞是西晉時期很有才華的文人，史書上說他的辭賦是當時寫得最好的（詞賦為中興之冠。《晉書》卷七十二〈郭璞傳〉）。在夢中，郭璞對江淹說：「我有一支筆在你這兒存放了多年了，現在請還給我吧。」江淹就從懷裡掏，掏出一支五色筆，還給了他。從此以後，江淹寫文章再也寫不出好句子，不再有佳篇妙句，所以當時人都說江淹才盡（初，淹罷宣城郡，遂宿冶亭，夢一美丈夫，自稱郭璞，謂淹曰：「我有筆在卿處多年矣，可以見還。」淹探懷中，得五色筆以授之。爾後為詩，不復成語，故世傳江淹才盡。《詩品》中〈梁光祿江淹詩〉）。後來，人們就用「江郎才盡」這個成語表達「年輕時很有才氣，晚年文思衰退，才情減退」的意思。

與江郎才盡的傳說相近，史書中還記載了類似江淹的一個故事，算是江郎才盡的另一個版本。在這個故事中，夢中前來索要東西的不是郭璞，而是張景陽，張景陽是西晉時期名噪一時（噪：群鳴。此成語形容一時名聲很大，名聲傳揚於一個時期）的文學家。這次夢中張景陽前來索要的不是五色筆，而是一匹錦。傳說大致是這樣的：江淹做宣城太守罷官回京，曾停泊在禪靈寺附近的河洲邊，夜裡夢見一個人自稱是張景陽，對他說：「以前我把一匹錦寄放在你這兒，現在請還給我吧。」江淹就從懷裡掏出幾尺還給他，張景陽大怒說道：「原來是一匹，怎麼就剩下這麼一點點！」回頭看見丘遲，就說：「既然剩下這幾尺，也沒有什麼大用了，送給你吧。」從那以後江淹寫文章就一蹶不振（為宣城太守時罷歸，始泊禪靈寺渚，夜夢一人自稱張景陽，謂曰：「前以一匹錦相寄，今可見還。」淹探懷中得數尺與之。此人大恚曰：「那得割截都盡？」顧見丘遲謂曰：「餘此數尺，既無所用，以遺君。」自爾淹文章躓矣。《南史》卷五十九〈江淹傳〉）。而接受殘錦的丘遲，雖然文章傳下來的不多，但確有佳作，眾所熟知的「暮春三月，江南草長，雜花生樹，群鶯亂飛」（《與陳伯之書》）更是千古傳誦的名句。因為這個典故，後人就常用「一匹錦」指代文采，用「文通殘錦」這個成語比喻「剩下不多的才華」，與「江郎才盡」的意思是一樣的。

江郎為什麼才盡？當然做夢的典故是不可信的。對此，有兩種解釋。一種是說，江淹年輕時家境貧寒，雖孤貧，但好學，所以文學成就很好；中年以後，官運亨通，富貴安逸，所以才思減退。古人常講「發憤著書」，看來心中沒有鬱結的「憤」，是寫不出好作品的。還有一種說法是，江淹晚年的才盡，是故意「裝」出來的。梁武帝也好文學，江淹的文學才能當然比梁武帝要強，但是他不能超過自己的主子，所以他故意裝作自己的文學才能比不上梁武帝，文章詩文故意往差處寫，就這樣「才盡」了。

雖然江淹晚年可足傳世作品不多，但其早期的作品的確非常優秀。他有兩篇抒情駢賦特別有名，一篇是〈恨賦〉，一篇是〈別賦〉，古代的好多選本中都選有這兩篇賦。前者用優美工整的語言描述了世間的各種幽怨與遺憾，後者則描述了世間的種種別離，寫得悽婉動人。

〈別賦〉開頭上來就是一句：「黯然銷魂者，唯別而已矣。」意思是說：最使人心神沮喪、失魂落魄的，莫過於別離啊！「黯然銷魂」這個成語，就是從這裡來的。古人認為人身離開形體能獨立存在的精神就是魂，依附形體而顯現的精神就是魄。「黯然銷魂」與「失魂落魄」意義接近，前者主要用來形容「非常悲傷或者愁苦」，後者則還有驚慌不定的意思。

金庸有部武俠小說《神鵰俠侶》，以南宋末年為背景，寫楊過、小龍女這對男女的傳奇。小說中楊過與小龍女在絕情谷離別之後，日夜思念，形銷骨立（形容身體非常消瘦。出自《南史》卷七〈梁本紀〉：帝形容本壯，及至都，銷毀骨立），因此創出一套掌法，總共十七式，取名為「黯然銷魂掌」，就是借用江淹《別賦》的起首警句。十七式的名稱分別是：心驚肉跳、杞人憂天、無中生有、拖泥帶水、徘徊空谷、力不從心、行屍走肉、魂不守舍、倒行逆施、廢寢忘食、孤形隻影、飲恨吞聲、六神不安、窮途末路、面無人色、想入非非、呆若木雞。這十七式名稱很有特點，也算是對「黯然銷魂」的一種層層遞進的解釋吧。

離別是人生總要遭遇的內容，也就是說，誰都會有離別，那為什麼離別還會讓人如此黯然銷魂，產生種種離愁別緒呢？

如膠似膝：相守是分不開的愛

英國一位心理學家研究證明，世界上所有的愛都是以聚合為最終目的的，只有父母對子女的愛例外，父母雖然也盼望著與兒女常在一起，但是希望他們遠走高飛，事業有成。既然愛的最終目的都是為了聚合，那凡是與聚合相悖的方面都會引發人的本能的排斥，自然會產生感傷。何況，戀愛中的男男女女，心心相印，或者感情美滿的夫妻，平日裡如膠似漆，形影不離呢！

心心相印，這個成語我們都很熟悉，指彼此心意非常投合，也作「心心相契」。這個成語本是佛家用語，用來指不憑藉語言，彼此只用心來互相印證（超一切理，離一切相，不可以言語、智識、有無、隱顯推求而得，但心心相印，印印相契，使自證知光明受用而已。裴休〈主峰定慧禪師碑〉）。

如膠似漆，又作「如膠如漆」「如膠投漆」。「膠」與「漆」是兩種最具黏性的東西，像這兩種物質，用來表達什麼意義呢？先看一個故事。

西漢初年，劉邦為了安定天下，大封諸侯。這些諸侯王廣招門客，其中梁孝王劉武身邊聚集了不少文士，齊國人鄒陽也投奔到梁孝王門下。鄒陽的才能，遭到了同僚的嫉妒，所以有人就在梁孝王那裡不斷說鄒陽的壞話，結果導致鄒陽下獄論死。鄒陽深恐留下惡名，為後人所詬病，因此在獄中給梁孝王寫了一封信，為自己辯白，以洗清罪名（鄒陽者，齊人也。遊於梁，與故吳人莊忌夫子、淮陰枚生之徒交。上書而介於羊勝、公孫詭之間。勝等嫉鄒陽，惡之梁孝王。孝王怒，下之吏，將欲殺之。鄒陽客遊，以讒見禽，恐死而負累，乃從獄中上書。《史記》卷八十三〈魯仲連鄒陽列傳〉）當時，鄒陽的處境很尷尬：一是梁孝王是因為聽信讒言才將其入獄的，如果直接辯白自己無罪，就相當於說梁孝王昏聵，這樣自己的處境更不利；二是如果不將梁孝王聽信讒言的事情說明白，又不可能說清自己的無辜。因此，他從歷史上一些與他類似遭遇的人的經歷寫起，既避免正面指責，又特別強調聽信讒言的危害，以此表明自己的心跡。這封信寫得很有情感，特別能夠打動人，後來的不少選本也都選了這篇文章。結果，梁孝王看到書信之後，不僅明白了鄒陽的言外之意，而且深為感動，立刻將其釋放，並向鄒陽謝罪。

在書信中，鄒陽說道：從前有個叫百里奚的，就是個要飯的，但因為有才，秦穆公把整個國家託付給他；還有個叫甯戚的，就是個餵牛的，但因為有才，齊桓公把齊國的國事託付給他。這兩個人，難道是因為有人不斷在國君面前說他們的好話，才得到國君重用的嗎？當然不是，那是因為他們君臣之間在內心彼此感召，有心靈感應，所以行動上自然契合，就像膠與漆一樣親密，就像兄弟一樣不分，像這樣的情況還能被眾多的讒言迷惑嗎？（感於心，合於行，親於膠漆，昆弟不能離，豈惑於眾口哉？《史記》卷八十三〈魯仲連鄒陽列傳〉）鄒陽用「親於膠漆」來比喻君臣之間的親密關係，並特別強調，這種親於膠漆的關係是不會受到讒言影響的。可見這個詞最初並不是單純用來形容男女之間的關係的。

《後漢書》中也記載了一則類似的事情。

東漢順帝的時候，在豫章郡有兩個讀書人，一個叫陳重，一個叫雷義，彼此敬重，關係很好，兩人為人行事多有可足稱道者。那個時候，還沒有科舉考試，朝廷人才選拔的主要方式是薦舉，豫章郡推舉雷義為秀才。雷義認為自己不如陳重，就想讓給陳重，不過刺史沒有同意，雷義就假裝瘋了，披頭散髮逃走，也沒有應命（義歸，舉茂才，讓於陳重，刺史不聽，義遂陽狂被髮走，不應命。《後漢書》卷八十一〈獨行列傳〉）。後來朝廷同時徵召他們兩人，二人才出仕。所以，當時鄉里流傳這樣一句話：「膠漆自謂堅，不如雷與陳。」（《後漢書》卷八十一〈獨行列傳〉）意思是說，膠漆合在一起，可以說是非常地堅固了，但還是比不上雷義與陳重的情誼啊。這裡用膠與漆形容朋友之間親密無間的情誼。

《古詩十九首》中有一首〈客從遠方來〉：

客從遠方來，遺我一端綺。
相去萬餘里，故人心尚爾！
文彩雙鴛鴦，裁為合歡被。
著以長相思，緣以結不解。
以膠投漆中，誰能別離此？

這首詩寫一個女子的驚喜與感嘆。驚喜與感嘆都是遠方客人的突然造訪帶來的，客人風塵僕僕，帶來了兩丈絲織品，並且鄭重其事地告訴她，這是她心上人特意從遠方託他捎來的。那絲絲縷縷，包含著心上人對她的無限關切、無限惦念之情。所以女子發出「以膠投漆中，誰能別離此」的感嘆，希望自己與心上人的感情如膠投漆般地堅固，誰也不能將他們分開。這裡就開始用膠漆來指代男女之情了。

總之，「如膠似漆」「如膠如漆」「如膠投漆」，都是形容感情熾烈、難分難捨的，後來多用來專指男女之間的恩愛。

平日裡如膠似漆的男女，早已習慣了兩人的卿卿我我，一旦因為他事不得已分離，想想一個人獨處的孤單、孤苦，其感傷之情自然會蓬勃而生。這種因分離而產生的感傷，在古代，遠比今天更為強烈。這是為什麼呢？

一是因為古代交通不便。即使是到不是很遠的地方，有時也需要花費不少的時間，何況有時要到千里之外呢！所以，出門遠行對古人而言是一件頗為困難的事情，條件好一點的有馬車，但大部分人還是靠一步一步地去量，因此出趟遠門，三年五載是常有的事情。況且，在古代，很多青年士子的遠行是為了求取功名，總有一些士子落榜，有的就寄居在外，等待下一次的遴選，就這樣，一晃幾年就過去了。唐代的王昌齡有一首名為〈閨怨〉的詩歌，反映的就是此種情況：

閨中少婦不知愁，春日凝妝上翠樓。
忽見陌頭楊柳色，悔教夫婿覓封侯。

春天來臨，女子登樓遠眺，見到楊柳青青，引發無限的傷感與不盡的思念，後悔讓丈夫遠行求取功名了。當然，現在交通方便，高鐵、飛機，朝發夕至，這在一定程度上減少了長時間分離的可能性。

二是因為古代通訊不便。古代的通訊遠遠沒有今天這般發達，現在即使是海角天涯，甚至不在一個星球，也完全可以通過電話、視訊等現代技術聯繫，「遠在天邊，近在眼前」在今天不再是幻想，完全可以畫上等號。古代則不同，古代主要的通訊方式就是書信，或者託人捎信，一則是古代交通速度慢，再則漂泊在外的人行蹤不定，尤其是家裡的人，很難與其保持暢通的消息往來，無論哪一種方式，都是極不方便的。

三是因為生死未卜。除了交通、通訊問題以外，還有一些難以把握的因素，比如古代某些時期社會很不安定，經常有戰事發生，比如洪水災害、強盜野獸等，人都有可能因此而送命，一去不返（離開就再也回不來了。語出《史記・刺客列傳》：風蕭蕭兮易水寒，壯士一去兮不復還。）的事情真的是很容易出現的。這種情況下的分離，很有可能就是生離死別。

生離死別，意思是說，和活著的人分別，就像和死者永別一樣，用來指很難再見的離別或永久的離別。這個成語源自漢代著名的敘事詩〈孔雀東南飛〉。

〈孔雀東南飛〉被譽為「樂府三絕」（〈孔雀東南飛〉、〈木蘭辭〉、〈秦婦吟〉）之一。詩歌寫的是漢末建安年間廬江府小官吏焦仲卿與劉蘭芝的故事。二人本是一對恩愛夫妻，但焦仲卿的母親就是看不上這位媳婦，逼迫焦仲卿休妻。劉蘭芝被趕回娘家以後，發誓再也不嫁人。家人逼迫她改嫁，後來她投水而死。焦仲卿聽聞此事，也「自掛東南枝」，上吊而死（漢末建安中，廬江府小吏焦仲卿妻劉氏，為仲卿母所遣，自誓不嫁。其家逼之，乃投水而死。仲卿聞之，亦自縊於庭樹。〈孔雀東南飛〉序文〉。其中寫劉蘭芝被休，與焦仲卿最後一次會面以後，兩人各自還家，這時的劉蘭芝已經下了要以死殉情的決心。所以作者感嘆道：「生人作死別，恨恨那可論？」意思是講，雖然是活著的人分別，卻是和將要死去的人分別一樣，這其中的遺憾怎麼能夠用語言來表達呢！

古代一旦分離，有可能再無見面的機會，生死永隔；即使有，也可能遙遙無期，所以，古人對於離別的感受就格外強烈。遠行、離別對於古人來說，確是艱難的、苦澀的、沉重的。正因為「相見時難」，所以「別亦難」，黯然銷魂是對離別最準確的情感詮釋。既然離別難，離別苦，那麼，對於迫不得已的離別，又該如何對待呢？

十里長亭：送別是不想走盡的路

正因離別的苦澀、艱難與沉重，讓遠行、離別成了古人生活中一件非同尋常的事，而且是一件大事，所以，對於離別，古人鄭重其事。鄭重其事就是認真對待，這是需要通過一些儀式來彰顯的，最常見的儀式就是送別。古人最隆重的送別儀式就是設宴餞行。這種宴席可能在家中進行，也可能在長亭古道邊。

餞行，最初的時候主要是祭路神，祈禱遠行平安。祭祀完畢之後，順便將飯菜吃掉，所以逐漸演化成送別的宴席，而且大多還保留著在長亭古道邊進行的方式。《西廂記》中崔鶯鶯送別張生就是在十里長亭。

亭，是一個象形字，是古代設在路邊供行人休息食宿的場所。每隔五里建的亭子叫短亭，每隔十里建的亭子叫長亭（十里一長亭，五里一短亭。《白孔六帖》卷九）。南北朝時期著名的文學家庾信在〈哀江南賦〉中「十里五里，長亭短亭」描述的就是這種處所。唐代署名李白的一首名為〈菩薩蠻〉的詞中也有「何處是歸程，長亭更短亭」。意思是說：什麼時候才能回來呢？路途漫漫，過了長亭又是短亭。所以，後人就用「長亭短亭」這個成語來表達「路程遙遠」的意思。

一般而言，古代靠近城市最近的長亭常常成為餞別的場所，因此成語「十里長亭」就是表達「離別」這個意思的。離別是令人傷感的，所以即使準備了美酒佳肴，雙方都難免口不知味。《西廂記》中崔鶯鶯唱的「碧雲天，黃花地，西風緊，北雁南飛。曉來誰染霜林醉？總是離人淚」（《西廂記》第四本第三折），就是這樣一個場景與心情。餞別的酒席更是一個儀式，所以總是匆匆，尤其是男女之別，轉瞬間勞燕分飛，頃刻別離。張生就在這夕陽芳草的哀傷中，追求功名去了。

勞燕分飛，又作「伯勞飛燕」，是說伯勞、燕子兩種鳥向不同的方向飛去，多用來形容夫妻、情侶之間的別離。南朝時期梁武帝蕭衍寫過一首樂府詩〈東飛伯勞歌〉，開頭兩句是：

「東飛伯勞西飛燕，黃姑織女時相見。」黃姑說的是牽牛星，牽牛星與織女星一年還能見上一回，而伯勞、燕子一個往東，一個往西，不知何時才能相見！田震*有一首歌曲〈未了情〉，歌詞應該就是從這裡延伸出來的：「都說那有情人皆成眷屬，為什麼銀河岸隔斷雙星？雖有靈犀一點通，卻落得勞燕分飛各西東。」

十里長亭是與心上人餞別最常見的場所，但是，這個場所並不是固定的。在古代，尤其是漢唐時期的長安，還有一個送別的固定地點，很有名，這就是灞橋。

楊柳依依：折柳是留戀不捨的情

在今天陝西西安城東灞橋區內，有一條河叫灞水，又名灞河，這是古代長安的八大水系之一。這條河原先並不叫灞河，而是叫滋水，灞河是秦穆公時期改的名字。春秋時期秦國逐漸強盛，秦穆公稱霸西戎，於是將滋水改名灞水。在灞水之上修建了灞橋。到了漢代，人們在灞河兩岸的河堤上廣植柳樹，每年春天的時候，灞河兩岸的柳樹風姿婀娜，柳絮飛舞，形成「灞柳

＊中國著名瑤族女歌手。

風雪」，為長安八大景觀之一。明代有個名叫吳偉的畫家畫過一幅〈灞橋風雪圖〉，不過那裡面的風雪，的確是冬天的風雪瀰漫，不是春天的柳絮飄飄。

因為灞橋是古代進出長安非常重要的一條道路，前往東都洛陽或者江南等地都要經過此地，所以，理所當然地成為送別的重要場所。據說，從漢代時期開始，這裡就已經成為送別、餞行的地方，並形成了折柳送別的風俗。送別為什麼要「折柳」呢？

在中國文化中，柳樹與離別很早就聯繫在一起了。《詩經》中有一首名為〈采薇〉的詩，是寫一位戍邊的士兵從出征到回家的詩歌。這位戍卒快到家鄉的時候，回憶當初離開家鄉的情景：「昔我往矣，楊柳依依。今我來思，雨雪霏霏。」楊、柳在古代經常連在一起運用，很多情況下就是指「柳」。「依依」就是「輕柔」的樣子。這句詩是說，當初我離開家鄉的時候，正是春天，柳絲在春風中輕柔地拂動，以此表達對家鄉的依依不捨之情。所以，柳枝與離別很早就聯絡在一起了。

再者，「柳」與「留」同音，有「留戀」的意思。送別之地，折柳相贈，一方面表達依依不捨的深情，另一方面還有離人快去快回的期盼（漢人送客至此橋，折柳贈別。《三輔黃圖》卷六〈橋〉）。晚唐詩人李商隱有兩首名為〈離亭賦得折楊柳〉的詩歌，都是寫送別的，其中第二首寫道：

含煙惹霧每依依，萬緒千條拂落暉。
為報行人休盡折，半留相送半迎歸。

詩歌描寫楊柳風姿可愛，無論在煙霧之中，還是在夕陽之下，都是千枝萬縷，依依有情。而楊柳既如此多情，它就不會只管送走行人，而不管迎來歸客。所以，不要把柳絲折盡，留下一半，這是迎接行人歸來的。所以，折柳不光有留戀之意，還有期盼早回的意思。

到唐代的時候，這種風俗更為盛行。隋唐時期很多詩人都寫過與此相關的詩句，如隋代佚名的〈送別〉詩說：「柳條折盡花飛盡，借問行人歸不歸？」唐代李白的〈憶秦娥〉中說：「年年柳色，灞陵傷別。」宋詞中的楊柳也直接繼承了送別的意象，舉一首比較出名的，柳永的〈雨霖鈴〉：「多情自古傷離別，更那堪冷落清秋節。今宵酒醒何處，楊柳岸曉風殘月。」

唐代灞橋折柳送別的風俗很盛行，所以，灞橋從一個具體的實指，逐漸演化為一個分手之地的代稱。文學作品中，分手之地、離別之地，明明不是在灞橋，但有的文人卻偏偏喜歡將這個分別安排在灞橋之上。湯顯祖的《紫釵記》就是如此處理的。

湯顯祖的《紫釵記》是其《臨川四夢》之一，講的是書生李益與美女霍小玉的愛情故事。大唐隴西才子李益元宵觀燈，拾到霍小玉紫釵。後二人喜結連理，婚後情濃意蜜。不久李益高中狀元，當朝權相盧太尉欲招贅李益卻被拒絕，因此懷恨於心，舉薦李益前往玉門關外充任參軍。李益於河西立功還朝，盧太尉又再次陷害李前往孟門軍中任職，託言假稱李已入贅盧府，致霍小玉傷心欲碎，將信將疑的霍小玉典盡家財，尋訪李益消息。典當紫釵落入盧太尉之手，以此告知李益小玉已另嫁他人，逼迫李益再次入贅，李益仍謝絕。後經俠士黃衫客相助，始知一切都是盧太尉指使人所為。黃衫客又將此事奏達朝廷，最後由皇帝主持公道，團圓結局。

戲中有〈絮別〉一齣，寫的就是霍小玉在柳絮紛飛之時，在灞橋之上，為西出陽關的心上人李益送別的情節，兩人情意纏綿，難分難捨，折柳贈送，淚眼婆娑，「流淚眼隨流淚水，斷腸人折斷腸枝」（《紫釵記》第二十四齣），唱盡了依依惜別的黯然銷魂之情。

古代人的遠行大多出於無奈，所以送別總會令人傷心，灞橋不僅成為送別的代稱，而且還因此獲得了另外一個同樣令人傷感的名稱——銷魂橋（長安東灞陵有橋，來迎去送皆至此橋，為離別之地，故人呼之銷魂橋也。《開元天寶遺事》卷下〈天寶下〉）。這是對「黯然銷魂者唯別而已矣」的現實闡釋。

如果留意一下，李益是西出陽關，根本不用經過灞橋，湯顯祖卻故意這樣寫，可見灞橋的文化魅力。像灞橋一樣具有魅力的，在古詩文中還有一個地方：南浦。

浦，水濱也。古人送別，陸路的代表是灞橋，水路的代表就是南浦。南浦最初的時候，可能是指某個具體的地方，但後來主要成為一種送別地點的代稱了。

南浦與送別扯上關係，較早的詩歌是《楚辭・河伯》：「送美人兮南浦。」兩者的聯繫能夠固定下來，主要還是因為江淹的〈別賦〉中所云：「送君南浦，傷如之何！」從此以後的詩歌辭賦中，南浦就成為一個不斷出現的離別意象了。如白居易〈南浦別〉：「南浦淒淒別，西風裊裊秋。一看腸一斷，好去莫回頭。」又如清人沈樹榮〈送別詩〉：「落葉楓林兩岸秋，曾於南浦動離愁。只今一片江頭月，不照歸舟照去舟。」其中就聚合了好幾種古代關於送別的意象。

梁實秋寫過一篇名為〈送行〉的散文，文中說：「遙想古人送別，也是一種雅人深致。古時交通不便，一去不知多久，再見不知何年，所以南浦唱支驪歌、灞橋折條楊柳，甚至在陽關敬一杯酒，都別有意味。」李叔同寫過一首名為〈送別〉的歌詞：「長亭外，古道邊，芳草碧連天。晚風拂柳笛聲殘，夕陽山外山。天之涯，海之角，知交半零落。一瓢濁酒盡餘歡，今宵別夢寒……」寫得哀婉淒美，感傷的離別也因此具有了淒美的意味。時代發展到今天，便利的交通與先進的通訊，使人沒有了阻隔之苦，物慾的時代也讓人的情感變得淡漠而虛假，親情、友情、愛情，少了思念，少了痛苦，少了曲折，也少了專一和篤定。因此再也不用折柳，甚至不用相送了，也就不去哀嘆什麼雨恨、牽掛什麼雲愁（比喻男女離別之情）了。

古人送別，不管如何地不捨，如何地哀傷，送君千里，終有一別（送得再遠，最終還是要分別的。多用作臨別勸慰之詞。出自元代無名氏《馬陵道》楔子：「哥哥，送君千里，終有一別，哥哥你回去。」），此去經年，接下來的就是漫長的等待與無盡的相思了。

八

從別後，憶相逢

離別是人生都要經歷的事情，所以任何人都嘗過離別的痛苦滋味。傷離別，盼重逢，這其中是綿綿不盡的思念與充滿希望的等待。漂泊在外的遊子思念家鄉，思念親人，思念妻子，思念情侶，思念戀人，在家的親人、妻子亦為遊子牽腸掛肚，望穿秋水。思念是痛苦的，期待是快樂的，就這樣，在痛並快樂的過程中，盼望著相逢。

望穿秋水：相思是綿綿不盡的等待

在古代，遊子遠行不是為了求學遊歷、功名前程，就是為了生意、生活、生計，或者其他無奈的事情。總之，或許遊子根本就不想離開生他養他的故鄉，不想離開為他遮風避雨的家，不想離開父母，不想離開妻子，不想離開情侶，不想離開戀人，但最終還是離開了。漂泊在外，風餐露宿，滯留他鄉，羈旅行役，離愁別緒，鄉思、鄉情、鄉愁，這是遊子最容易產生的情感。元代的馬致遠有一首小令〈天淨沙・秋思〉，寫得頗具代表性：

枯藤老樹昏鴉，小橋流水人家，古道西風瘦馬。夕陽西下，斷腸人在天涯。

這首小令很短，二十八個字，很有名，不少人都會背。這是一幅遊子漂泊圖、遊子思歸圖。秋天郊外，夕陽西斜，天涯古道，遊子瘦馬，寫盡了遊子飄零天涯、淒涼落魄的哀愁與愁腸絞斷的思歸之情。這是古代遊子的一個經典縮影，所以能夠引發古人的共鳴，其中的經歷古人不斷重複，這種情感古人也在反覆體驗。

居留在家的人，從遊子離開那一刻起，內心之中也開始不安寧，為出門在外的遊子，牽腸掛肚、愁腸百結，承受的是同樣痛苦的煎熬。如果是女性，是妻子、戀人，承受的痛苦與煎熬可能會更多。在古代，在外遊蕩的士子，儘管也思念家中的親人、妻子或者戀人，但畢竟在外，有更大的活動空間，可以飲酒賦詩，可以遊山玩水，甚至可以倚紅偎翠，總之，有更多的事情可以調節、緩解內心的苦悶與相思。這樣的事情，在古代不是個事兒，因此杜牧才有「十年一覺揚州夢，贏得青樓薄倖名」（杜牧〈遣懷〉）的懺悔，柳永才有倚玉偎香，「忍把浮名，都換了淺斟低唱」（柳永〈鶴沖天〉）的宣言……然而，留在家中的妻子、戀人，社會對她們的要求很多，束縛不少，她們的活動空間狹隘，那時沒有網路，沒有電視，幾乎沒有多少娛樂活動，沒有多少可以排遣的東西，只能於深閨之中獨守空房，大部分時間裡都是「有點傷心，各人在心裡罵著自己的狠心賊」（孫犁〈荷花澱〉）。所以，古代的相思，女子更加強烈，表現女子相思的文字也相對更多。

《詩經·衛風》中有一首名為〈伯兮〉的詩歌：

伯兮朅兮，邦之桀兮。伯也執殳，為王前驅。
自伯之東，首如飛蓬。豈無膏沐？誰適為容！
其雨其雨，杲杲出日。願言思伯，甘心首疾。
焉得諼草？言樹之背。願言思伯。使我心痗。

這是一首在家的女子思念外出遠征的丈夫的詩歌。古代排行分伯、仲、叔、季，那〈伯兮〉就是「哥哥」的意思，是妻子對心上人的稱呼，和韓劇裡那嗲聲嗲氣的、用爛了的「歐巴」意思是一樣的。

詩歌是以女性的口吻寫的。先是腦海中想像在外執行國家任務的丈夫勇猛高大的形象，丈夫高大的形象一直在眼前浮現，揮之不去，這就愈加引發了對丈夫的思念，這是怎樣的一種思念：刻骨銘心，是「刻在骨頭上，銘刻在心裡」的思念（形容不能忘懷。語出李白〈上安州李長史書〉：深荷王公之德，銘刻心骨）。想想丈夫，再看看自己，自己現在已經是個什麼樣子了：自從你離開之後，我什麼心思都沒了，沒心思梳頭了，頭髮亂得就像深秋被風吹散的蓬草一樣；也沒心思化妝了，不是沒有化妝品，什麼都有，可是「女為悅己者容」，你不在家，我打扮給誰看呢？我想你，想你想得頭疼，頭疼不要緊，只要你能夠回來就行啊，但是，盼望著下雨，偏偏就出太陽，總是事與願違（事情的發展與願望相反。語出嵇康〈憂憤〉詩：事與願違，遘茲淹留）。相思成疾，我佩戴了忘憂草，「給我一杯忘情水」，可還是那麼想你，一點兒也不管用啊！想你想病了不打緊，只要你回來就好啊。

這首詩歌寫出了一個女子內心對丈夫真實的、強烈的思念。這是一首思念的詩，產生了兩個表達思念的成語。「首如飛蓬」這個成語就出自這裡，頭髮就像秋風吹亂的蓬草一樣，多用來表達深切的思念的意思。成語「甘心首疾」也出自這裡，甘心，就是心甘情願的意思，首疾，就是頭疼之意，意思是說我想得頭疼也願意，只要你能回來就好，用來形容男女之間相互思念的痴情。

《詩經》中還有一首詩〈君子于役〉，也表達了同樣的意思：

君子于役，不知其期。曷至哉？雞棲于塒。日之夕矣，羊牛下來。君子于役，如之何勿思！

君子于役，不日不月。曷其有佸？雞棲于桀。日之夕矣，羊牛下括。君子于役，苟無飢渴？（〈王風〉）

天色晚了，雞進籠了，羊回窩了，牛回圈了，對於一個孤獨的人而言，任何一點類似的事物，都有可能引發固定的聯想。在落日銜山、暮色蒼茫、雞棲斂翼、牛羊歸舍的安謐鄉村背景中，這位女子倚門遠望，盼望著遠行的丈夫早日還家。每當夕陽西下的時候，此種場景一次次地出現，結果往往是一次次地悵惘，又一次次地期待。清代許瑤光用詩歌的形式重新詮釋了這首詩（《雪門詩抄》卷一〈再讀詩經四十二首〉之十四）：

雞棲于桀下牛羊，飢渴縈懷對夕陽。

已啟唐人閨怨句，最難消遣是昏黃。

黃昏之後是漫漫長夜，空房獨守，徹夜不寐，輾轉反側（形容有所思念。語出《詩經．關雎》）的事情一次次地重演。「飢渴縈懷」是一種生理的、心理的渴望。夜晚是孤獨淒冷的，夜晚即將到來的黃昏也是最難熬的，宋代詞人李清照的〈聲聲慢〉表達的是同樣的思念：

> 尋尋覓覓，冷冷清清，淒淒慘慘戚戚。乍暖還寒時候，最難將息。三杯兩盞淡酒，怎敵他、晚來風急？雁過也，正傷心，卻是舊時相識。
>
> 滿地黃花堆積。憔悴損，如今有誰堪摘？守著窗兒，獨自怎生得黑？梧桐更兼細雨，到黃昏、點點滴滴。這次第，怎一個愁字了得！

靖康之變後，國破，家亡，夫死，李清照的作品越發沉鬱悽婉，這首詞主要抒寫她對亡夫趙明誠的思念和自己孤單淒涼的景況。「守著窗兒，獨自怎生得黑」，這是一種無望的思念。別鶴孤鸞（離別的鶴，孤單的鸞。比喻遠離的夫妻。陶潛〈擬古〉：上弦驚別鶴，下弦操孤鸞），一個人坐在窗前，什麼時候才能熬到天黑呢？這句寫得很令人哀憐。天黑就好了嗎？當然不是，因為接下來是漫漫的長夜。與一般的心上人遠遊思念不同，男子遠行在外，雖然回還遙遙無期，不可預期，但畢竟還是有盼頭的；而李清照的這種思念是對死去丈夫的思念，是陰陽兩隔，是絕望的相思，所以這種思念是很致命的。

正因為古代女子對對方的思念特別深刻，所以她們的相思之情也就刻骨銘心，古人以閨怨、思婦為題材的詩文也特別多。

居留在家的女子對丈夫、情人的無限思念、殷殷期盼，可以用兩個成語來表示：望穿秋水、眼穿腸斷。

秋水，說的是「秋天的水」，夏天經常暴風驟雨，水流漫漫，立秋以後，雨水少了，不僅天高雲淡，而且水也明淨透徹。這裡用「秋水」代指「明亮的眼睛」。明亮的眼睛都望穿了，用來形容對遊子的殷切期盼。這個成語來自《西廂記》，張生相思成疾，鶯鶯讓紅娘傳書，相約夜裡相會。傻乎乎的張生對紅娘說：小生是讀書人，那高牆怎麼能跳過去啊！紅娘因此唱道：「你若不去呵，望穿他盈盈秋水，蹙損他淡淡春山。」（《西廂記》第三本第二折）「秋水」指代眼睛，「春山」指的是「眉毛」。意思是說，你要是不去赴會，只怕小姐會望穿雙眼不說，還會因為眉頭緊皺蹙損眉頭，這是說盼望的殷切以及失望的傷心。至於「盈盈秋水」「淡淡春山」，並非王實甫的首創，而是出自宋代一首詞牌為〈眼兒媚〉的詞：

樓上黃昏杏花寒，斜月小欄杆。一雙燕子，兩行徵雁，畫角聲殘。

綺窗人在東風裡，無語對春閒。也應似舊，盈盈秋水，淡淡春山。

這也是一首表達相思的作品（作者一說阮閱，一說左譽）。早春時節的黃昏，斜月初上，畫角聲殘，意境有些淒涼，而登樓所見則是燕子一雙，大雁兩行，這愈加顯得自己形單影隻。但思人很有意思，不說自己想念心上人，卻忽然一轉，想像心上人在如何思念自己：她一定是一個人坐在窗前，迎著東風，默默眺望，無語感傷。她現在什麼樣子了？應該還是老樣子，和原先一樣美，眼睛透徹，淚水盈盈，畫眉淡淡，美似遠山。

為什麼我的眼中常飽含淚水？因為我愛你愛得太深。因為愛你太深，所以望穿秋水，眼穿腸斷。

眼穿腸斷，在表達思念的意義上更深一層，不僅有望眼欲穿的意思，還有愁腸欲斷的意思，出自唐代的一首名為「織女懷牽牛」的詩歌（作者曹唐，一說杜牧）：「北斗佳人雙淚流，眼穿腸斷為牽牛。」以織女、牽牛為喻，寫男女相思之深、盼望之極。

這種相思之苦是任何人也無法替代的，也是無法控制的。相逢遙遙無期，相思如此強烈，所以，相思成疾，「相思成災」，甚至「相思而亡」的事情就發生了，令後人唏噓不已。

人面桃花：生者可以死，死者亦可生

其實，「相思」這個詞語最初也只是表達「思念」之意，並非男女之情的專利。魏晉時期，有「竹林七賢」的名士團體，其中之一的嵇康，算是這個團體的精神領袖。嵇康生性靈巧，喜歡打鐵。嵇康的宅子中有一棵長得很茂盛的柳樹，每到夏天，他就在柳樹之下打鐵。當時有個貴公子鍾會，很有才華，前去拜訪嵇康。嵇康打鐵不止，不搭理他。鍾會看了一會兒，覺得很尷尬，就要離開。這時，嵇康說：「聽到什麼跑來了？又看到什麼東西離開了？」鍾會說：「聽到我所聽到的東西來了，看到了我所看到的東西走了。」（「何所聞而來？何所見而去？」會曰：「聞所聞而來，見所見而去。」《晉書》卷四十九〈嵇康傳〉）當時，山東東平有個名士呂安，很欽佩嵇康的高情雅緻，每次一想起嵇康，就令車伕備馬駕車，不遠千里，前去拜訪（每一相思，輒千里命駕，康友而善之。《晉書》卷四十九〈嵇康傳〉），二人關係很好。嵇康、呂安都是大老爺們兒，呂安每一相思，就千里命駕。可見，「相思」這個詞語不過是「想念」之意，是不分性別的。不過，這個詞語到後來，多指男女情感了，《現代漢語詞典》中就如此解釋：彼此思念，多指男女因互相愛慕而又無法接近所引起的思念。還有，「千里命駕」的成語，就是從這裡來的，多用來形容「友情深厚」。

像呂安這樣的男子，每一相思，尚做出出人意料的舉動，則深處愛河的男女，因相思成疾甚至香消玉殞的事情就很令人感嘆了。

「人面桃花」就是這樣的一個故事。對於這個故事，不少人都略微知道一點兒，但也不過是只知其一不知其二，只知其前不知其後。

博陵（今河北定州）崔氏是當地望族，唐朝時候，出了一個名叫崔護的文人。崔護長得很帥，但頗有點孤芳自賞、不大合群（資質甚美，而孤潔寡合。《本事詩．情感第一》）。有一年，他到京城參加科舉考試，沒有考中，心情鬱鬱。清明節那天，他一個人到城南郊遊，走著走著，走到了一戶人家。這戶人家房舍占地有一畝左右，園子裡花木叢生，靜若無人。

崔護上前叩門，過了好一會兒，才有一位女子從門縫中瞧了瞧，問是誰，崔護具以姓名相告，並說：「我一個人出城春遊，酒後口渴，特來找點水喝。」女子進去端來一杯水，開門讓座。女子一個人倚著桃樹的斜枝，靜靜地站在那裡，姿態豔麗，神情嫵媚，很有風韻，對崔護似乎頗有好感，但含而不露（獨倚小桃斜柯佇立，而意屬殊厚，妖姿媚態，綽有餘妍）。崔護見此，故以言語試探挑逗，女子默默無語，兩人相互注視了好長一段時間（崔以言挑之，不對，彼此目注者久之），崔護起身告辭，女子送到門口，好像很是不捨，但很無奈地回屋了。崔護也依依不捨地離開了，一年之中再也沒來此地。

第二年清明節的時候，崔護又想起這事兒，忽然很思念這個女子，情不自已，於是直奔城南而去。到那裡一看，庭院如故，但鐵將軍把門，很是悵然，就在左門題詩一首：

去年今日此門中，人面桃花相映紅。人面不知何處去，桃花依舊笑春風。

題詩之後，崔護悵惘離去。

幾天後，崔護又一次到城南，再去尋找那位女子，卻聽到院內有哭聲，便叩門詢問。有老父開門，問道：「你是崔護嗎？」「正是。」老父哭著說：「是你害死了我女兒啊。」崔護又驚又懼，不知如何回應。老父說：「我女兒已經成年，知書達禮，尚未嫁人。但從去年以來，經常神情恍惚，若有所失。那天我陪她出去散心，回家見門上題詩，讀完之後，她進屋臥床不起，絕食數日，就這樣逝去了。我老了，只有這麼一個女兒，遲遲不嫁，就是想找一戶好人家，我也好有個依託。現在就這麼沒了，這不是你害死的嗎？」說著說著，扶著崔護大哭不止。崔護聽完，大為感動，內心悲痛，請求進去一哭亡靈。

崔護進門，抱著女子，一邊哭一邊說：「崔護在這裡啊，崔護在這裡啊。」很是傷心。沒想到，不久女子竟然復活。老父大喜，最終將女子嫁給了崔護。

這個故事，很多人只知崔護題詩之前的事情，對於後面這段奇異的經歷，未必知曉。這段故事是否真實，也無從考證。不過，崔護的確因這一首詩贏得了不朽的名聲。

根據具體的語境，「人面桃花」這個成語包括好幾層意思：一是指女子之美，面容與桃花交相輝映；二是男女邂逅又分離男子追念的情形；三是指愛慕而見不到的女子；四是指因見不到愛慕的女子而產生的悵惘之情。

「人面桃花」是一個女子相思成疾，相思致死，重生團圓的故事。裡面的女子與《牡丹亭》中的杜麗娘有點相似。

《牡丹亭》，全名《牡丹亭還魂記》，是明代湯顯祖的代表作，全劇五十五齣，是一部死而復生的愛情悲喜劇，演繹的是杜麗娘與柳夢梅生離死別的愛情故事。

全劇大意是，南宋時南安太守杜寶的獨生女杜麗娘，一直於深閨之中接受傳統教育，偶然一次，在丫環春香的誘導下來到自家後花園，看到那些春日的花花草草，青春開始萌動覺醒。在夢中與一少年相會於牡丹亭畔，醒來之後竟因此相思成疾，鬱悒而死。嶺南書生柳夢梅，赴京都應試途經南安郡，拾得麗娘畫像，悅其貌美，終日把玩，讚慕不已。麗娘的鬼魂顯現，並認出柳夢梅乃舊日夢中的那位書生，向他表白了愛慕之情，並讓其開棺而獲得再生。麗娘復活以後，兩人同往淮安求麗娘父母許婚。杜寶大怒，誣夢梅私掘女兒墳，上書奏明皇帝，夢梅此時已被欽定為狀元，也上書自辯，麗娘並登朝申訴，得皇帝恩准，夫妻團圓。

這是一個貴族少女由情而夢，由夢而死，死而復生，終成眷屬的愛情故事，內容頗奇幻。正如湯顯祖在〈題詞〉中所言：「如杜麗娘者，乃可謂之有情人耳。情不知所起，一往而深。生者可以死，死亦可生。生而不可與死，死而不可復生者，皆非情之至也。」意思是說：像杜麗娘這樣的女子，才可以稱得上是多情的人。她的情在不知不覺中激發出來，而且越來越深，活著時可以為情而死，死了又可以為情而生。活著不願為情而死，死而不能復生的，都不能算是感情的極致啊！

正是愛情中的一往情深，男男女女可以為之死，為之生，令後人唏噓不已。

南朝劉宋的時候，鎮江有一位讀書人，途經華山（今江蘇境內）腳下，前往雲陽（今重慶境內），在旅途客舍中遇到一個女子，女子有十八九歲。男子怦然心動，一下子就愛上了她，但苦於沒有理由搭訕，竟然沒有隻言片語。回家以後，男子對此女子仍念念不忘，竟因此染上心疾。母親問他得病的原因，他把事情全都告訴了母親。母親為兒子此事到華山一帶尋訪，果然找到了這位女子，將事情原原本本地講給女子聽。女子聽後，解下圍裙，要他母親暗中放置在他的席子下，定會病癒。母親回家後這樣做了，果然沒幾天她兒子痊癒了。

有一天，這個讀書人整理床鋪，掀開席子，一下子就見到了圍裙，或許因為太出乎意料，竟因此精神失常，想把圍裙吞下去，噎死了。臨死前，他對母親說：「安葬我時用車子裝載我，從華山經過。」母親順從了兒子的心願。等車子到了女子的家門前，拉車的牛再也不肯前進了，無論怎樣鞭打，牛總是不肯動。

女子說，等會兒吧，說完進門沐浴，梳妝打扮完畢後出來，唱道：

華山畿，君既為儂死，獨生為誰施？歡若見憐時，棺木為儂開。

意思是說，既然你是為我死的，那我獨自活著還有什麼意義呢？親愛的，你要是還哀憐我，棺木就為我開啟吧。棺木真的應聲而開，女子立刻跳入棺木中，任憑女子家人怎樣敲打，棺木再也打不開了，大家對此沒有一點兒辦法，於是只好將二人合葬（《誠齋雜記》卷下）。

這些都是文學作品中的相愛、相思，有一點點現實依據，不過總是帶有更多的傳奇色彩，寄託著世人的某種美好的願望。其實，現實世界中，類似的事情也是存在的。

唐代有個官員，名叫歐陽詹。他在太原遊歷時，與一歌女相戀，相約回長安後再來接她。分別之後，此女非常思念他，相思成疾，留下一首詩：「自從別後減容光，半是思郎半恨郎。欲識舊來雲髻樣，為奴開取縷金箱。」她把詩和髮髻託人轉給歐陽詹後就病逝了。歐陽詹看見舊物，百感交加，悲慟而病，不久也病逝了。孟簡曾作〈詠歐陽行周事〉哀悼此事，可見此事是比較真實的（《太平廣記》卷二百七十四，《山堂肆考》卷一百十一）。

文學中也罷，現實中也罷，正是因為夫妻之間、戀人之間、情人之間一直存在這種深沉的、真摯的、持久的、專一的愛，才引發了這種無盡的相思。試想一下，假如一個對情感朝三暮四的人，分離、分別甚至生死兩隔，可能都是無所謂的，也就無所謂連綿不斷的思念、持續的相思。

朝三暮四，現在多用來形容反覆無常。其實，這個成語最初的意義不是這樣，其源自《莊子・齊物論》，但記載很簡略，到《列子・黃帝篇》中記載得更形象。

宋國一個養猴子的老頭，養了一大群猴子，他能理解猴子的心思，猴子也理解他的意思。他寧可減少家人的食物，也要滿足猴子的要求。時間一長，家裡的食物不多了，必須得限制一下猴子的口糧，但他又擔心猴子不聽自己的話，於是就先騙猴子說：「給你們的橡子，早上三個、晚上四個，夠不夠啊？」猴子一聽，都站起來，很生氣。過了會兒，老頭才說：「那給你們早上四個、晚上三個，這下該夠了吧？」猴子一聽，一個個趴在地上，高興了（宋有狙公者，愛狙，養之成群，能解狙之意；狙亦得公之心。損其家口，充狙之欲。俄而匱焉，將限其食，恐眾狙之不馴於己也。先誑之曰：「與若芧，朝三而暮四，足乎？」眾狙皆起而怒。俄而曰：「與若芧，朝四而暮三，足乎？」眾狙皆伏而喜。《列子》卷二〈黃帝篇〉）。莊子用這個寓言來說明世間萬物無論如何分離，本質是不變的。列子的意思則是名實不變，就能夠駕馭控制其他。

現代漢語中還用這個成語表達聰明的人善用手段，愚蠢的人不善於辨別。至於反覆無常的意思，我個人認為主要還是後人望文生義產生的，如果根據具體的語境，「朝三暮四」雖然反覆但「有常」，與反覆無常的意義是相反的；但如果從字面上看，一會兒三，一會兒四，就有反覆無常的意義了。所以，這個成語不僅有時作「朝四暮三」「暮四朝三」，有時還作「朝三暮二」。

在感情方面，如果一個人朝三暮四，反覆無常，很不專一，那自然就不知、不懂、不可能體會思念的滋味、相思的痛苦了。

說來說去，此種相思，不僅源自情感的專一，而且源自情感的深沉，用湯顯祖的話說就是「一往而深」，這個成語也作「一往情深」。「一往」就是一直的意思，指情感深厚，嚮往而不能自抑。這個成語出自《世說新語》。

東晉時期有位名將，叫桓伊，小名子野。桓伊不僅能夠馳騁疆場，而且還是個「文藝青年」，對音樂頗為痴情，會作曲，善吹笛，在文藝方面很有造詣。桓伊每次聽到他人清唱，總是情不自禁地幫腔，謝安對此評價說：「桓子野對音樂真正是一往情深啊！」（桓子野每聞清歌，輒喚：「奈何！」謝公聞之曰：「子野可謂一往有深情。」《世說新語》卷下之上〈任誕〉）這裡是說桓子野對音樂的深情。這個成語用在男女情感方面，不僅能夠表達一方對另一方的濃情蜜意，而且還表示這種情感的不可控制。

相思成疾，甚至香消玉殞的事情的確令人感嘆，現實中的離別，儘管是不能避免的，但總有重逢的希望，在綿延無盡的相思與期待中，也有可能得知心上人的消息，聊慰相思之苦。

魚傳尺素：說不完道不盡的思念

古人傾訴離別之苦、寄託思念之情的主要方式是寫信。分別多時，一封滿載深情厚誼的文字不僅會帶來心上人的消息，而且會給飽受相思之苦的人帶來莫大的心理安慰。於是書信成了溫暖的象徵、情意的象徵。古人便通常用一些富有詩意的詞來指代信函：魚傳尺素、鴻雁傳書、魚書雁帖、織錦回文等。

素是白色的生絹，尺素就是一尺絹，古代經常用絹帛書寫，因此用來指代書信。那「魚傳尺素」是什麼意思呢？這個典故出自漢代樂府詩〈飲馬長城窟行〉：

> 青青河畔草，綿綿思遠道。遠道不可思，宿昔夢見之。夢見在我旁，忽覺在他鄉。他鄉各異縣，展轉不可見。枯桑知天風，海水知天寒。入門各自媚，誰肯相為言。客從遠方來，遺我雙鯉魚。呼兒烹鯉魚，中有尺素書。長跪讀素書，書中竟何如？上言加餐飯，下言長相憶。

這首詩寫思婦對征人、遊子的思念，從魂牽夢繞，憂心忡忡，到收信看信，相逢落空。其中關於客人從遠方送信的描寫，就是魚傳尺素的由來。

魚傳尺素並不是說在活魚的肚子裡塞入書信，而是說將信放入魚形的物體，也就是刻成鯉魚的兩塊木板中，一底一蓋，把書信夾在裡面。古時舟車勞頓，信件很容易損壞，用這種方式，美觀而又方便攜帶，故被稱為「魚書」。至於詩歌中說「烹鯉魚」，不過是開啟信函的一個形象的說法，所以這個成語還作「魚腸尺素」，都是傳遞書信的意思。〈飲馬長城窟行〉中，雖然重逢的希望暫時落空，但畢竟有了離人的消息，亦能聊解相思之苦。

與「魚書」相近的，古代還有一個詞「雁帖」，又稱「雁封」。這個詞語與漢代的蘇武有關。漢武帝時，蘇武出使匈奴被扣，在貝加爾湖牧羊長達十九年之久。漢昭帝的時候，國家決定把蘇武接回，但匈奴單于謊說蘇武已死。於是，漢朝的使者說，天子在上林苑射到一隻大雁，大雁的腳上繫著蘇武的書信，明確地寫著蘇武在北方的沼澤之中。匈奴單于只好將蘇武一行送歸漢庭。後來就用「雁足書」「雁帖」「雁書」等指代書信。常與「魚書」放在一起構成四字成語——魚書雁帖、魚書雁封、雁帖魚緘，都是書信的意思。

魚傳尺素、魚書雁帖，能夠表達相思，聊慰相思，在家的女子，也通過書信這種方式，向離人傾訴，成語「織錦回文」就是這樣的故事。

前秦的時候，秦州刺史竇滔因得罪了苻堅的手下，被流放到流沙縣，夫妻天各一方。他的妻子蘇蕙，很有才華，非常思念丈夫，特地在一塊錦緞上繡了「回文旋圖詩」相贈。據說回文旋圖詩共八百四十字，縱橫反覆，可以任意地讀，能讀出很多首詩，都是表達對丈夫的思念之情，寫得哀怨纏綿（竇滔妻蘇氏，始平人也，名蕙，字若蘭，善屬文。滔，苻堅時為秦州刺史，被徙流沙，蘇氏思之，織錦為回文旋圖詩以贈滔。宛轉循環以讀之，詞甚淒婉。《晉書》卷六十九《列女傳·竇滔妻蘇氏傳》）。後人多用「織錦回文」「回文織錦」指妻子的書信，多指妻子寫給丈夫的思念情書，有時還表示表達思念的絕妙詩文。

古人唯一的通訊方式是寫信，但古代的書信傳遞，速度較慢。所以，盼望心上人的書信，也成了別離之後的哀愁，也成了相思的一部分。李清照寫對丈夫趙明誠的思念：

紅藕香殘玉簟秋。輕解羅裳，獨上蘭舟。雲中誰寄錦書來，雁字回時，月滿西樓。
花自飄零水自流。一種相思，兩處閒愁。此情無計可消除，才下眉頭，卻上心頭。

據說是李清照與趙明誠結婚後不久，趙明誠即負笈遠遊，李清照不忍別離，寫作這首詞贈送丈夫。其中「錦書」用的就是竇滔妻蘇氏的典故。

南宋文人陸游的〈釵頭鳳〉也用了這個典故：

紅酥手，黃藤酒，滿城春色宮牆柳。東風惡，歡情薄，一懷愁緒，幾年離索。錯，錯，錯！
春如舊，人空瘦，淚痕紅浥鮫綃透。桃花落，閒池閣，山盟雖在，錦書難託。莫，莫，莫！

這首詞包含著一段令人嘆惋的愛情故事。陸游的第一任妻子是他的表妹，同郡唐氏的一個大家閨秀，結婚以後，二人伉儷相得，夫妻恩愛，情投意合。但陸游的母親對這個兒媳很不待見，逼迫陸游休妻，二人被迫分離，唐氏改嫁他人，彼此之間也就音訊全無。幾年以後的一個春日，陸游在家鄉山陰城南的沈園，與偕夫同遊的唐氏邂逅。千般心事，萬種情懷，感慨萬端，寫了這首詞，題於沈園壁上。「山盟雖在，錦書難託」八個字，包蘊了陸游難以名狀的複雜感情，愛、恨、痛、怨，明明愛，不能愛，撐不起，放不下……萬箭簇心，百感交集。

離別雖苦，令人傷感，但有期待，有希望，有魚傳尺素，有回文織錦，所以痛並快樂著。因為離別的感傷，古今皆有，人人都體驗過，在痛苦之外，尚有一種詩意，一種感傷的美。

不過，這種美，今人恐怕很難體驗了。現在交通發達，通訊發達，時間感沒了，距離感沒了。時間產生美，距離產生美，現在都沒了，美也就不存在了。我們很難再感受那種黯然銷魂的離別之苦，難以體驗那種「相見時難別亦難」的滋味，再也不會依依惜別，再也沒有刻骨的相思，再也不會魚傳尺素……既然體會不到其中的苦，也就感受不到離別與相思的淒美了。

九

愛的阻力

從古至今，在愛情、婚姻生活中，一帆風順、皆大歡喜者固然不少，然而，因為各種因素，有情人難成眷屬、勞燕分飛，甚至反目成仇的也不算少。很多時候，人置身於事外，對他人的愛情與婚姻看得清清楚楚，評論起來頭頭是道，一旦置身於事中，則往往茫然失措，找不到北。古人愛情婚姻的各種阻力對今天的我們有什麼借鑑嗎？

門當戶對：無法選擇的出身

前段時間，有部熱播的電視劇《門第》，儘管劇情有點「狗血」，但還是吸引了眾多的眼球，因為涉及傳統的門第觀念，所以具有廣泛的群眾基礎。兩個門第差異極大的年輕人，抱著美好的信念走進婚姻，覺得結婚前一切都挺完美的，但是結婚以後因為價值觀不同，婚姻變得不再是童話，充滿冷戰和硝煙。在男女婚戀中，是不是要看重門第？是要「門當戶對」，還是堅信愛情可以打破「門第」？

門第，門指大門，第指宅院，門第最初是指住宅。從住宅上看，絕對能夠看出一個人的社會地位，甚至等級。用木條、樹枝做成的柴門，也就成了貧苦人家的象徵，高門大第也就成了達官顯貴的代稱。所以，門第不是單純地指住宅，而是一種社會地位與身分的象徵。簡而言之，就是家世、出身，是出生於皇室、官宦之家，還是出生在布衣之家，對愛情、婚姻有很大影響。在婚姻中，強調門第觀念，在中國有很老的傳統，很早的時候就出現了。從《左傳》記載的婚姻情況來看，當時的通婚實際上有比較嚴格的限制。天子家族只能與諸侯王族通婚，而諸侯王族的婚姻是在非同姓的諸侯王族之間締結。當然，諸侯國有大小，小國也不與大國通婚。有兩個成語，反映了這兩種情況。

第一個成語是「秦晉之好」。

這個成語還作「秦晉之盟」「秦晉之匹」等。

春秋時期，秦國與晉國兩國之間世代互為婚姻，兩國都是較大的諸侯國，實際上是一種政治聯姻。因為以前曾經講過這個成語，所以在這裡不再展開。後來就用「秦晉之好」這個成語指兩姓聯姻。秦晉之間，地位相當，所以世代通婚。與此相似，春秋時期，齊、魯兩國之間也世代通婚。

第二個成語是「齊大非偶」。

這個成語的主人公是春秋時期鄭國的太子忽，太子忽的父親就是鄭莊公，也算是春秋時期第一個稱霸的。當初，周王室與鄭國之間互不信任的時候，曾經交換人質，這在歷史上稱為「周鄭交質」。這個事件標誌著周王室地位的下降，鄭國稱霸的肇始。當初，鄭國就是派的太子忽到周王室充當人質的。太子忽還有三個弟弟，他們的母親都深得鄭莊公寵幸。所以，太子忽雖為長子，未必能夠繼承王位。當時，有大臣建議太子忽一定要爭取外援，獲得大國的支援。

春秋時期，要得到一些大國的支援，主要的一種方式就是聯姻。恰巧此時，當時東方的大國齊國主動前來提親，齊僖公有意將自己的女兒嫁給太子忽。這本來應該是求之不得的政治聯姻，對太子忽的政治前途一定有所幫助，沒想到的是，太子忽拒絕了。太子忽的理由是：每個人都有自己適合的配偶，齊國是個大國，不是適合我的配偶（太子忽辭，人問其故，太子曰：

「人各有耦，齊大，非吾耦也。」（《左傳．桓公六年》）。這就是「齊大非偶」的來歷。齊國是大國，不是適合我的配偶，這固然是拒絕的託詞，其中也反映出了當時的婚姻觀念。

對於太子忽拒絕齊國主動聯姻的事情，《左傳》竟然評價說：太子忽很善於為自己打算。為什麼這麼說呢？因為，太子忽拒絕的這位齊國女子，後來嫁給了魯國的國君魯桓公，兩個國家倒是相當。但是，這位齊國女子文姜，婚前、婚後一直都和自己同父異母的哥哥，也就是後來的齊襄公保持著不正當的關係，並最終導致魯桓公被殺。所以，《左傳》的作者認為太子忽沒有娶她，實在是一個英明正確的決定。

魯桓公六年（西元前七〇六年），齊國北部的一些少數民族侵伐齊國。齊國向鄭國求援。鄭國派太子忽率領軍隊前往援救，將入侵者打敗。這時，太子忽已經娶了一位陳國的女子，陳、鄭兩國地位差不多。但齊國仍然又一次向太子忽提親，這次要嫁給他的女子，據說很賢明，手下大臣也力主答應，太子忽又一次拒絕了。這次他給出的原因是：當初我對齊國沒有幫助，尚且不接受聯姻，現在來援助齊國，結果帶了妻室回去，這是仗著軍隊結婚，人民會怎麼說我呢？所以，我不能以公謀私（無事於齊，吾猶不敢；今以君命奔齊之急，而受室以歸，是以師昏也，民其謂我何？《左傳．桓公六年》）。

鄭國太子忽的「齊大非偶」，反映了春秋時期婚姻的某些條條框框，這也是一種門第，是以政治地位劃分的門第。後人用這個成語表示「自己門第卑微，不敢高攀」的意思，其實就是拒絕的意思。

以上講的主要是以政治地位區分的門第，除此之外，在古代，還有一種以血統劃分的門第，這種情形在魏晉南北朝時期尤為明顯，這有個專門的稱呼，叫門閥制度。

門閥，是門第與閥閱的合稱。閥閱本是大門兩側豎立的兩個柱子，左邊的叫閥，右邊的叫閱，用來張貼、題記功業，所以這兩個柱子是功勛的象徵。從房子看地位，今天亦然。祖先立下的功業，自然成了後代的資本，這與門第的意思就相通了。

魏晉南北朝時期是特別重視門第的時期，整個社會自然形成了「士族」「庶族」兩大階層。名門大族享有種種特權不說，就是在婚姻上，也絕不與庶族聯姻，締結婚姻特別強調血統，一般都是名門大姓世代聯姻，像南朝的王、謝兩大家族，世代聯姻，北朝的崔、盧、李、鄭幾個大姓，也相互聯姻。唐朝的時候，劉禹錫還寫過名為「烏衣巷」的詩歌，其中有「舊時王謝堂前燕，飛入尋常百姓家」，王謝家族與尋常百姓，這是截然對立的兩個階層，當然劉禹錫也在感嘆名門大姓的衰亡、世事的變遷。

為了維護名門大姓的所謂高貴血統，士族是絕對不能與庶族締結婚姻的。如果不是出身名門大族，即使身居高位，腰纏萬貫，也不可能與名門大姓締結婚姻。在這種門第觀念風氣下，就是皇族，也極力與名門大姓聯姻，並以此為榮。北魏孝文帝就為諸皇子娶了李、鄭、盧等名門大姓的女兒為妻，並引以為榮。

北朝的博陵崔氏是名門望族，兒女婚姻都是名門大族。北齊的婁太后為博陵王娶崔氏之女為妃，特別叮囑負責辦理婚事的官員說：「一定要好好辦理，千萬不要讓崔家笑話我們。」北齊皇帝高洋親自駕臨祝賀。可見當時士族之社會地位，對名門之女是如何看重。

皇室以娶名門女子為榮，皇帝的女兒也以下嫁名門為榮。非常有意思的是，名門大姓覺得自身血統高貴，有時根本就不把皇室的「金枝玉葉」放在眼裡。琅邪王氏是南渡的世家大族，蕭梁的時候，梁武帝的侄女，始興王蕭憺的女兒，嫁給了王峻的兒子。問題是王峻的兒子很可能是個弱智，史書上說：「不慧，為學生所嗤」，這說得已經很委婉了，意思是很不聰明，同學們都嗤笑他。就是這樣的一個傻瓜，皇室竟然還願意與其聯姻。不過，可能王峻的兒子太傻了，後來梁武帝下令他們離婚。王峻還為此向始興王問罪，始興王很不好意思地說：「這是皇帝的旨意，我個人其實是很不願意這樣的。」王峻說：「我的太祖是謝尚的外孫，我們家也根本用不著和皇室聯姻來支撐門戶。」（臣太祖是謝仁祖外孫，亦不藉殿下姻媾為門戶。《梁書》卷二十一〈王峻傳〉）王峻這話說得就很生硬、很強硬。琅邪王氏、陳郡謝氏，這是當時兩大名門，所以，他們也不把皇室看在眼裡。

魏晉南北朝時期，士族與庶族之間通婚的現象也不是絕對沒有，然而，一旦出現，往往受到社會，當然是士族社會的強烈排斥與詆毀。南朝齊時期王氏大姓中就出現了這樣一例。

南齊王氏大姓中有個叫王源的，將女兒嫁給富陽姓滿的一戶人家，而富陽滿氏，「士庶莫辨」（《文選》卷四十〈奏彈王源〉）。當時的名門望族，社會上是人盡皆知的，而富陽滿氏，只不過是當地的一個富豪，至於是不是屬於士族，很難搞清楚，但其祖上沒沒無聞，王滿二姓，門第懸殊。而王源雖然「人品庸陋」，確實是地地道道的士族，有案可查。王源之所以策畫這門婚事，是貪圖滿氏的錢財，因為他剛剛喪妻，計畫用這筆豐厚的聘禮為自己納妾。王源的做法，引起了滿朝軒然大波，因此，沈約代表當時的士族上書朝廷，反對王源，這篇文章收在了《文選》中。沈約從齊大非偶講起，認為王源的做法駭人聽聞，是辱沒祖先的惡劣行為，要求朝廷對王源進行嚴肅處理，免其官職，終身不得再為官。王源因與滿氏通婚，竟然引發如此強烈的反對與處罰，可見當時士族、庶族涇渭分明，當時的門第觀念是如何強烈與根深蒂固。

南朝陳的時候，出身於太原王氏的王元規，八歲喪父，兄弟三人隨母寄居在舅家。十二歲那年，當地有個資財鉅萬的土豪，想把女兒嫁給王元規，以攀名門。王元規的母親因為他們兄弟三人年幼，又寄人籬下，想答應這門親事。沒想到，王元規哭了，請求母親說：「婚姻不能失去親人，這是古人一直重視的，咱豈能為了在異地生活得好點，就答應這不倫不類的婚姻。」（因不失親，古人所重。豈得苟安異壤，輒婚非類！《陳書》卷三十三〈王元規傳〉）母親被他的言辭所感，就不再提此事，這樁婚姻也就不了了之。有錢人在士族眼中，還是被看作「非類」的，所以，有錢也不行，沒那個血統。這個時期，應該是有錢人最鬱悶的時期了。

所以，在古人的婚姻中，最為看重的是門第，必須門第相當，即門當戶對。

門當戶對的意思是男女雙方在地位或者經濟等方面情況相當，是用來衡量男婚女嫁的條件。其實，門當、戶對是古代建築的組成部分。

「門當」是指大宅門前的一對石墩或石鼓，一側一個。門當有兩個作用：一是實用，可以用來固定門檻和門框；二是象徵，能夠代表主人的身分。其形狀大體有兩種：一種是方形的，代表主人是文人出身，古人十年寒窗，有幸登第，就會蓋新房子，往往會在門口放置方形的石墩，代表書香和硯臺，還經常在上面立一瑞獸，起鎮宅作用。武官則立一戰鼓，鼓是方形的。一般百姓，如果需要門當，則往往是圓形的。用鼓的形狀，是因為鼓聲威嚴，人們相信其能辟邪。門當上有的還雕刻文飾，如果是花卉圖案，則說明主人是經商世家；如果是素面的，則表明這是官宦府第。

正門上方門框上的橫梁，稱為門楣。置於門楣上方或者兩側的圓柱形木雕或磚雕，就是「戶對」。木雕一般是圓形短柱，一尺左右，在門楣之上，磚雕一般在門楣兩側，上面多刻有瑞獸。數量取雙數，或兩個一對，或四個兩對，因此才獲得了「戶對」的名稱。為什麼多用圓形短柱？據說是一種生殖崇拜，有表達人丁興旺、多子多孫、香火永續的理想在內。

有戶對的宅院必須有門當，這是中國建築中講究對稱與和諧的原理。所以，門當與戶對經常並稱，代表的是一種身分，一種門第，所以逐漸成為男女婚姻中衡量的條件。

古人特別講究門當戶對，也就是重視門第出身。當然門第在不同的時期可以有不同的理解，士農工商，官宦、土豪，官二代、富二代，都是不同時期對門第的一種表達，或者說是門第的一種反映。其劃分標準無非三個：政治地位、經濟地位、血統。三者之間是有交叉的，但不同時期的側重或許會有不同。如前面所講，魏晉南北朝時期就特別看重血統，而腰纏萬貫、富甲一方的商人則依然被輕視；而在今天，則又似乎有所不同，經濟地位成為一個重要的標誌，像「土豪，我們做朋友吧」話語的流行，就反映了時代的風向。

所以說，門第並不是一個大門、一個大院那麼簡單，門第觀念並沒有隨著社會的發展而消失，它只不過是轉換了標準與形式而已。在戀愛、婚姻中，門第依然是非常重要的，有人相信愛情能夠摧毀門第觀念的堡壘，不能說沒有，戴安娜與查爾斯不也曾經有一段刻骨銘心的愛情嗎？

講一個笑話。一個網站上登了一道測試題。如果一個窮小子冒充有錢人和你戀愛，然後被你發現，你會如何反應？百分之九十的人選擇：堅決斷絕關係，因為誠實是最重要的品質之一。過了一個月，這個網站又出了一道題：如果一個有錢人冒充窮人和你戀愛，然後被你發現，你會如何反應？百分之九十的人選：繼續交往，我愛的是他的人，又不是他的錢。

這是真的愛情嗎？仔細品吧！

父母之命，媒妁之言：婚戀中的又一道門檻

有人說，戀愛可以不管門第，婚姻必須考慮門第。這是將戀愛與婚姻絕對隔離起來的做法，這是不為婚姻的戀愛。總之，在戀愛與婚姻的過程中，門第是第一道門檻，是愛的阻力之一。而這一方面，在很多情形下，我們是沒有辦法選擇的。在今天，儘管可以通過奮鬥改變一些現狀，但「我奮鬥了十年才能和你坐在一起喝咖啡」的艱辛，依然不能改變。除門第之外，對戀愛與婚姻有重大影響的，則是父母之命。

在古代，儘管有過一段戀愛婚姻比較自由的時期，但自從社會秩序逐漸建立、各種禮儀逐漸完備以後，婚戀中就增加了一道重要的門檻：父母之命，媒妁之言。

先講講媒妁。媒、妁，籠統地說，就是媒人。細緻地劃分，二者還是有點區別的。「媒」字是「女」和「某」構成的，「某」有不確定之意，就是說還沒有確定的人選，需要職業的媒人按照人家提出的條件進行選擇，然後說合。所以，「媒」是職業的媒人。「妁」是「女」與「勺」構成的，「勺」通「的」，是目標的意思，即已經物色好了女子，已經有了固定的目標，只要有人從中說合就行，這個說合的人只要認識雙方即可，所以「妁」是臨時媒人。「媒」「妁」這兩個字，都從「女」，這也說明都是以男子為主動的選擇。

「父母之命，媒妁之言」這個成語出自《孟子》。孟子說：男孩子一生下來，父母便希望

給他找一個好的妻室，女孩子一生下來，父母便希望給她找一個好的婆家。父母這樣的心情，人人都有。但是，如果不等父母的安排、媒人的介紹，就自己鑽洞扒縫互相偷窺，甚至翻牆過壁私下苟合，那就要受到父母和社會上其他所有人的鄙視。同樣的道理，古代人不是不想做官，只不過厭惡不經過正當的途徑去做官。不經過正當的途徑去做官，與男女之間鑽洞扒縫的行為是一樣的（夫生而願為之有室，女子生而願為之有家；父母之心，人皆有之。不待父母之命、媒妁之言，鑽穴隙相窺，逾牆相從，則父母國人皆賤之。古之人未嘗不欲仕也，又惡不由其道。不由其道而往者，與鑽穴隙之類也。《孟子・滕文公下》）。

孟子的這段話目的是譴責那些不經過正當渠道謀取官職的人，這種人就像是不通過「父母之命，媒妁之言」而私下苟合的男女一樣，都應該受到鄙視。可見，婚戀過程中必須遵循「父母之命，媒妁之言」的觀念，在孟子的時候已經深入人心了。所以，《詩經》中有好幾首詩歌都反映了這個問題。

一首是〈齊風〉中的〈南山〉，其中有這樣幾句：

藝麻如之何？衡從其畝。
取妻如之何？必告父母。
既曰告止，曷又鞠止？

身幸福考慮的，希望女兒能夠找到一個自己喜歡的人。曹魏時期的徐邈在對待女兒的婚戀上，也表現出了足夠的民主。

徐邈是三國時期曹魏的重臣，每任一官，政績卓著，在當時有很好的名聲。他在任涼州刺史的時候，手下佐僚中有個叫王濬的，王濬長得也很帥，但年輕時，根本不注重名聲、品行，家鄉那個地方都沒有說他好的（不修名行，不為鄉曲所稱。《晉書》卷四十二〈王濬傳〉）。後來王濬才折節改過，在徐邈的管轄區做了一個地方官。徐邈有個女兒，才貌俱佳，貌美賢淑，還沒有許配人家。徐邈就找了機會，將手下所有官吏集中起來到家中吃飯，讓自己的女兒幕後觀察，自己選擇，此女一下子就看上了王濬，於是徐邈就將女兒嫁給了他。

再比如韓壽偷香的典故。

西晉初年，晉惠帝的老丈人賈充徵召韓壽做了他的幕僚，韓壽這小子長得相當帥。賈充每次召集手下人議事，賈充的小女兒賈午都要從窗戶偷看，看到「帥呆了」的韓壽後，成天想念，嘴裡動不動就無意喊出韓壽的名字。後來，經賈午的一個貼身丫鬟從中牽線，兩人私下相通，韓壽經常翻牆入院，與賈午幽會。過了段時間，賈充開始覺得女兒賈午變了，與以前不大一樣了：一是特別喜歡打扮，二是開始變得乖巧（女盛自拂拭，說暢有異於常。《世說新語》下卷下〈惑溺〉）。還有，賈充召集手下人議事時，聞到韓壽身上有一種奇異的香氣，這種香料是外國進貢的，香氣持久，好幾個月都不消失。這種香料當時皇帝只賞賜給了賈充和另外一個大臣，其他人家是沒有的。因此，賈充懷疑韓壽與女兒有事。但是府中院牆高大，門戶重重，怎麼會發生這種事呢？一定是有內應。於是就假裝府中失竊，派人檢查院牆，發現東北角的院牆好像有人爬過的痕跡，但是院牆很高，人是不能夠爬進來的。於是賈充喊來女兒身邊的侍女審問，侍女就把實情說了。賈充只好順水推舟，把女兒賈午許配給了韓壽。

這個故事有點傳奇色彩，《世說新語》與《晉書》中都有記載，應該還是比較接近事實的。在這個事件中，雖然賈充成全女兒與韓壽有點迫不得已，生米已經煮成熟飯了，但表現得還算是民主，並沒有棒打鴛鴦，而是成全了這對戀人。

鴛鴦這種鳥，生活習性是出雙入對的，所以經常被看成是愛情的象徵，人們常用這個詞比喻男女之間的愛情。棒打鴛鴦，就是用木棒將成雙的鴛鴦打散，比喻拆散恩愛的情侶。這個詞語出自明代一個劇作家孟稱舜的傳奇戲《張玉娘閨房三清鸚鵡墓貞文記》，講述的是宋末元初的張玉娘矢志守節、殉志而終的故事。其中一段唱詞中有這樣兩句合唱：「他一雙兒女兩情堅，休得棒打鴛鴦作話傳。」（第十四齣〈死要〉）

棒打鴛鴦體現了古代父母的權威，「指腹為婚」也是古代婚姻不自由的一種表現。孩子還未出世，就由雙方定下婚姻關係，這其中哪有子女的半點自由？

指腹為婚的現象，可以追溯到東漢。東漢名將賈復追隨劉秀，轉戰南北，戰功顯赫。在建武元年（西元二十五年）的一次戰爭中，賈復身受重傷。劉秀說：「我不讓賈復擔任主將，是因為他輕敵，現在果然失去了一位名將。聽說他妻子懷有身孕，如果生女孩，就讓兒子娶她，如果是男孩，就把女兒嫁給他，不能讓賈復為妻子擔憂。」（聞其婦有孕，生女邪，我子娶之，生男邪，我女嫁之，不令其憂妻子也。《後漢書》卷十七〈賈復列傳〉）沒想到，賈復竟然不久康復了。這算是從歷史文獻上能夠追溯到的指腹為婚的事例，不過這裡並沒有出現這個成語。北魏的時候，有位將領叫王慧龍，娶了當時名門崔浩的弟弟的女兒。尚書盧遐娶了崔浩的女兒。一個侄女、一個女兒，差不多同時懷孕，崔浩對他們說：「你們將來所生，都是我的親人，都有崔氏的血緣，可指腹為親。」（汝等將來所生，皆我之自出，可指腹為親。《魏書》卷三十八〈王寶興傳〉）「指腹為親」後來多作「指腹為婚」，意思是一樣的。崔浩的做法，不過是為了維護當時的士族門第而已。

在婚姻中，「父母之命，媒妁之言」有其合理性。一是因為古代女子拋頭露面的機會少，接觸的人更少；再則父母人生閱歷多，考慮得也全面；三則大部分父母還是希望自己的子女幸福的。當然，有些父母不那麼重視自己子女的幸福，而是從錢財、權勢等方面考慮聯姻。這種情況下，如果幸運，也可能會一生幸福，但不少是湊合，有的還釀出悲劇，成為終身遺憾。劉蘭芝、焦仲卿的婚姻，陸游、唐琬的婚姻，梁山伯、祝英台的愛情都是典型。

在今天，「父母之命，媒妁之言」已經沒有古代那麼嚴格了，男女在戀愛與婚姻的問題上有更多的自由了。但是，父母過度、一味干涉子女婚姻的事情也不是就絕跡了，釀出悲劇的事情也發生過。男女雙方，戀愛、婚姻，還是都需要過父母這一關的。既然有這麼一道關卡，就存在變數。所以說，這也算是愛的阻力吧。

除此以外，不論古代，還是今天，都有這種情況出現：你喜歡的人，他不見得就喜歡你；喜歡你的人，你也不一定就正好喜歡他。所以這種單相思式的愛情也是愛的阻力。

一廂情願：你永遠都不可能感動一個不愛你的人

這種愛可以用成語概括：一廂情願；落花有意流水無情。一廂情願，也寫作「一厢情願」，意思就是單方面的願望。在愛情中，一廂情願的表現就是單相思。

《詩經》中有一首名為〈褰裳〉的詩歌：

子惠思我，褰裳涉溱。
子不我思，豈無他人。
狂童之狂也且。

子惠思我，褰裳涉洧。
子不我思，豈無他士。
狂童之狂也且。

這是一個女子對愛慕的男子發出的聲音。詩歌中的女子明明是喜歡這個男子的，偏不說自己喜歡，而是從男子喜歡自己與否的角度來說：你要是喜歡我，就趕緊來找我，你要是不喜歡我，難道沒人喜歡我嗎？你這狂妄無知的小子。女子說話很直接，可能這個男子真的不喜歡她，她不過是單相思罷了，當然也有可能是兩個人打情罵俏的表現。

愛情是兩個人的事，任何一方的不喜歡，都是愛情發展的阻力。古人常用「落花有意流水無情」來表示這種單相思。這個成語出自佛教典籍。大宋政和年間，溫州龍翔竹庵士珪禪師在雁蕩山能仁寺講佛，其中講了這樣一句禪語：「見見之時，見非是見，見猶離見，見不能及。落華有意隨流水，流水無情戀落華。」（《五燈會元》卷二十〈龍翔士珪禪師〉）這是佛家的禪語，具體意義難以一言講清。不過，「落花有意流水無情」這個成語的確出自此，古代「華」與「花」是通的。各種材料對這個成語的出處解說五花八門，以訛傳訛，所以在此強調一下。

在愛情與婚姻中，有的人為了一個不愛自己、不能愛自己的人，相思成疾，終身不娶，這當然是很令人感嘆的；也有的人為此而做出不該做的傻事、蠢事。對於這種情況，我想說的是，你永遠都不能叫醒一個裝睡的人，當然也不會感動一個根本就不愛你的人，所以，該收手時就應該收手。

十

向左走，向右走

在人生的道路上，有許許多多的人，就像兩條平行線一樣，一生永遠沒有相交之時。但是，也有不少人，就像兩條相交線，人生之中有過那麼一次交會，然後又各奔東西了。在青年男女的交往戀愛中，有一見鍾情、兩情相悅、婚姻美滿、白頭偕老者，也有不少偶然走到一起、費盡心思走到一起，最終卻勞燕分飛、一別如雨者。有一些事，注定成為故事；有一些人，注定成為故人；有一些情感，注定只能回憶。諸如此類的事情，在青年男女的戀愛中，就叫失戀、分手。

寢食俱廢、茶飯不思：分手的滋味

曾經花前月下卿卿我我的戀人，曾經人約黃昏後的愛人，如果因為其中一方的原因或者是其他的原因而分手，那麼，作為被分手者，他們的情思，一時半刻則很難從童話一般的戀愛故事中抽離。當童話中的公主或者王子，因為失戀、分手跌落人間之後，等待他們的或許只有寢食俱廢、茶飯不思的生活了。

茶飯不思，是指沒有心思喝茶吃飯，用來形容心情焦慮不安。這一成語出自《詩經》。《詩經．鄭風》中有一首名為〈狡童〉的詩歌，總共三十八個字：

> 彼狡童兮，不與我言兮。維子之故，使我不能餐兮。
> 彼狡童兮，不與我食兮。維子之故，使我不能息兮。

這顯然是一首關於失戀的詩歌，而且是以女子的口吻寫的。「狡童」的「狡」字，一般有兩種解釋：一說「狡」通「佼」，是俊美的意思，那「狡童」就是帥哥的意思了，這樣理解當然能夠講通；不過，我覺得完全沒有必要通假，可以從「狡」的字面意思來理解，「狡」有「狡猾」「狡黠」「狡詐」之意，這些意義用在此詩中都能夠講通。戀愛中的男女，往往喜歡正話反說，正如我們看厭了的「狗血」劇情中的女方總是對男方說的「瞧你那個傻樣兒」一般，何況這首詩歌中的男女出現矛盾、誤會或者其他的什麼彆扭問題，女子罵男子為「狡童」，既是真罵，又罵中有愛、恨中帶戀了。所以，我認為從字面意思上理解更準確，更形象。

這首詩歌通過一個女子的直言痛呼，真切地展現了一個失戀女子，或者說是一個「被分手」女子的形象。這個小女子是這樣說的：「你這個小壞啊，怎麼不搭理我啊？就是因為你的緣故，讓我茶飯不思啊。你這個小壞啊，怎麼不和我吃飯啊？就是因為你的緣故，使我難以入睡啊。」這對戀人顯然是出現了某種問題，男子故意不搭理她，而她則是寢食不安：吃也吃不下，睡也睡不著。如果這個女子對對方沒有多少感情，鬧矛盾就鬧矛盾，分手就分手了，但事實上正好相反，女子對其情感纏綿，一往情深，所以，初遭失戀，才會焦灼不安，又愛又恨。詩歌中的這位小女子，面對對方的冷漠，不僅茶飯不思，而且輾轉反側，寢食俱廢，這是對失戀中的一方最為形象的描繪。

寢食俱廢，意思是說，覺也不睡，飯也不想吃，比喻極其焦慮不安。這個成語當然可以用在多個方面，比如可以用來指工作、學習等極其緊張；同樣，用來形容一個痴情者被對方拋棄的痛苦、焦灼與煩惱的情緒，用來形容人無奈與愛人分手的悲哀，也是相當準確的。

三國時期的曹植，才高八斗，辭采華茂，他的一首〈洛神賦〉寫盡了美人之態，寫出了人神戀愛的縹緲迷離。此賦一出，影響深遠，人們在欣賞把玩其華美辭采的同時，深深地為曹植與洛水女神之間的綣繾情思所打動。歷史上喜愛、擅長探尋花邊新聞的人們，搜腸刮肚地書寫了一場曹植與甄宓之間離奇而淒美的愛情傳奇。

根據一些文獻的記載，甄宓是上蔡令甄逸的女兒，自小便是家裡人見人愛的小公主，清麗脫俗，美貌絕倫，喜愛讀書作詩。待到適嫁年齡，甄宓嫁給了袁紹的兒子袁熙，一直照顧婆母，恪盡婦道。如果沒有那場戰爭，或許甄宓只是歷史的一粒塵埃，默默無聲地走向死亡，但是，衣帶飄飛、馨香滿懷的她註定要留給世人獨一無二的搖曳飄逸。

那天，鄴城兵破，曹軍紛至，一時間東吳亂作一團。這時，曹丕帶兵率先闖進了東吳宮殿，宮殿上坐著袁紹的妻子與甄宓，甄宓因為害怕，將頭埋在婆婆的膝蓋之上，瑟瑟發抖，曹丕早就聽聞甄宓的美貌，便讓甄宓抬起頭來，他想見識一下這一令人牽腸掛肚的美人的佼容。聽聞曹丕的要求，袁紹妻子只能捧起甄宓的頭，讓曹丕觀看。就是那四目相對的一剎那，甄宓的命運被改變了。曹丕面對著這位嬌花照水的美人，毫無招架之力，一時間變得神魂顛倒，決意要娶其為妻。後來曹操知道了曹丕的心意，便做主將甄宓嫁給了曹丕（《魏略》曰：熙出在幽州，後留侍姑。及鄴城破，紹妻及后共坐皇堂上。文帝入紹舍，見紹妻及后，后怖，以頭伏姑膝上，紹妻兩手自搏。文帝謂曰：「劉夫人云何如此？令新婦舉頭！」姑乃捧后令仰，文帝就視，見其顏色非凡，稱歎之。太祖聞其意，遂為迎取。《三國志·魏書·后妃傳》裴松之

注）。

當然，歷史還記載了兩人相見的另一種版本：鄴城被攻破之後，為了免遭擄掠，甄宓將自己打扮得披髮垢面，醜陋不堪，但是沒有想到的是，她的這一偽飾反而讓曹丕更加注意她。待到命令甄宓梳洗之後，曹丕見到姿貌絕倫的她，便立馬決定收為己有（《世語》曰：太祖下鄴，文帝先入袁尚府，有婦人被髮垢面，垂涕立紹妻劉后，文帝問之，劉答「是熙妻」，顧攬髮髻，以巾拭面，姿貌絕倫。既過，劉謂后「不憂死矣」！遂見納，有寵。《三國志・魏書・后妃傳》裴松之注）。

以上兩種版本記載略有差異，但都基本符合當時的歷史真實，即曹丕看中了甄宓，趁著袁紹兵敗的時機，娶了甄宓。這其中本沒有曹植什麼事情，甄宓也只是曹植的嫂子而已。但是，到了唐代，李善為梁代的《昭明文選》作注時，曹植與甄宓之間便有了一段纏綿悱惻的愛情故事。在這一故事中，曹植對甄宓早就深深地愛著了，並曾派人表達過結為婚姻之好的意願，但是沒有得到甄宓家人的同意，甄宓嫁給了袁熙。後來袁紹被破之後，曹植本以為斷了的緣分又能續起來，因此高興異常，結果沒想到曹操將甄宓許給了哥哥曹丕。經受兩次打擊的曹植心中的痛苦無言以表，他不能忘記甄宓，又不能盡情表露心思，因此，曹植在甄宓婚後很長一段時間裡，每日裡都是晝思夜想，寢食難安（魏東阿王，漢末求甄逸女，既不遂。太祖回與五官中郎將，植殊不平，晝思夜想，廢寢與食。《文選》卷十九〈洛神賦〉李善注）。

曹植對甄宓的愛意，在甄宓死後不自覺地流露出來，當時曹丕將甄宓的玉鏤金帶枕拿給曹植看，睹物思人，曹植不能自已地流下了眼淚（黃初中入朝，帝示植甄后玉鏤金帶枕，植見之，不覺泣。《文選》卷十九〈洛神賦〉李善注）。等到返回封地之時，途經洛水，曹植便寫了一篇〈感甄賦〉，以此紀念他們那逝去的愛情，後來才改名為〈洛神賦〉。

曹植與甄宓的愛情故事，經李善之手，流傳甚廣，以致讓後人信以為真，誤認為是真實的歷史。但實際上，甄宓的年齡比曹丕還大，當時嫁給曹丕之時，曹植還是個孩子，在此之前，他們之間沒有交集，更沒有曹植向大自己十幾歲的甄宓求婚之事。在甄宓眼中，曹植只是謙恭有禮的小叔子，在曹植心中，甄宓也僅僅是淑德賢良的嫂子。然而，文學的傳播就是這樣有意思，本屬子虛烏有的事情，經過多次傳播演繹之後，反而遮蓋了真實歷史的面貌，曹植與甄宓的愛情也便成為人們津津樂道的談資。在虛擬的愛情世界中，曹植為了甄宓「晝思夜想，廢寢與食」的形象，也深深地印在了人們心目中，「晝思夜想，廢寢與食」也便成為為愛傷神的既定劇目。

失戀也罷，分手也罷，一方如果茶飯不思、寢食俱廢，這是因為他或者她，特別在意對方，特別珍惜這段情感，特別不想失去對方；但對另一方而言，如果對這一段情很不在乎，或者早已厭倦了這一段情，那這樣的分手，反而成了一種解脫，彷彿是「揮一揮手，不帶走一片雲彩」一般的輕鬆。

〈狡童〉展現的是一個痴心女子的痛苦，《文選注》記述的是一個痴情男子的悲哀。或許與虛構出來的曹植的愛情相關，痴情男子在現實生活中或許也只能活在童話中，因為在漢語詞彙中，與「痴心女子」經常搭配在一起使用的則是「負心漢」，這便是中國傳統文化在男女關係方面的一種基本認識。痴心女子負心漢，這個俗語是說在戀愛與婚姻中，「士之耽兮，猶可說也；女之耽兮，不可說也」（《詩經．氓》）。一般而言，女子比較痴情專一，看準了的對象，一般不會移情別戀；而男子則往往見異思遷、喜新厭舊，背離女方，背棄情感，最終的結果往往是始亂終棄。

始亂終棄：古人分手時一個道貌岸然的藉口

「始亂終棄」這個成語源自唐代元稹的一篇小說——《鶯鶯傳》。元稹是與白居易齊名的一個文人，世稱「元白」。人們對元稹的作品《鶯鶯傳》可能不是很熟悉，但對由此演變形成的《西廂記》，估計大多數人都知道一點兒。《西廂記》的故事原型就來自元稹的這部短篇小說，但二者在故事情節與主題方面還是有一點兒差異。最為明顯的是，《西廂記》表達了「願天下有情人終成眷屬」的美好理想，而《鶯鶯傳》則竭力突出「始亂終棄」是善於改過自新的一種行為，這是二者最大的差異。

《鶯鶯傳》的故事情節大致是這樣的：

唐德宗貞元年間，有個姓張的書生到蒲州遊玩，寄住在蒲州東十幾里的普救寺，遇到了前往長安、暫住普救寺的崔家寡婦及其女兒崔鶯鶯。當時正好趕上兵亂，崔家財產很多，暫住此處，不免驚慌害怕，無依無靠。鶯鶯母親姓鄭，張生母家也姓鄭，算起來也多少有點親戚關係。因為張生此前與蒲州的將領有些交情，就請託他們求當地的官吏保護了崔鶯鶯一家。因為報答張生的保護與救命恩情，鄭氏特意設宴招待張生，並請其女崔鶯鶯出來面見。因為男女避嫌，崔鶯鶯被催促好久，才勉強出來與張生相見。崔鶯鶯雖穿著平常的衣服，但面貌豐潤，光彩煥發，與眾不同，那叫一個動人。張生一見，立刻為之神魂顛倒，從此念念不忘。想向鶯鶯表達衷情，只是苦於沒有機會。

鶯鶯有個婢女叫紅娘，張生私下裡多次對其磕頭作揖，並趁機說出了自己的心事，紅娘驚恐羞臊而去，張生悔之。次日，紅娘復至，張生羞愧道歉。紅娘說：「你的話，我不敢轉達，也不敢洩露，然而崔家的內外親戚你是瞭解的，為什麼不憑著你對她家的恩情向他們求婚呢？」張生說：「我從孩童時候起，性情就不隨便附和。有時和婦女們在一起，也不曾看過誰。當年不肯做的事，如今到底還是在習慣上做不來。昨天在宴會上，我幾乎不能控制自己。這幾天來，走路忘了到什麼地方去，吃飯也感覺不出是飽還是沒飽。恐怕過不了多久，我就會因相思而死了。如果通過媒人去娶親，又要『納采』，又要『問名』，手續多得很，少說也得三四個月，那時恐怕我也就不在人世了。你說我該怎麼辦呢？」丫環向張生介紹說鶯鶯喜愛文學，很會寫文章，經常思考推敲文章的寫法，並建議張生不妨通過詩歌來打動鶯鶯，否則就沒有辦法了。張生很高興，立即作了兩首詩轉給鶯鶯，鶯鶯寫了〈明月三五夜〉詩歌約張生逾牆相會。可是，等張生如約前往時，鶯鶯卻又非常嚴肅地對張生的「非禮之舉」數落了一大通。張生懷疑是不是自己誤讀了，內心絕望了。沒想到，幾天之後，鶯鶯在紅娘斂衾攜枕的簇擁之下，突然造訪，與之幽會，張生飄飄然以為是神仙降臨，因此還寫了〈會真詩〉，會真就是遇仙的意思，所以後人也稱這篇小說為《會真記》。

此後一段時間，鶯鶯暮隱而入，朝隱而出，與張生在西廂偷歡。不久，張生赴京趕考，愁嘆於鶯鶯之側，鶯鶯已暗暗知道將要分別了，因而態度恭敬，聲音柔和，慢慢地對張生說：「你起先是玩弄，最後是丟棄（始亂之，終棄之），你當然是妥當的，我不敢怨恨。一定要你玩弄了我，又由你最終娶我，那是你的恩惠。就連山盟海誓，也有到頭的時候，你又何必對這次的離去有這麼多感觸呢？然而你既然不高興，我也沒有什麼安慰你的。你常說我擅長彈琴，我從前害羞，辦不到。現在你將要走了，讓我彈琴，滿足您的意願。」於是她開始彈琴，還沒彈幾聲，發出悲哀的聲音，又怨又亂，不知道彈的是什麼曲子，身邊的人聽著哭了起來，鶯鶯也突然停止了演奏，扔下了琴，淚流滿面，急步回到了母親處，再沒有來。第二天早上張生出發了。

這一次，張生依然沒有考中，便留在京城，於是寄信給崔鶯鶯，以安慰她。崔鶯鶯寫了封很長的回信，寫得情誼綿綿，並且寄去了一些隨身物品，希望「因物達情，永以為好」。但是，張生辜負了鶯鶯，拋棄了他千方百計追求到手的女子。他不僅將鶯鶯的信給別人看，還說了鶯鶯的不少壞話。張生說：「大凡上天所造就的絕代佳人，不為害她自身，就一定為害他人。如果崔鶯鶯婚配富貴人家，憑藉著嬌寵，不成雲不成雨，就成為蛟成為螭，我不知道她會變成什麼。從前殷商的辛帝、西周的幽王，擁有百萬人口的國家，力量很雄厚，然而一個女子就可以破壞他的國家，潰散他的民眾，宰割他的軀體，至今仍被天下人恥笑。我的德行不足以戰勝妖孽，因此只好克制感情。」這時在座的人全都非常感嘆。

一年多後，鶯鶯另嫁，張生也另娶。一次張生路過鶯鶯家門，要求以「外兄」相見，遭鶯鶯拒絕。從此再也沒有訊息。當時的人大都稱讚張生是善於補過的人。在小說的最後，元稹還親自站出來說：我常在朋友聚會之時，談到這件事。要使聰明的人不再做這種事，而做了這種事的人不要再被迷惑。

這就是成語「始亂終棄」的詳細來歷。「亂」即「淫亂」，指不正當的男女關係。「棄」即「拋棄」「遺棄」。這個成語是說男子對女子先玩弄後遺棄的不道德行為。

據前賢時人考證（宋趙德麟《侯鯖錄．辨傳奇鶯鶯事》、陳寅恪《元白詩箋證稿．讀鶯鶯傳》），小說中張生的原型其實就是元稹本人，小說所寫的其實就是其個人的經歷。元稹早年曾經騙取了表妹崔氏的愛情，與之幽會私通，後來又拋棄了她，另娶尚書僕射韋夏卿的女兒韋叢為妻。就是這個寫過「曾經滄海難為水，除卻巫山不是雲」的名句、寫過大量詩歌悼念其亡妻韋叢的文人，早年竟也做過如此「始亂終棄」的荒唐事。

的確，張生與崔鶯鶯的愛情，沒有經過「父母之命，媒妁之言」，沒有經過正當的途徑，也正是因為這一點，當時的人，包括元稹本人，認為「始亂終棄」的行為，是及時懸崖勒馬、勇於改正過失的行為。顯然，這種理由與道德勸諫比較牽強，只不過是其拋棄故人、另攀高枝的冠冕堂皇的藉口。

從前，每每讀到元稹的系列愛情、婚姻的詩歌，尤其是〈離思〉五首、〈遣悲懷〉三首，覺得他寫得纏綿悱惻、悲思不盡，尤其是那句「曾經滄海難為水，除卻巫山不是雲」的專情，使得元稹與有情有義的真男人畫上了等號，使人很自然地對其遭際掬上一把同情淚，而當終於明白了他還是「始亂終棄」的創造者的時候，有時也忍不住會鄙視一下。

清代學者紀昀在《閱微草堂筆記》卷十二〈槐西雜誌二〉中也記錄了一個「始亂終棄」的故事：有一個姓紀的人，傍晚之時碰到一女子獨行，在泥濘的道路上差點摔倒，請紀某攙扶她。紀某想肯定是個狐女，姑且和她親熱，也可瞭解妖魅的情形。就說：「我認識你，你也不用騙我。得到像你這樣的女子也挺好。等到夜深人靜的時候可以到我的書房去，別在這裡調情，自找麻煩。」女子笑著走了。半夜，女子果然到來。兩個人在一起親暱了好幾個夜晚，紀某覺得自己漸漸被狐狸精迷住了，就拒絕她，讓她別再來了。女子卻憤然開罵了起來。紀某卻說：「不要這樣。男女之間的事情，主動權在男子。即使女子不願意，男子還是能用強暴的手段得到她。反之，女子追求男子，如果男子不願意，他的心就像鐵一樣又冷又硬，即使使用強暴的手段，也是毫無用處的。更何況你是為了盜取我的精氣而來，並非和我情意相投，我這樣做也算不上辜負你。你經歷的男人多了，很難講什麼貞節，因此我與你廝混，也算不上敗壞了你的節操。那種始亂終棄的行為，是君子所厭惡的，那可是針對人而言的，並不是對你們這些狐狸精說的。你又何必對此耿耿於懷呢？這對你有什麼好處呢？」女子無話可說，只好走了。

《閱微草堂筆記》是紀昀的一部文言志怪小說集，裡面記載的大都是些鬼神狐媚之事。實際上，世上何嘗有什麼鬼神狐媚呢？男子把女子稱為狐狸精，就可以無所畏懼地「始亂之，終棄之」了，這實在是一個冠冕堂皇的藉口。

喜新厭舊：據說有心理依據，但不能成為分手的理由

在古代，導致青年男女最終勞燕分飛、「向左走，向右走」的原因很多，比如前面提及的門當戶對的觀念、父母之命以及媒妁之言等，這些因素固然存在，在一些個例中甚至起了相當關鍵的作用。但說到底，青年男女的失戀與分手，根本原因在於其中一方「感覺不會再愛

了」，這當然完全能夠找到一千個不能在一起的理由，比如分淺緣薄，比如恩斷義絕，其實骨子裡很可能有喜新厭舊的心理在作怪。

分淺緣薄，又作分淺緣慳、分薄緣慳，「分」即「情分」，「緣」即「緣分」，「淺」「薄」「慳」都是「少」的意思，這個成語的意思就是緣分淺薄，出自元末明初雜劇家王子一的《誤入桃源》劇本。此雜劇全稱為《劉晨阮肇誤入桃源》，劇本寫東漢時期的兩個人劉晨、阮肇，因天下大亂，不願為官，上山採藥，遇仙女結為夫妻。但塵緣未了，又有思鄉之念，仙女只好送其回鄉。等回到家鄉，不僅風景有異，人間已過百年，頓悟仙界與人間有別，再入山中，尋訪桃源，卻渺無蹤跡，不得舊路。這時劉晨唱道：「夢斷魂勞，身未到心先到；分淺緣薄，有上梢沒下梢。」當然，最終的結果則是大團圓式的二人再次入仙界，再次結成神仙眷侶。

男女之間能夠相識，這就叫「緣」，如果能夠最終走到一起，這就叫「分」。分淺緣薄，則不僅指見面的可能性很小，而且還包含著即使相遇也並不見得能夠結成良緣的意思。所以，分淺緣薄、有緣無分，往往成為男女雙方分手的一個看似無可爭辯的藉口，實則無非源自喜新厭舊的心理。

喜新厭舊，意思很直白，就是喜歡新的，厭棄舊的，這個成語當然可以用在很多方面，不過現在多用來形容愛情不專一，主要指男子。

中國古代有一則笑話，極為精確地指明了這一現象：衛國有一對夫妻，他們為了使生活過得富裕，便向神靈禱告。妻子許了一個願望，希望可以讓他們得到一百匹布。對於妻子的祈禱之詞，丈夫感覺很奇怪，反正是向神靈禱告一次，何不多要點東西呢？這一百匹布也太少了吧！面對丈夫的疑問，妻子反而很淡定，她如此祈禱是有其原因的，不是她不貪心，不是她不喜歡錢財，而是她知道如果得到的錢財多了，他的丈夫就會去買小妾了，不會只有自己一個人了（衛人有夫妻祝神：使得布百匹。其夫曰：「何少耶？」妻曰：「布若多，子當買妾也。」《笑笑錄》卷二〈祝神〉）。

笑話中的妻子很理智，她知道男人有喜新厭舊的毛病，而且還知道這一毛病在適當的時機還會滋長蔓延，因此，為了避免丈夫實施喜新厭舊的行為，她首先切斷了丈夫能夠實施喜新厭舊行為的經濟基礎，哪怕自己與他過苦日子，也不能讓另外一個人分享丈夫的愛。當然，女人的這種想法在某種程度上，也是天真的，因為你願意跟他過苦日子，不代表他願意跟你過苦日子。

據說在男女愛情與婚姻關係中，這種喜新厭舊是有心理依據的。在西方心理學界有個著名的被稱為「古烈治效應」的笑話。據說古烈治是一位國家總統，某日他攜夫人科妮基去參觀一家養雞舍。夫人問這家主人說：「公雞多長時間對母雞盡一次丈夫的職責？」主人答：「時時盡責，一天有十餘次之多。」夫人說：「請把這個結論轉告總統。」總統聽罷後反問主人：

「公雞每次都在同一隻母雞身上盡責嗎？」主人答：「次次都要更換伴侶。」總統說：「請把結論轉告夫人。」後來心理學家把雄性喜歡新鮮雌性的這種見異思遷的傾向稱為「古烈治效應」。這一效應是在任何哺乳動物身上都被科學實驗證明了的。人類作為高等動物，不可避免地殘留著「古烈治效應」的痕跡，這成為男性朝三暮四、見異思遷、喜新厭舊的理由。然而，人類畢竟是高等動物，不僅具備自然屬性，而且具備社會屬性。人有良知，有道德，正是靠著這些東西，人類才擺脫了動物屬性，所以，社會屬性可以制約天然的自然屬性，因此，無論如何，「古烈治效應」不能成為男性喜新厭舊的堂皇藉口。也正是從這一點上，我們往往對愛情中男子的喜新厭舊、見異思遷持批判與排斥的態度，而對「被分手」的另一方則不自覺地產生深切的同情。

漢代樂府詩歌中有首〈上山採蘼蕪〉的樂歌，寫的就是一位男子喜新厭舊、拋棄妻子再娶之事。

上山採蘼蕪，下山逢故夫。
長跪問故夫，新人復何如？
新人雖完好，未若故人姝。
顏色類相似，手爪不相如。

新人從門入，故人從閤去。
新人工織縑，故人工織素。
織縑日一匹，織素五丈餘。
將縑來比素，新人不如故。

這是被棄的妻子在採摘蘼蕪途中與前夫偶遇的一段對話，其中涉及的還有一個未曾出場的新人。通過男子的語言，說明新人無論從哪一方面都比不上前妻，即使如此，這個貌美、勤勞、靈巧的女子仍然沒有擺脫被棄的命運。「男人愛新婦，女人重前夫」，在舊愛與新歡之間，男子喜新厭舊、二三其德的心理再次展露無遺。

〈上山採蘼蕪〉中，被棄的女子見到前夫，仍然表現得相當地溫順，因此「長跪問故夫」，讓人悲泣，讓人憐憫；但是，也有一些女子，對於見異思遷、三心二意的男子，潑辣，曠達，「女漢子」，態度表現得非常決絕。

一刀兩斷：分了便分了，散了便散了

《詩經》時代的女子說話就已經很直白了，所以會有「子不我思，豈無他人」（〈鄭風．

褰裳〉）的痛快與潑辣，漢代樂府歌謠中也有這樣的一位奇女子：

有所思，乃在大海南。
何用問遺君，雙珠玳瑁簪，用玉紹繚之。
聞君有他心，拉雜摧燒之。
摧燒之，當風揚其灰。
從今以往，勿復相思，相思與君絕！
雞鳴狗吠，兄嫂當知之。
妃呼豨！秋風肅肅晨風颸，東方須臾高知之。

從字面上看，這首樂府歌謠寫得很簡單，大意是說：我所思念的人，在那天涯海角。該送他點什麼，表達我的思念之情呢？就用那雙珠玳瑁的髮簪，再用美玉裝飾一下。忽然聽說他已經變心，我將這愛情信物砸碎，砸碎還不行，還要燒毀它，燒完還不算事，要將燃燒的灰燼隨風拋掉。從今往後，與他徹底斷絕往來，再也不要思念想起。然而我們之間的事情，兄嫂已經隱約地知道，我將怎樣向他們交代呢？秋風颼颼的清晨，聽到晨風鳥求偶的鳴叫，我的心更煩亂了，太陽會察知我的心。

對待曾經兩情相悅、溫柔體貼，轉瞬成為陌路的情人，有些人會「剪不斷，理還亂，別有一般滋味在心頭」，一種痛縈繞於心久久不能釋懷。有些人愛了就愛了，離了便是離了，散了便散了，雲淡風輕，波瀾不興。詩中的這位女子，雖然對曾經的一段刻骨銘心的感情不可能說忘就忘了，但聽聞對方「花心」之後，我們看到了一種真性情，一種一刀兩斷、恩斷義絕式的決絕。

一刀兩斷，亦作「一刀兩段」，字面意思是一刀將某物切成兩部分，比喻堅決斷絕關係。恩斷義絕，夫妻或親屬朋友之間恩愛情義完全斷絕，從此不相往來。的確，在男女戀愛甚至婚姻生活中，用心去經營、維繫戀人、愛人、夫妻之間的感情是必須的，然而，一旦一方鐵定了心喜新厭舊、移情別戀的時候，另一方早已成為「秋風團扇」（秋風起後，扇子就用不到了。比喻不再受男子寵愛的女子。出自班婕妤〈怨歌行〉：裁為合歡扇，團團似明月，出入君懷袖，動搖微風發。常恐秋節至，涼飆奪炎熱，棄絹篋笥中，恩情中道絕），再哭哭啼啼地試圖「叫醒一個裝睡的人」，基本是不可能的。這種情況下，需要的是快刀斬亂麻式的一刀兩斷。畢竟，這個世界，沒有誰離不開誰，少了誰，地球都照樣轉。

十一

愛入歧途

在男女的兩性關係史上，雖有地域與民族差異，不過最終大都形成了近似的約束與規範。比如愛情中不能腳踏兩條船，戀愛的男女年齡大致相當，同姓不婚，婚姻中大都一夫一妻，雙方需忠實、真誠，不能紅杏出牆，不能惹草拈花等。除此之外，還有一些不被普遍認可與接受的兩性關係，我們將之稱為「愛的歧途」。

鶉鵲之亂，上烝下報，帷薄不修：一種混亂的情愛

先從《詩經》中的一首歌謠講起。〈邶風〉中有一首叫〈新臺〉的歌謠：

新臺有泚，河水瀰瀰。燕婉之求，籧篨不鮮。
新臺有灑，河水浼浼。燕婉之求，籧篨不殄。
魚網之設，鴻則離之。燕婉之求，得此戚施。

這首歌謠翻成現代漢語大意是：「新臺倒影好鮮明，河水洋洋流不停。本想嫁個美少年，不想嫁個癩蛤蟆。新臺倒影長又長，河水不停汪洋洋。本想嫁個美少年，誰想嫁個癩蛤蟆。撒下漁網落了空，一個蛤蟆掉網中。本想嫁個美少年，換得駝背醜老公。」這首歌謠寫得很詼諧，好像是隨口唱的一個笑話，其實是有所諷刺的。

新臺就是新築的高臺，在黃河岸邊，故址在今天山東鄄城縣黃河北岸，這是衛宣公為納莊姜在野外修造的別墅。衛宣公這個人比較淫亂，是個荒淫的國君。在他還沒做國君的時候，就曾經與他父親衛莊公的一個妾夷姜——也就是他的庶母有染，並且與夷姜生有一子，取名叫伋，又稱急子。他做了國君之後，將夷姜立為夫人，把急子立為太子。公子伋長大成人後，衛

宣公為其聘娶齊國女子，後聽說這位齊國的女子非常漂亮，是個大美人，不禁闇然心動。心動不如行動，衛宣公命人在黃河邊上修建了新臺，半路上將兒媳婦攔截下來，納為己有。衛國人對自己的最高領導如此所作所為看不下去了，便編了這首曲子挖苦諷刺，當然不能直接明說，因此就有了類似「癩蛤蟆吃上了天鵝肉」「鮮花插在了牛糞上」式的指桑罵槐。

衛宣公欲奪未婚之兒媳，先造新臺，其實是障眼法，無非想證明此事的合法性。好比唐代的玄宗欲奪其子壽王妃楊玉環，先令其入道觀一樣，好像如此一番，一切都合理合法了。然而，醜行畢竟是醜行，群眾的眼睛是雪亮的，醜行欲蓋彌彰。新臺醜聞之後，新臺也就被賦予了一種新的意義，即不正當的翁媳關係被「美」其名曰「新臺之亂」。

這位齊國的女子因為被衛宣公「截胡」*，所以被稱為宣姜。宣姜很受衛宣公寵愛，原本衛宣公寵愛的夷姜失寵自殺，宣姜也就名正言順地成為正夫人，並且給衛宣公生了兩個兒子：一個叫壽，一個叫朔。

宣姜意圖讓自己的兒子做太子，於是和朔一起在宣公面前挑撥衛宣公與伋的關係，抓住一切機會詆毀伋，而宣公也因當年奪走伋的新娘一事，對伋很不放心，一直很想廢掉他。宣公

---

*麻將術語，引申為被他人搶先做了某事。

便聽信了宣姜的讒言，派伋出使齊國，準備在路上埋伏刺客殺死伋。衛宣公讓伋拿著白旄去齊國，同時通知刺客，殺死手上拿白旄的人。這件事被宣姜的另一個兒子壽知道了，就跑去告訴伋，讓他逃走。伋卻不願逃，說：「怎麼能違背父親的命令呢，不然要兒子幹什麼？」壽就用酒招待伋，讓其喝醉後，自己拿著白旄出發了，結果在路上被刺客刺死。伋後來趕到，說：「你們要殺的是我，他有什麼罪呢？殺了我吧。」刺客又把伋殺了（初，衛宣公烝於夷姜，生急子，屬諸右公子。為之娶於齊，而美，公取之，生壽及朔，屬壽於左公子。夷姜縊。宣姜與公子朔構急子。公使諸齊，使盜待諸莘，將殺之。壽子告之，使行。不可，曰：「棄父之命，惡用子矣！有無父之國則可也。」及行，飲以酒，壽子載其旌以先，盜殺之。急子至，曰：「我之求也。此何罪？請殺我乎！」又殺之。《左傳．桓公十六年》）。《詩經》中有一首名為〈二子乘舟〉的歌謠，據說就是衛國人為哀悼這兄弟兩人而作。

朔如願以償地即位，這就是衛惠公，衛惠公之後是衛懿公，就是特別喜歡鶴的那位，讓鶴乘坐華美的車子，給鶴很高的祿位，結果後來外族入侵時，士兵說：「派你的鶴去打仗吧，你把祿位都給了鶴，我們哪裡能打仗！」衛國就這樣被滅了（衛懿公好鶴，鶴有乘軒者。將戰，國人受甲者皆曰：「使鶴，鶴實有祿位，餘焉能戰！」《左傳．閔公二年》）。

在衛宣公截娶宣姜的事件中，我們一般都會批評糟老頭子衛宣公，對宣姜這個青春少女嫁給衛宣公深表同情，其實，宣姜也沒有多少值得同情的。一則嫁給衛宣公後竭力加害公子伋，再則衛宣公死後又與公子伋的弟弟公子頑私通，且生有三男兩女（初，惠公之即位也少，齊人使昭伯烝於宣姜，不可，強之。生齊子、戴公、文公、宋桓夫人、許穆夫人。《左傳・閔公二年》）而努力促成這件事的，竟然是宣姜的兄長，齊國國君齊襄公。

在私生活方面，齊國國君齊襄公也不是一個什麼好貨色。據史書記載，他與自己的同父異母的妹妹文姜有私情，前文有述。他們的父親就是齊僖公。

明代的章回小說《東周列國志》第十二回中說，齊僖公二女，長宣姜，次文姜，宣姜淫於舅，文姜淫於兄，人倫天理，至此滅絕矣！有詩嘆曰：「妖豔春秋首二姜，致令齊衛紊綱常。天生尤物殃人國，不及無鹽佐伯王！」古人往往將此種禍事的起因歸結於女子，彷彿此事與男子無關，這實在是很偏袒男子的。

古人對這種不顧倫理道德的禽獸行為，經常用三個成語表示：鶉鵲之亂、上烝下報、帷薄不修。鶉鵲之亂，鶉，指鵪鶉，鵲指喜鵲。字面意思為「鵪鶉與喜鵲的亂交」，用來暗指親人之間的亂倫。上烝下報，烝，晚輩男子和長輩女子通姦；報，長輩男子與晚輩女子通姦。這個成語泛指男女亂倫。帷薄不修，帷薄，指帳幔和簾子，古代用以障隔內外；修，意為整飭。這個成語指男女不分，內外雜沓，即指家庭生活淫亂。這類荒淫無恥、不顧倫理道德的行為，全然是動物性的表現，既然是禽獸之行，自然也談不上什麼愛、什麼情的。

人盡可夫：好色之徒眼中的欲罷不能

「人盡可夫」這個成語，在現代漢語裡含有強烈的貶義色彩，意思是說，一個女子可以和任何一個男子上床，任何一個男子都可以當成自己的丈夫，顯然是用來形容作風很不檢點、很不正派的女子。

這個成語來自春秋時期的鄭國。鄭國的鄭莊公算得上是春秋時期第一個稱霸的，但很不幸的是，鄭莊公死後，鄭國就陷入了爭奪君位的動亂之中。

祭仲是鄭國的卿，他當初一再提醒鄭莊公警惕、除掉弟弟共叔段，很受莊公信任。鄭莊公死後，鄭國的政局基本就掌控在他的手裡。莊公死後，本來應該由祭仲輔佐太子忽繼承君位的。太子忽的弟弟叫公子突，公子突的母親是從宋國娶來的。莊公死後，宋國人就找機會把祭仲和公子突騙到宋國扣留起來，威脅說如果不立公子突為國君，就把祭仲殺死。祭仲無奈，只好與宋國結盟，把公子突帶回鄭國並立他為國君，這就是鄭厲公。太子忽只好出奔衛國去了。

祭仲雖然立了公子突做國君，但鄭國的大權依然把持在祭仲手裡。鄭厲公自然不滿意這樣的權力現狀，就與手下雍糾商定準備在郊區宴請祭仲，然後將其「做掉」。雍糾是祭仲的女婿，他把這件事情告訴了自己的老婆也就是祭仲的女兒。祭仲的女兒就跑去問自己的母親：「娘啊，你說父親和丈夫，哪個更親啊？」她的母親回答說：「人人可以成為你的丈夫，但父親卻只有一個啊，丈夫怎能比得上父親呢！」於是，祭仲的女兒就把雍糾的陰謀說了，祭仲就殺掉了自己的女婿雍糾。鄭厲公長嘆：「謀及婦人，宜其死也。」意思是說，這樣的大事，竟然還和婦女商量，死得活該。鄭厲公自然也待不下去了，載著雍糾的屍體，逃離都城。太子忽又回來做了國君，這就是鄭昭公（祭仲專，鄭伯患之，使其婿雍糾殺之。將享諸郊。雍姬知之，謂其母曰：「父與夫孰親？」其母曰：「人盡夫也，父一而已，胡可比也？」《左傳・桓公十五年》）

這就是成語「人盡可夫」的來歷。結合具體的語境可知，這個成語與現在我們一般認為的意思相去甚遠。自己的丈夫要殺害自己的親生父親，她的母親說「人盡夫也，父一而已」，這是從血緣的唯一性進行比較，指出兩者的不可比性。後人將「人盡夫也」變成了「人盡可夫」，意思就開始有了產生變化的可能，在剔除具體語境的情況下，就演變成了生活很不檢點的女子的代稱。事實上，在古代，也的確有這樣的女子，比如春秋時期的夏姬。

夏姬是鄭穆公之女，算得上春秋時期最有名的美女，當然，她的名聲，不僅在於其貌美，還在於其生活作風之妖淫。據說在其未嫁時，就曾和自己的兄長子蠻私通，豔名四播，他的父親只好將其遠嫁陳國，成了夏御叔的妻子，夏姬的名字也由此而來。

夏御叔是陳定公的孫子，官拜司馬，相當於陳國的國防部長。夏姬嫁給他後生下了夏徵舒（夏南）。十多年後，夏御叔死去，夏姬在其封地株林（今河南柘城縣）守寡。陳國的國君陳靈公以及陳國的兩位大臣孔寧、儀行父都先後成為夏姬的床上之賓。幾個人常常在一起飲酒作樂，經常輪流乘車甚至共同去株林幽會夏姬。夏姬將自己的貼身內衣分別贈送給三個情夫，這三個人竟厚顏無恥地穿著夏姬的內衣上朝，並且還相互炫耀（陳靈公與孔寧、儀行父通於夏姬，皆衷其衵服以戲於朝。《左傳・宣公九年》）《詩經・陳風》中有一首詩歌〈株林〉也反映了此事：

胡為乎株林？從夏南！匪適株林，從夏南！
駕我乘馬，說於株野。乘我乘駒，朝食於株！

詩歌開篇是這夥無恥之徒驅車前往株林，其醜行早已臭名昭著，路邊之人卻故作不知，大聲問道：「他們到株林幹什麼？」另外一些人心領神會，卻故意說：「是找夏南吧。」有人又逼問一句：「不是到株林去嗎？」另外一些人則故意說：「只是去找夏南。」明明都清楚他們去找夏姬，卻說去找夏姬的兒子夏南，一方佯裝不知地發問，一方故作糊塗地回答。「乘馬」指的是陳靈公，「乘駒」指的是孔寧、儀行父。「朝食」語帶雙關，不僅僅是吃早飯的意思，還是男女性愛的隱語。

這樣的歌謠傳到夏徵舒的耳朵裡，他自然感到羞恥。有一次，陳靈公、孔寧、儀行父三人飲酒時，相互開玩笑，說夏徵舒長得像誰，陳靈公說：「夏徵舒長得像你們兩個。」兩位大臣接著說：「長得也像國君。」夏徵舒忍無可忍，等他們酒罷出來之際，夏徵舒射殺了陳靈公。孔寧、儀行父逃脫，出奔楚國（陳靈公與孔寧、儀行父飲酒於夏氏。公謂行父曰：「徵舒似女。」對曰：「亦似君。」徵舒病之。公出，自其廄射而殺之。二子奔楚。《左傳・宣公十年》）。兩位到了楚國之後，隱匿了一些事情，強調說夏徵舒弒君，當時的楚國國君楚莊王決定討伐陳國。結果，夏徵舒被處以車裂，夏姬被擄到楚國。

夏姬的美貌征服了楚國上下，楚莊王、楚莊王的弟弟子反都想占有她。楚國的大臣巫臣則別有用心地說夏姬是個不祥之人，勸他們汲取陳國君臣的教訓，楚莊王、子反才罷了這個念頭。

事後，楚莊王將夏姬賜給了喪偶的大臣連尹襄老。不到一年，連尹襄老戰死沙場，夏姬又和他的兒子黑要好上了。此事傳得沸沸揚揚，夏姬在巫臣的建議下，借迎喪之名回到了鄭國。沒想到，大夫巫臣對夏姬垂涎已久，後借出使齊國的機會，繞道鄭國，把原本送給齊國的禮物當作聘禮，迎娶了夏姬，二人私奔到晉國。晉國國君得到名動天下諸侯的巫臣，也很高興，封他為邢大夫（莊王以夏姬與連尹襄老，襄老死於邲，亡其屍，其子黑要又通於夏姬。巫臣見夏姬，謂曰：「子歸，我將聘汝。」及恭王即位，巫臣聘於齊，盡與其室俱，至鄭，使人召夏姬曰：「屍可得也。」夏姬從之，巫臣使介歸幣於楚，而與夏姬奔晉。大夫子反怨之，遂與子重滅巫臣之族而分其室。《列女傳》卷七〈孽嬖傳〉）。

楚國醋意大發，將巫臣家族、黑要家族誅滅。巫臣得知自己家族遭受滅頂之災，立下重誓，策畫了晉國與吳國結盟，從此吳楚戰爭不斷，春秋後期楚國衰落的序幕由此揭開。

漢代劉向的《列女傳》中寫到夏姬時說：「夏姬好美，滅國破陳，走二大夫，殺子之身，貽誤楚莊，敗亂巫臣，子反悔懼，申公族分。」意思就是說，夏姬這個紅顏，讓陳國滅國，使兩個大夫逃離自己國家，為自己的兒子帶來殺身之禍，貽誤了楚莊王，敗亂了巫臣導致其全族被殺。劉向所言是符合史實的，夏姬的確可稱得上春秋時期「人盡可夫」的玩偶典型，並由此導致了春秋時期陳國的亡國與楚國的衰落。但是，這僅僅是夏姬一人的罪過嗎？說來說去，這些男人的禍都跟夏姬沒有多大關係，根本問題還在於他們自己本身，因為他們本身就是好色之徒。

好色之徒與紅杏出牆

古人有句俗話說得很有意思，說家有三件寶，醜妻、薄地、破棉襖。這是舊時普通百姓的生活理想，是一種對貧賤生活的安分與曠達。的確，如果妻子很漂亮，往往惹來事端。中國古典小說名著《水滸傳》中的禁軍將領林沖被逼上梁山，原因固然很多，最初還是因其妻子美貌引起。林沖之妻林娘子美麗動人，被高俅的乾兒子高衙內看中，幾番調戲侮辱不成，便求助乾爹高俅。高俅設計陷害林沖，林沖帶刀誤入白虎堂，被發配滄州。高衙內步步緊逼，欲置其死地而後快，火燒草料場之後，林沖被逼無奈上梁山。林娘子則面對高衙內之侮辱，寧死不屈，最終自殺身亡。歷史上像林沖這樣的故事比比皆是，而第一個被記載在歷史上的倒楣蛋應該說是孔子的祖先孔父嘉了。

孔子是殷商後裔，武王伐紂滅商之後，將殷商後裔遷至商丘，這就是宋國。孔父嘉是宋國人，名嘉，字孔父，是宋穆公的託孤重臣，官拜大司馬。宋穆公病重之時，囑託大司馬孔父嘉讓他擁立自己的哥哥宋宣公的兒子與夷做國君。他自己有一個兒子馮，卻不讓其做國君，公子馮逃往鄭國。這是因為宋穆公的哥哥宋宣公在世的時候，沒有把君位傳給自己的兒子與夷，而是傳給了他。所以，宋穆公現在要把君位傳給自己的侄子與夷，這就是宋殤公（宋穆公疾，召大司馬孔父而屬殤公焉，曰：「先君舍與夷而立寡人，寡人弗敢忘。若以大夫之靈，得保首領以沒，先君若問與夷，其將何辭以對？請子奉之，以主社稷，寡人雖死，亦無悔焉。」對曰：「群臣願奉馮也。」公曰：「不可。先君以寡人為賢，使主社稷，若棄德不讓，是廢先君之舉也，豈曰能賢？光昭先君之令德，可不務乎？吾子其無廢先君之功。」使公子馮出居於鄭。八月庚辰，宋穆公卒。殤公即位。《左傳·隱公三年》）。

宋殤公在孔父嘉的輔佐下，做了十年的國君。在這期間，宋國發生了十一次戰爭，主要是與鄭國交戰，一個潛在的原因是，宋殤公君位潛在的對手公子馮在鄭國，十年十一戰，百姓自然難以忍受，口有怨言。宋國的太宰華父督，一次偶然在路上見到了孔父嘉的妻子，見孔父嘉之妻漂亮得不得了，老遠盯著她走過來，目光一時間收不回來，直到目送她遠遠地消失在視線中，口中喃喃自語：「真是又美又豔啊！」（宋華父督見孔父之妻於路，目逆而送之，曰：「美而豔！」《左傳．桓公元年》）從此就惦記上了。

華父督顯然是個好色之徒（喜歡女色，玩弄女性的人。語出《論語．子罕》：吾未見好德如好色者也），好色之徒不僅尋情逐色，追迷美女，而且敢於鋌而走險。華父督見到孔父嘉之妻後，就起了霸占之心，前提是必須將孔父嘉置於死地。於是，他就到處散布謠言說：宋國的連年戰爭都是孔父嘉造成的。因此借安定百姓的名義，殺死了孔父嘉，霸占了他的妻子。

如果孔父嘉僅僅是個普通人，那這個災難也就限於他一家而已，事實上，孔父嘉是宋國的重臣，是託孤大臣。所以，華父督不待君命而擅自殺死孔父嘉的做法，讓宋殤公很不滿。華父督自然害怕，乾脆一不做二不休，把宋殤公也給解決了，迎回了在鄭國的公子馮繼承了王位，這就是宋莊公。孔父嘉的後人為避禍，只好出奔魯國，所以孔子出生於魯國。

華父督是當時宋國的太宰，他之所以殺死孔父嘉，有爭權的因素，但是，孔父嘉妻子的美貌以及他的好色，應該是讓他鋌而走險的直接誘因。

這說的是男子因好色而鋌而走險的事兒，而深陷局中的女子是可憐的，面對這樣的狀況，她們要麼委曲求全，要麼自殺身亡。不過，好色也不是男人的專利，女子對感情不專一的現象，從古至今都是存在的。漢語中有不少成語就反映了女性的這種情況。比如：水性楊花、紅杏出牆等。

水性楊花，又作「楊花水性」，意思是像楊花那樣輕飄，像水流那樣易動，用來比喻女子作風輕浮、用情不專。現在形容已婚的女子出軌，經常使用的一個成語是「紅杏出牆」。其實，這個成語的最初意義並非如此，或者說，這個成語有好幾種意義。

這個成語較早出現在宋代葉紹翁的〈遊園不值〉一詩中：

應憐屐齒印蒼苔，小扣柴扉久不開。
春色滿園關不住，一枝紅杏出牆來。

這裡的「紅杏出牆」應該從字面意義上來理解，意思是紅色杏花穿出牆外，形容春色正濃，春意盎然。

由春色盎然的意思引申為事業有成，出人頭地，這是「紅杏出牆」的又一種意義，古人也常用這個意義。至於引申為女性婚外之戀，可能主要是從「紅杏出牆」的字面意思延展出來的，古代詩文中，常用杏花比喻美女，而牆則是古代隔絕女子與外界聯絡的物體，所以紅杏出牆就有了曖昧的意味，成為女子出軌的指代。在古代，儘管對女子有多種限制與約束，但紅杏出牆的事情也不是很稀罕的。

分桃斷袖：是是非非爭議不休

在很早的時候，中國就已出現了同性戀，到後來，此種風氣似乎大有愈演愈烈的趨勢。對於此類異乎尋常的情感，在古代多用隱語來指稱，也由此形成了好幾個成語，如「龍陽之興」「分桃斷袖」。

「龍陽之興」，出自《戰國策．魏策四》，故事的主角是戰國時期的魏王與龍陽君，二人都是男人。龍陽君與魏王關係極為親密，同床共枕，甚得寵幸。有一天，二人同船釣魚，龍陽君釣得十幾條魚，竟然哭了起來，魏王驚訝地詢問其緣故，龍陽君回答說這是因釣魚有感而發。一開始釣魚之時，剛釣得一條魚就會非常高興，後來釣的魚越來越大，便將小魚丟棄了。龍陽君由此思己，認為四海之內，美人繁多，雖然現在魏王很是寵愛自己，但是架不住美人的美貌誘惑，所以龍陽君害怕魏王寵愛後來居上的美人，拋棄自己。想想這樣的命運，想想魏王對自己的寵愛，兩相對比之下，龍陽君不禁悲從中來，潸然淚下。看到龍陽君黯然神傷的樣子，魏王甚是憐惜，為了去除龍陽君的擔憂，魏王下令舉國上下禁論美人，違禁者則要被滿門抄斬（魏王與龍陽君共船而釣，龍陽君得十餘魚而涕下。王曰：「有所不安乎？如是，何不相告也？」對曰：「臣無敢不安也。」王曰：「然則何為涕出？」曰：「臣為王之所得魚也。」王曰：「何謂也？」對曰：「臣之始得魚也，臣甚喜，後得又益大，今臣直欲棄臣前之所得矣。今以臣凶惡，而得為王拂枕席。今臣爵至人君，走人於庭，闢人於途。四海之內美人亦甚多矣，聞臣之得幸於王也，必褰裳而趨王。臣亦猶曩臣之前所得魚也，臣亦將棄矣，臣安能無涕出乎？」魏王曰：「誤！有是心也，何不相告也？」於是布令於四境之內曰：「有敢言美人者族。」《戰國策・魏策四》）。

議論美女，這是人的一種喜好，正所謂愛美之心，人皆有之，這本不是什麼作奸犯科的事情，但是魏王對此卻以滿門抄斬的刑罰來加以處罰。此種舉措一出，意味著魏王對美人的主動隔離，其對龍陽君的愛憐由此可見一斑。後來，人們便將男子之間的這種情感，稱作「龍陽之興」，又作「龍陽之好」。

「分桃斷袖」則是由兩個故事構成的。

先說「分桃」之事。分桃的主角是春秋時期的衛靈公與彌子瑕。彌子瑕是衛靈公的男寵，甚得衛靈公寵愛。衛靈公對彌子瑕的寵愛，集中在兩個事件中：

第一件是私駕君車。有一次，彌子瑕的母親生病，有人連夜告知彌子瑕；彌子瑕很著急，假傳命令駕著國君的車子出去了。按照當時的法律，私自駕國君的車子外出是要被處以酷刑的，要砍斷雙足。但衛靈公聽說了此事之後，不但沒有追究，還認為彌子瑕很有賢德，說：「好孝順呀！為了母親的原因，以至於忘了他犯斷足的酷刑了。」（昔者彌子瑕有寵於衛君。衛國之法：竊駕君車者罪刖。彌子瑕母病，人聞，有夜告彌子，彌子矯駕君車以出。君聞而賢之，曰：「孝哉！為母之故，忘其犯刖罪。」《韓非子．說難》）

第二件便是「分桃」。有一天，彌子瑕同國君一起在桃園遊玩，他吃到一個很甜的桃子，便把這個沒吃完的桃子給了國君。國君說：「這是多麼愛我呀！忘記了他已經咬過這個桃子了，趕緊拿給我吃。」（異日，與君遊於果園，食桃而甘，不盡，以其半啖君。君曰：「愛我哉！忘其口味以啖寡人。」《韓非子．說難》）

這兩件事，在一般人看來都是「冒天下之大不韙」的事情，而且對彌子瑕讚美有加的衛靈公在彌子瑕年老色衰之後，對以上兩件事也是大為不滿，認為是彌子瑕對自己的不敬之舉，應當加以嚴厲懲處。當二人關係密切的時候，衛靈公感到彌子瑕所做的一切都稱心如意，一旦彌子瑕年老色衰，衛君便對他吹毛求疵，橫加指責（及彌子色衰愛弛，得罪於君，君曰：「是固嘗矯駕吾車，又嘗啖我以餘桃。」《韓非子．說難》）。這是彌子瑕的悲哀，亦是以色事人者的悲哀。後人從彌子瑕的故事中挑選出「分桃」一事，作為同性之間相互親愛的一種表現。

再說「斷袖」之事。斷袖的主角是漢代的漢哀帝與董賢。到了漢代，也出了一個愛男寵的皇帝，這位皇帝是漢哀帝。董賢得到漢哀帝的寵幸，源自其俊美的長相，漢哀帝對董賢可謂一見傾心，此後不僅擢升其官職，而且對董賢體貼有加（二歲餘，賢傳漏在殿下，為人美麗自喜，哀帝望見，說其儀貌，識而問之，曰：「是舍人董賢邪？」因引上與語，拜為黃門郎，由是始幸。《漢書》卷九十三〈董賢傳〉）。

漢哀帝對董賢的寵愛與體貼在一個細節中被詮釋得淋漓盡致。董賢與漢哀帝經常同床共眠，有一次，董賢陪著漢哀帝午休，董賢躺在漢哀帝的胳膊之上，聊著聊著就慢慢睡熟了。後來漢哀帝睡醒了想起床，但是董賢仍然在睡夢之中，看著董賢的睡姿，漢哀帝越看越喜愛。為了不影響董賢休息，漢哀帝最後想了一個辦法，就是用刀將自己的衣袖割斷，然後才悄沒聲地慢慢起床（常與上臥起。嘗晝寢，偏藉上袖，上欲起，賢未覺，不欲動賢，乃斷袖而起。其恩愛至此。《漢書》卷九十三〈董賢傳〉）。

一人得道，雞犬升天，董賢的父親、妻父、妻弟等親屬都當上了大官，董賢本人被封為高安侯，二十二歲那一年，拜為大司馬衛將軍，位居三公。至此，哀帝仍然意猶未盡，仍然感覺即便如此也無從表達自己對董賢的愛意，後來竟然想效仿堯舜禪讓，要把帝位讓給董賢。雖然此事因臣下反對，無果而終，但由此可見，漢哀帝對董賢的愛，已經到了無以復加的程度。

後人把以上兩個故事合併概括為「分桃斷袖」，作為同性戀的代名詞。這種不同尋常的情感在古代也不是很罕見的，甚至在某些時候，成為一種普遍的社會風氣，比如晉朝。據史書記載，晉代在咸寧、太康之後，男寵大興，士大夫愛同性遠遠超過了愛異性，達到了人人崇尚、天下效仿的程度，以致造成了許多夫妻離異的社會問題（自咸寧、太康之後，男寵大興，甚於女色，士大夫莫不尚之，天下相仿效，或至夫婦離絕，多生怨曠。《晉書．五行志下》）。

對於同性戀的問題，古人的態度是不同的。有人持欣賞態度，有人持反對態度。其實，直到今天，人們仍然在為同性戀的是是非非爭論不休。

十二

中國式姻緣

對於戀愛中的人來說，婚姻是一個極具浪漫性、神聖性、使命性的字眼。進入婚姻，意味著一段新旅程的開始，這段旅程或者浪漫依舊，或者激情不再，或者一拍兩散，但是正如錢鍾書在《圍城》中所說的：「婚姻是一座圍城，城裡的人想出來，城外的人想進去。」無論怎樣，對於進入婚姻的人來說，婚姻是對他們戀情的承認，是兩情繾綣的延續，是卿卿我我的昇華。那麼，中國式婚姻是如何結成的？人們對待婚姻又是什麼態度呢？

「父母之命，媒妁之言」為主的中國式婚姻

婚姻，是男女雙方的結合，結合的決定因素有情感，有財富，有生理，有傳宗接代，不一而足。總之，婚姻的締結時而簡單，時而複雜。中國式婚姻的締結，概括而言，當有以下幾種形式：

第一，父母之命，媒妁之言。

「父母之命，媒妁之言」，在中國式婚姻締結過程中，是最為重要的一種方式。「父母之命，媒妁之言」，在反封建反禮教時，經常被拿來作為批判的靶子，以至於成為「包辦婚姻」的代名詞，戴著「嫌貧愛富」的帽子，成為封建壓迫的典型。確實，「父母之命，媒妁之言」造就了許多愛情悲劇、婚姻悲劇。梁山伯與祝英台雙雙化蝶的故事，便是現實社會門第等級觀念之下父母包辦的反映。

但是，從歷史現實與歷史發展的層面來看，「父母之命，媒妁之言」又是必要的，是保證婚姻安定美滿的重要因素。一則，古代男女界限森嚴，男女交往不太自由，有的女孩子在結婚之前，除了父親、兄弟之外，並不曾見過其他男子，生活圈子極為狹窄，自由戀愛對她們來說類似於天方夜譚。因此，有著一定交往圈子的父母或者媒人幫忙敲定婚配對象，比較切實，比較靠譜。「東床坦腹」的乘龍快婿王羲之就是郗太傅為女兒選定的對象，可謂人中龍鳳（郗太

傳在京口，遣門生與王丞相書，求女婿。丞相語郗信：「君往東廂，任意選之。」門生歸白郗曰：「王家諸郎亦皆可嘉。聞來覓婿，咸自矜持；唯有一郎在東床上坦腹臥，如不聞。」郗公云：「正此好！」訪之，乃是逸少，因嫁女與焉。《世說新語．雅量》）。二則，父母、媒人擇定婚姻對象的原則一般是「門當戶對」，身分、地位、生活方式等大體相當，男女雙方婚後能夠較快地融入彼此的生活，不太會因為思想觀念、生活方式等差異出現矛盾。所以，現在人們反觀「門當戶對」，不再是一味批判的聲音，這種觀念的轉變是在現實生活的基礎上真切感受到的，社會上「鳳凰女」與「孔雀男」的碰撞引發的婚姻危機在電視螢幕上的熱播就是重要體現。可見，此種婚姻締結方式，不僅在古代中國占據主導位置，而且在當代中國依然占據重要的地位。

「父母之命，媒妁之言」的婚配方式，以其特殊的優勢，慢慢融入到人們的觀念之中，成為信守的信條之一，也留下了許多佳話。《列仙傳》中記載春秋時期一位叫蕭史的人，擅長吹簫，其簫聲如泣如訴，引人入勝。秦國穆公有一女兒，名叫弄玉，是秦穆公的掌上明珠。為了給女兒謀得佳婿良緣，秦穆公可謂頗費周折。經過一番考察之後，秦穆公從蕭史的簫聲中斷定蕭史為人可靠，可以作為女兒託付終身的人，便做主將女兒嫁與蕭史，建了一座鳳樓讓他們夫妻二人居住。此後，蕭史與弄玉夫妻二人，日日吹簫度日，恩愛非常。蕭史與弄玉美妙和諧的合奏引來了鳳凰，鳳凰落在夫妻二人的房屋之上，一待就是數年，後來蕭史與弄玉夫妻二人都隨鳳凰而去，得道成仙（蕭史善吹簫，作鳳鳴。秦穆公以女弄玉妻之，作鳳樓，教弄玉吹簫，感鳳來集，弄玉乘鳳、蕭史乘龍，夫婦同仙去。《列仙傳》卷上）。蕭史與弄玉的良緣，引得後人無限豔羨，吹簫跨鳳也用來代指締結婚姻。《警世通言．杜十娘怒沉百寶箱》記載了杜十娘情繫李甲而終被辜負之後，以局外人的口吻評論道：「獨謂十娘千古女俠，豈不能覓一佳侶，共跨秦樓之鳳，乃錯認李公子。」

第二，兩情相悅，私奔成婚。

除卻父母之命，男女自由戀愛的也有一部分，他們在特定的場合結識，互生愛慕之心，進而有矢志不渝的堅定，將對方視為一生的伴侶，不可替代。但是，因為種種原因的阻撓，他們選擇了私奔。私奔，從字面意思即可知這是私底下暗暗進行的活動，與「父母之命，媒妁之言」是相悖的，父母、兄弟、媒人都被蒙在鼓中，無法參與其中。也正因為私奔與正統的「父母之命，媒妁之言」有悖，私奔是需要絕對的勇氣的。

諸多文學作品，一次又一次向我們表明了愛情是一劑興奮劑，在服用之前，人們都處於一種極為理智的狀態，一旦服用，立馬為情所動，為情所移，置之死地而不悔。歷史上有名的私奔故事有卓文君與司馬相如、紅拂女與李靖、張倩娘與王宙、李千金與裴少俊等。

卓文君與司馬相如的故事，有人概括為「相如竊玉」，與韓壽偷香、張敞畫眉、沈約瘦腰一起，被稱作古代的四大風流韻事，歷來為人津津樂道。根據《史記》《漢書》的記載，卓文君為臨邛富豪卓王孫的掌上明珠，十七歲新寡，回到娘家。司馬相如風度翩翩，是一等一的「男神」，頗有文藝青年範兒：不僅寫得一手好賦，而且擅長琴絃之樂。這對於長相一般、年輕守寡且愛好音樂的卓文君來說，無疑於「天外飛仙」降臨身邊，雖然心中有意，但卻怕司馬相如看不中自己，心中暗自神傷起來。好在，司馬相如對卓文君亦有意，不僅用一首〈鳳求凰〉的琴音來挑動卓文君之心，而且還派人向卓文君表達情意。一來二往，卓文君消除了顧慮，趁著夜色，毅然決然地去往司馬相如的住所，結為夫婦（是時卓王孫有女文君新寡，好音，故相如繆與令相重，而以琴心挑之。相如之臨邛，從車騎，雍容閒雅甚都；及飲卓氏，弄琴，文君竊從戶窺之，心悅而好之，恐不得當也。既罷，相如乃使人重賜文君侍者通殷勤。文君夜亡奔相如，相如乃與馳歸成都。《史記．司馬相如列傳》）。卓文君夜奔司馬相如的過程中，是積極的，她的心理活動，《史記》《漢書》記載都極為簡略，僅以「心悅而好之，恐不得當」表明猶豫，而卓文君堅定地走出私奔那一步的心理活動，《史記》《漢書》略而不談，宋代話本《風月瑞仙亭》彌補了這一缺憾，形象生動地描摹了卓文君的內心波瀾：

> 我若得此丈夫，平生願足！爭奈此人簞瓢屢空，若待媒證求親，俺父親決然不肯。倘若錯過此人，再後難得。

由此可見，高帥的司馬相如唯獨缺了「富」，這在卓文君的父親卓王孫那裡不是乘龍快婿的人選，即便是有媒人求親，卓王孫也不會答應此婚事。權衡良久，卓文君在父母之命與心愛的人之間，最終選擇了心愛的人；卓文君在遵從父命與錯過司馬相如之間，最終選擇了抓住自己的幸福。

為愛而決絕的態度，在張倩娘那裡得到了更為集中的展現，她以一種近乎離奇怪誕的方式詮釋了何為為愛痴狂。張倩娘最早是《離魂記》中的人物，與表兄王宙青梅竹馬，互生愛慕之情，張倩娘的父親也曾經說過許配張倩娘給王宙的話，兩人便以準夫妻的身分繼續發展著感情日益濃厚。但是，等到張倩娘到了適配年齡，張倩娘的父親卻將張倩娘許配給他人。張倩娘當初所說父親已應允的婚配之語或許只是當時之語，或許只是玩笑之談，但是對於青梅竹馬的戀人來說，則相當於一道聖旨，為他們的婚姻鋪了路，而今正式許婚他人，則無異於一道鴻溝，將二人分割於兩個世界。為此，張倩娘抑鬱不已，王宙頗有怨恨之情，推辭赴京而離開了張倩娘的所在地（鎰常器重，每曰：「他時當以倩娘妻之。」後各長成。宙與倩娘常私感想於寤寐，家人莫知其狀。後有賓寮之選者求之，鎰許焉。女聞而鬱抑；宙亦深恚恨。託以當調，請赴京，止之不可，遂厚遣之。宙陰恨悲慟，決別上船。《離魂記》）。

情緒低落的王宙隨船而去，至半夜時分仍然不能睡去，在隱隱約約的星空之下，張倩娘光著腳丫趕了過來，令王宙驚喜不已。張倩娘自言自己對王宙的情感不會改變，也深知王宙對自己亦是矢志不渝，因此，私自決定去找王宙，希望與王宙共度一生。張倩孃的願望何嘗不是王宙的願望呢？只是此事不宜張揚，不能讓張倩娘的父親知曉，於是，王宙便將張倩娘藏在船中，連夜離去（日暮，至山郭數里。夜方半，宙不寐，忽聞岸上有一人，行聲甚速，須臾至船。問之，乃倩娘徒行跣足而至。宙驚喜發狂，執手問其從來。泣曰：「君厚意如此，寢食相感。今將奪我此志，又知君深情不易，思將殺身奉報，是以亡命來奔。」宙非意所望，欣躍特甚。遂匿倩娘於船，連夜遁去。《離魂記》）。

王宙與張倩娘私奔至蜀地，一晃便是五年，育有二子。後來因張倩娘思念家鄉，王宙也想著二人的婚姻既成事實，回去之後也能得到岳父大人的認可，因此便帶著張倩娘趕赴家鄉。孰知回到家鄉，稟明岳父實情，卻被告知張倩娘一直臥病在床。原來，當初追隨王宙私奔而去的是張倩娘的魂魄。

張倩娘對愛的執著，以肉身與魂魄分離的形式詮釋著，雖然近乎荒誕，但卻為鍾情之人所信服，所感動。

第三，身體接觸，即成婚姻。

在中國古代，有一條非常重要的男女交際的禮俗原則，那便是「男女授受不親」，這一原則是自戰國時期逐漸形成、定型的。「授受不親」出自《孟子·離婁上》：

淳于髡曰：「男女授受不親，禮與？」孟子曰：「禮也。」曰：「嫂溺，則援之以手乎？」曰：「嫂溺不援，是豺狼也。男女授受不親，禮也。嫂溺，援之以手者，權也。」

「授」指的是給予，「受」則是接受，意思是男女之間不能親手遞受物品，進一步引申為身體的各個部位都不能有所接觸。淳于髡向孟子提了一個難題：男女授受不親是禮，那麼，作為女人的嫂子溺水了，作為男人的小叔子是否要拉她一把呢？淳于髡的問題很刁鑽，既然男女授受不親，那麼就不能救溺水的嫂子；如果不救溺水的嫂子，那麼就違背孟子所說的「仁愛」。但是，孟子一個「權」字，將此刁鑽問題立馬化解。「權」指的是權變，也就是說，男女授受不親是必須遵從的禮制，嫂溺援之以手者則是在特殊情況之下的權變之舉，不能作為統一的原則。孟子的回答很明確，「授受不親」是男女之間必須遵守的原則。

古代許多女子也是「授受不親」原則的堅定維護者與遵從者，她們恪守著這一原則，堅信在正常狀態下能夠接觸自己身體的，一定是自己的丈夫。《左傳．定公五年》記載：

王將嫁季芈，季芈辭曰：「所以為女子，遠丈夫也。鍾建負我矣。」以妻鍾建，以為樂尹。

楚昭王有一個妹妹叫季芈，楚昭王對季芈非常疼愛，在楚國都城被吳國占領的時候，楚昭王帶著季芈深一腳淺一腳地逃亡而去。後來，楚國大臣申包胥去往秦國，一連七天七夜哭求秦王，最終在秦國的協助之下，楚昭王才得以復國。回國之後的楚昭王特別感激申包胥，決定將自己最為疼愛的妹妹嫁給他，以示獎賞。但是，季芈拒絕了，她拒絕的理由便是男女「授受不親」的原則，原來在跟隨楚昭王逃亡的過程中，為了能快速逃命，楚昭王手下的一個大臣鍾建背著季芈急速奔跑。這對於從未與男子有過親密接觸的季芈來說，是非常重要的時刻，由此她也認定了自己未來的夫婿便是鍾建。最後楚昭王尊重妹妹的意見，將季芈嫁給了鍾建。

婚姻的締結，各有各的緣由，各有各的方式，通過事例檢索，在中國式婚姻締結的幾種主要方式中，「父母之命，媒妁之言」仍然是最為重要的方式，雖然其間不乏有自由戀愛的情況，但是，在人們的觀念中仍然要讓位於「父母之命，媒妁之言」，即便是文學作品，也不能例外。比如，司馬相如與卓文君的私奔，在《史記》與《漢書》等記載中，根本沒有卓文君的父親卓王孫什麼事，司馬相如與卓文君誰都沒有告訴老人家一聲，但是在南戲《司馬相如題橋記》中，卓王孫則在司馬相如與卓文君的婚姻締結上起到了關鍵作用，作為父親的他主動將卓文君許配給司馬相如，將司馬相如與卓文君自由戀愛私下結合之事轉變成了父母之命下結成的姻緣，以此掩蓋私奔帶來的惡劣影響。再如，張倩娘的執著，雖然有著青梅竹馬自由戀愛的成分在裡面，但父親一句「他時當以倩娘妻之」，卻是張倩娘情感發展、私奔實現的根基，自由戀愛是在父母之命的基礎上滋生出來的。

赤繩繫足、天作之合：中國人的婚姻觀念

婚姻的締結方式有很多，但是，在中國人心目中，中國婚姻的締結，其根源卻只有一個，那便是緣分天注定，是你的想跑也跑不掉，不是你的想得也得不到。這便是中國人獨特的婚姻觀念。

在中國成語中，「赤繩繫足」很好地詮釋與印證了這一婚姻觀念。「赤繩繫足」，出自唐代李復言的《續玄怪錄．定婚店》，中國專給人扯紅線的月老便是出自這一成語。

「赤繩繫足」說的是唐代的一位書生，名叫韋固，年少早孤，便想早日成婚，建立家庭，但是多次相親都沒有成功。唐朝元和二年，韋固遊歷經過清河，有人便給他提了一門親事，對方是清河前司馬潘昉的女兒，雖然地位不算太高，但是，對於一心想成家的韋固來說，也算是一個選擇。於是，韋固早早地起身前往事先定好的見面地點。當時天色尚早，月亮依然掛在天空，明亮無比。趁著月色，韋固發現有一位老人坐在臺階之上，倚著一個口袋，正在聚精會神地看著一本書。韋固好奇心頓起，側在老人身邊，仔細看了一下，卻發現自己對書上的字一無所知。韋固自幼好學，自認世上的字沒有不認識的，便滿腹疑惑地向老人求教詢問。老人微微

一笑，說了一句：「這本是陰間的字，你不認識很正常。」（固以求之意切，旦往焉，斜月尚明。有老人倚布囊，坐於階上，向月撿書。固步覘之，不識其字；既非蟲篆八分蝌蚪之勢，又非梵書。因問曰：「老父所尋者何書？固少小苦學，世間之字，自謂無不識者，西國梵字，亦能讀之，唯此書目所未睹，如何？」唐．李復言《續玄怪錄》）老人此語一出，韋固不僅沒有害怕，反而激發了更多的興趣，他繼續詢問老人這書上說的是什麼事情，老人掌管什麼事情。老人回答說自己掌管天下婚姻之事。

韋固正在為自己的婚事發愁，正不知道自己未來的另一半究竟是何方人氏，正好可以探得究竟，豈不是天降福音？於是，韋固便將自己此番要會見潘昉女兒的事情告知老人，老人仍然是微微一笑，直言此事不成，並且老人還透露出韋固的親事要十四年之後才能結成，現在韋固未來的妻子才只有三歲，希望韋固耐心等待，不必著急，也不要著急，這是命中注定的事情，無法改變。原來，老人的口袋裡有許多紅繩，是專門用來繫夫妻兩人的腳的，一旦知曉兩人的夫妻緣分，老人便會偷偷地將紅繩系在兩人的腳上。一旦紅繩繫定，即便是有深仇大恨，即便是天各一方，兩人的姻緣就此敲定，無法逃避（赤繩子耳，以繫夫妻之足。及其生，則潛用相繫，雖仇敵之家，貴賤懸隔，天涯從宦，吳楚異鄉，此繩一繫，終不可逭。《續玄怪錄》）。韋固的腳上早已被老人繫上了紅繩，紅繩的那一端繫的正是旅社那邊賣菜陳婆家的女兒。

韋固一聽老人的一番講解，得知自己不會很早成親，自己尚需要等待十四年，頓時有點喪氣，但好在老人明確指出了誰是自己未來的妻子，總歸有了點希望。韋固便想早一點見見真人。孰料等見到那三歲的孩子時，韋固頓時心涼了大半截，與自己心目當中的清麗脫俗、活潑可愛完全不搭邊，那個孩子衣服破舊，顯得粗俗無比。心有不甘的韋固不能接受這樣的一個人與自己相伴一生，思來想去之後，他決定派出自己的僕人去將女孩殺死，以此結束他們之間的姻緣。僕人很聽話，但是心中卻很害怕，在鬧市之中，持刀向女孩刺去，本想一刀刺向心臟，結束其性命，不料驚慌之下僅刺中女孩眉心。

行凶之後，韋固攜僕人一起離開了清河，繼續去往他地遊歷。在遊歷過程中，韋固絲毫沒有放鬆自己的婚姻大事，遇人就讓人介紹婚事，多次求婚，終是無果（爾後，固屢求婚，終無所遂。《續玄怪錄》）。

如此一過便是十四年，韋固憑藉父輩的庇廕謀得了一份在相州參軍刺史王泰手下審訊犯人的職務。韋固做事積極認真，扎實能幹，甚得王泰信賴，最後，王泰做主將自己的女兒許配韋固為妻。婚後，韋固對自己的妻子非常滿意，妻子年方十六七，貌美如花，唯有一樣，妻子眉間總是貼著一紙花，即便是沐浴時候，也不曾一刻摘去（又十四年，以父蔭參相州軍，刺史王泰俾攝司戶掾，專鞫詞獄，以為能，因妻以其女。可年十六七，容色華麗。固稱愜之極。然其眉間，常貼一花子，雖沐浴閒處，未嘗暫去。《續玄怪錄》）。韋固對此亦是生疑，又聯想到那日月下老人的話，更想起當初刺中陳婆女兒眉心之事，便向妻子詢問為何總是眉間貼著紙花。妻子潸然淚下，將自己的身分和盤托出，原來她就是當初韋固派人刺殺的女孩，刺史王泰是她的叔叔。

夫妻二人一番交談之後，不禁感嘆命運之奇特，不禁感慨月下老人所言不虛。

以上便是成語「赤繩繫足」的整個故事，以離奇曲折的故事情節告訴世人婚姻皆有定數，不可妄求。這種帶有「宿命論」色彩的故事，正是中國人對待婚姻的態度。

除了「赤繩繫足」，還有一個成語，亦將婚姻歸之於上天的安排，那便是「天作之合」。「天作之合」，出自《詩經．大雅．大明》：「天監在下，有命既集，文王初載，天作之合。」此句是周代人對周文王父親季歷與大任婚事的讚美，周人認為周文王承天應命，一切的一切都是符合天命之舉，父母的親事、文王的降生、文王的伐商事業，皆是如此。「天作之合」，現在多用於祝福新人婚姻美滿，是祝福用語，而其本意就是上天安排兩個人的結合。

三媒六證：婚姻的鄭重其事

中國人對於婚姻是極為重視的，婚姻在中國人的生活中，真的不是男女雙方的結合那麼簡單，在中國人的世界中，婚姻是帶有使命的，婚姻一來可以使兩個不同的家族交好，二來可以侍奉祖宗家廟，三來可以繁衍後代延續香火（昏禮者，將合二姓之好，上以事宗廟，而下以繼後世也，故君子重之。《禮記・昏義》），所以，自古以來，中國人對婚姻持有的態度便是「敬慎重正」（《禮記・昏義》），既敬謹慎重，又要鄭重其事，正大光明。

為此，中國的婚姻提倡「明媒正娶」，這是正式婚姻的稱呼，「明」「正」，指的便是正大光明，「明媒正娶」指的便是遵從「父母之命，媒妁之言」的婚姻締結原則，經媒人牽線說合，父母同意，並以傳統儀式迎娶的正式婚姻。

「父母之命，媒妁之言」，前面我們已經多次提過，除此之外，「明媒正娶」的婚姻還需要有迎娶的正規儀式。那麼，中國古代的正式婚姻有哪些重要的儀式需要遵從呢？

在漢語成語中，有幾個與此相關的成語，比如「三媒六證」「三媒六聘」。「三媒六證」「三媒六聘」都是婚姻締結過程中的必要程序。也就是說，男女雙方要通過「三媒六證」「三媒六聘」等儀式來締結婚約，完成婚事。

「三媒」指的是男方聘請的媒人、女方聘請的媒人以及為男女雙方牽線搭橋的中間媒人。「六證」指的是一個斗、一把尺、一把剪子、一面鏡子、一個算盤、一桿秤，這六種物件主要是作為交代家中糧食多少、布匹多少、衣服好壞、容顏美醜、帳目情況、東西輕重等的象徵，表達對對方的誠信與信任。「六聘」也稱「六禮」，指的是婚姻締結過程中的六道程序：

納禮：男家備禮物請媒人向女家提親。

問名：男家在大紅庚帖上寫下男子的姓名、排行、生辰八字，由媒人送到女方家中。女方若有意結親，則將女孩的名字和生辰八字等寫上，以便占算命數是否相合。

納吉：若男女雙方八字相合，則婚事初步議定。

納徵：男方派人送聘禮，類似於現在的訂婚。

請期：選擇完婚的吉日。

親迎：婚禮當天，男方親自帶迎親書到女方家迎娶新娘。

「三媒六證」與「三媒六聘」涉及人員繁多、程序複雜，但也正是這些繁複的程序、禮節不斷提醒著人們婚姻的重要性，一旦確立婚姻關係，就要鄭重對待，不可馬虎。即便是還沒有到「親迎」階段，只要是婚事初步確定，男女雙方都要遵守各自的約定，信守承諾，不可無端私自結束婚事。

《左傳．昭公元年》記載了春秋時期鄭國的一場婚事：

> 鄭徐吾犯之妹美，公孫楚聘之矣，公孫黑又使強委禽焉。犯懼，告子產。子產曰：「是國無政，非子之患也。唯所欲與。」犯請於二子，請使女擇焉。皆許之，子晳盛飾入，布幣而出。子南戎服入，左右射，超乘而出。女自房觀之，曰：「子晳信美矣，抑子南夫也。夫夫婦婦，所謂順也。」適子南氏。

鄭國有位大夫叫徐吾犯，他有一個妹妹，貌美無比，盛名在外，當時有位大夫公孫楚派人提親，徐吾犯一家接受了公孫楚的求婚。但是，在公孫楚與徐吾犯妹妹的婚約確定之後，「半路上殺出一個程咬金」，同為鄭國大夫的公孫黑又強行送上聘禮，要將徐吾犯的妹妹變成自己的妻子。公孫楚與公孫黑兩人都很牛，誰都不好得罪，左右為難的徐吾犯只好將此事告知了鄭國的執政大臣子產。子產瞭解事情的前因後果之後，沒有對徐吾犯妹妹的婚事做出判定，而是給予徐吾犯妹妹權力，讓她自主選擇，自己願意嫁給誰就嫁給誰。

得到了執政大臣的許諾，徐吾犯妹妹便開始了她的再判斷。當時的場景類似於現在的選秀節目，徐吾犯妹妹站在房中，觀看著兩位競爭者的表現，以此做出評判。公孫楚與公孫黑作為競爭的對手，心中暗暗較著勁，都想在姑娘面前得一個好印象。隨後他們依次亮相了：只見公孫黑金光燦燦地盛裝出場，轉了一圈後，放下手中的重禮，才依依不捨地離去。公孫楚的出場與公孫黑截然不同，只見他一身戎裝出場，並未帶什麼禮物，而是在院子裡左右射了兩箭，騎著大馬躍身而出。

對於兩個人的不同亮相，徐吾犯妹妹看在眼裡，記在心裡，最後她將自己的選擇說了出來，原來她最終選擇的還是最初與她有婚約的公孫楚。雖然徐吾犯妹妹給出的理由是：「公孫黑雖然確實美，但是公孫楚更像男子漢大丈夫。丈夫要像丈夫，妻子要像妻子，這才是所謂的順，才是所謂的夫妻之道。」雖然徐吾犯妹妹有著再次選擇權，但是，作為一個待嫁閨中的女孩子，她之前已經接受了公孫楚是她未來的夫婿，那麼，在徐吾犯妹妹心中已然有了一個深深的烙印，在她的腦海當中想像的都是與公孫楚一起共同生活嬉戲的場景。在這一點上，公孫黑雖然美而有錢，但要想在短時間內抹去徐吾犯妹妹心中的烙印，困難很大。這在某種程度上也說明了婚約的重要性。

徐吾犯妹妹的時代，明媒正娶的各項程序都已出現，並已成形，唐代杜佑的《通典》寫道：「人皇氏始有夫婦之道；伏羲氏制嫁娶，以儷皮為禮；五帝馭時，娶妻必告父母；夏時親迎於庭；殷時親迎於堂；周制，限男女之年，定婚姻之時，六禮之儀始備。」後來隨著禮制的不斷鞏固、完善，受到禮教教導的女子無疑已經把遵從婚約作為必須踐行的原則之一，這種影響是潛在的，也是深刻的，即便是遇到突發情況或者他人破壞，也不會改變當初的承諾。黃梅戲的經典曲目《女駙馬》，以獨特的構思為人們呈現了一個女人對婚約的堅守。主角馮素貞與李兆廷遵從父母之命，訂下婚約。後來母親去世，李家家道中落，繼母嫌貧愛富，不僅逼迫李兆廷退婚，而且還誣陷致李兆廷入獄。馮素貞對於繼母的舉動極不認可，女扮男裝進京尋兄，以求救出約定的夫婿李兆廷。機緣巧合之下演繹出了一番傳奇經歷，終得救出李郎，夫妻團圓。這便是愛情的力量，也是婚約的力量，所以，程序、儀式有時不單是走過場，而是有著其獨特的作用，它會強化某些信念。

經過一番程序，經過一番選擇，兩姓婚姻之好最終瓜熟蒂落，要走向真實的婚姻生活。婚姻生活要有一個開端，這一開端便是婚禮。那麼，在中國的成語世界中，有哪些與婚禮有關的成語與典故呢？從中我們可以有什麼體悟呢？

十三

今天我要嫁給你

真正意義上的婚姻是從結婚成親那天開始的，古代的大紅蓋頭、高頭大馬、紅花綢帶、嗩吶鼓手，今天的潔白婚紗、筆挺西裝、洋車洋房、鮮花燈光，帶來的都是同樣的喜慶吉祥。作為婚姻主角的新郎新娘，帶著對未來的希冀與暢想，走向他們的婚禮現場，接受著親朋好友的祝福與囑託，攜手進入屬於他們的婚姻世界。那麼，中國式的婚禮有何講究？人們的祝福有何深意？

吉日良辰：婚禮之時

婚禮，作為人生的重要時刻，是有很多講究的，首先面對的就是婚禮時間的問題。只有婚禮時間確定下來，相關的迎親程序才能如期有序地進行。婚禮的時間常用「吉日良辰」來指代。

「吉日良辰」，有時也稱作「良辰吉日」，出自屈原的《九歌．東皇太一》：「吉日兮辰良，穆將愉兮上皇。」《九歌》是一組祭祀的樂歌，〈東皇太一〉是其第一首，祭祀的是古代的天神，是楚國人祭祀的最高的神靈。正因為如此，楚國人對東皇太一的祭祀尤為重視，恭敬虔誠地迎接神靈的到來。為了表達此種敬神之心，楚國人必須選擇一個吉利的時間。「吉日良辰」中的「吉」「良」都是吉利、美好之意，「吉日良辰」就是指美好的時辰、吉利的日子。可見，「吉日良辰」最初是與祭祀神靈有關的時間，後來常用來指適宜於結婚的時間，這是成語詞義的轉移。

「吉日」與「良辰」放在一起，共同展示的是美好的時刻，但是古代男女結婚的「吉日」與「良辰」，其具體時間及擇定方法是不一致的。

先說「吉日」。

古代人對於婚姻嫁娶的日期非常重視，一般是通過占卜來確定吉日，這在婚姻「六禮」中稱作「請期」。「請期」，也稱告期，民間俗稱選日子，具體是由男方根據男女二人的生辰八字占卜確定婚禮迎娶的吉日，然後男方派人到女方家通知具體日期。《儀禮．士昏禮》記載：「請期，用雁。」鄭玄注曰：「夫家必先卜之，得吉日，乃使使者往辭，即告之。」所以，在古代男女結婚的吉日是占卜算出來的。

再看「良辰」。

與「吉日」需要占卜選定不同，結婚的「良辰」在最初基本固定，一般都是「昏時」，也就是黃昏時分。對此，我們可以從「婚姻」一詞的詞源來看。

「婚姻」，古時寫作「昏姻」或「昏因」。「昏」便是「黃昏」之意，也就是說婚姻是在黃昏時分舉行的嫁娶之事。關於此點，至少在東漢時期已經達成了共識，比如：

東漢許慎《說文解字》言：「婚，婦家也。《禮》：娶婦以昏時，婦人陰也，故曰婚。從女從昏，昏亦聲。」東漢班固整理的《白虎通義．嫁娶篇》言：「婚姻者，何謂也，昏時行禮，故謂之婚也，婦人因夫而成，故曰姻。」東漢大儒鄭玄亦對「婚姻」一詞有所解釋，他說：「男以昏時迎女，女因男而來，婚謂女適夫家，娶謂男往娶女。論其男女之身，謂之嫁娶，指其好合之際，謂之婚姻。婚姻之名，本生於此。」此三條對「婚姻」的解釋各有側重，但亦有殊途同歸之處，比如都認為婚姻是男娶女嫁，女子因丈夫而到夫家，且其嫁娶時間是在黃昏時分。《禮記》中有一篇〈昏義〉，專門記載結婚諸多禮儀、程序等，裡面用的都是

「昏」，而非「婚」字，也是一條佐證。由此可知，在中國古代早期，婚禮在黃昏舉行是社會上普遍認可並執行的風俗。

古人選取黃昏時分舉行婚禮，並非隨意為之，而是有著一定的民俗淵源與政治思考。

第一，與掠奪成婚的習俗有關。

中國婚姻制度的完善是逐步的。最初人們實行群婚制，本血緣部族內部也可通婚，後來則有所限制，族內不可通婚，實行族外通婚的方式。族外通婚帶來的較為普遍的結果便是搶婚習俗，這在聘娶婚之前，持續了很長一段時間。如《周易》中就記載了很多這樣的事情：「屯如邅如，乘馬班如，匪寇婚媾」（〈屯卦〉六二爻辭）、「賁如皤如，白馬翰如，匪寇婚媾」（〈賁卦〉六四爻辭）。中國漢字也留下了此種痕跡，婚姻嫁娶的「娶」字，本作「取」，《說文解字》解釋為：「取婦也。從女從取，取亦聲。」甲骨文中的「娶」字更加形象，寫作「」，像一把大斧子對著屈膝的女子，而《說文解字》對「取」字的解釋則為「捕取也」。

既然是搶婚，就不是光明正大的事情，需要有所忌憚與防備，因此搶婚必須在夜色暗下來之後行動，一來可以出其不意，攻其不備，二來可以掩蓋自己的真實面目。同時，因為古代照明裝置不完備，搶婚還不能在天色完全漆黑的時候進行，自己都無法看清道路，無法看清要搶的女子，如何行動？萬一搶了一個五大三粗的「豬八戒」咋辦呢？對此，劉師培在《古政原始論》中就提出：「古代行禮在昏時，是由於火之術尚未發明，掠奪婦人者，往往利用昏時，這時婦家不備，且不易使人認出。後世相延，遂成風俗。」

第二，與陰陽學說的闡釋有關。

搶奪畢竟不是一件光彩的事情，況且還事關「合二姓之好，上以事宗廟，而下以繼後世」的婚姻。所以在進入文明時代之後，人們試圖給搶婚習俗扯一點遮羞布，經過漢代儒生的努力，他們從陰陽學說中找到了理由。

陰陽學說認為，世間的萬事萬物都有著對立而統一的兩極，這兩極可以用陰與陽兩種概念來概括，陰陽相成，陰陽和諧，世界才能周流不止，這便是世間之道（一陰一陽之謂道。《周易・繫辭上》）。於是，天地自然萬物身上便有了各自的屬性，如天為陽，地為陰；日為陽，夜為陰；男為陽，女為陰（乾，陽物也；坤，陰物也。陰陽合德，而剛柔有體。《周易・繫辭下》）。男女結婚，就是陰陽相交，對應到自然界，陰陽相交的時刻便是白晝與黑夜相交的時刻，此時晝盡夜來，正是黃昏時分。因此，男女在黃昏時分成親，與陰陽執行之道相應，象徵著男女夫妻二人陰陽相交，夫妻和諧。

隨著陰陽觀念的深入人心，婚姻選擇昏時迎娶的風俗被賦予了更加深刻的政治、倫理含意，逐漸地被大家所認可，昏時成親也就成為了傳統。

至唐代，結婚迎娶的時間有所改變，從黃昏時節改為了破曉時節（禮，婚禮必用昏，以其陽往而陰來也。今行禮於曉。段成式《酉陽雜俎》）。

結婚的吉日良辰沿襲到現代，有傳承，有改造，亦有顛覆。在中國的少數民族尚有搶婚的習俗，在民間百姓那裡尚有根據男女雙方生日時辰確定婚姻日期、時辰的做法，但是隨著社會節奏的發展，現代人的婚禮時間，越來越不拘一格，為了不影響工作，有的選定大家都不上班的週六週日結婚，有人選擇節假日結婚，至於具體時間，有的在早上，有的在中午，有的在傍晚，沒有統一的要求，而且越來越多的人傾向於將婚禮時間放在中午。在現代人看來，只要情投意合、順順利利，任何時候都是「吉日良辰」，時間可以隨意，但是婚禮的神聖與重要，可一點兒不能馬虎。

桃之夭夭：婚禮之人

婚禮，是人一生中唯一一次可以歡歡喜喜正大光明地展示自己的機會，在這一時刻，自己彷彿就是全世界的焦點，自己彷彿是童話中的公主、王子，美麗而動人，瀟灑而帥氣，真真實實地感受著主角的氣場。

在中國成語世界中，有一個詞——桃之夭夭，就與婚禮中的女主角新娘有關。桃之夭夭，現在經常寫作「逃之夭夭」，這是表示逃跑之意的成語，是人們耳熟能詳、經常使用的成語。其實，其最初不僅沒有逃跑之意，而且與新娘有關。難不成這是美國電影《落跑新娘》的古代中國版？要回答這些問題，我們需要回到「桃之夭夭」的原始出處去尋找答案。

「桃之夭夭」出自《詩經．周南．桃夭》：

桃之夭夭，灼灼其華。之子于歸，宜其室家。
桃之夭夭，有蕡其實。之子于歸，宜其家室。
桃之夭夭，其葉蓁蓁。之子于歸，宜其家人。

〈桃夭〉一詩是一首婚戀詩，寫的是女子出嫁時的美貌以及大家對女子的婚姻祝福，女子出嫁被稱為「于歸」，也稱「歸」。其中，此詩描寫新嫁娘美貌的是「桃之夭夭」與「灼灼其華」，將豆蔻年華的新娘子比作盛開的桃花，「夭夭」，可以有兩種解釋：一是燦爛盛開之狀，形容桃花之美好；二是隨風搖曳之狀，形容花枝隨風擺動。「灼灼」，鮮豔光亮之態，「華」，通「花」，這裡是說桃花之美。「桃之夭夭」與「灼灼其華」是用桃花的繁盛美好來喻指女子的容顏之美，用桃枝的擺動形容女子的喜悅之情。

桃花作為春季的當季之花，在復甦的春季發芽，在盎然的春意裡綻放，它象徵著青春與朝氣，象徵著美好與希望，點染了人心靈深處的生命悸動。女子就是在這樣的一個季節裡，走向自己的婚姻生活，是何等的幸福！在自己最美好的年華中，將自己交付給生命中的必然，夫復何求？因此，「桃之夭夭」帶來的是春風拂面，喜笑顏開，是歡快熱鬧的氣息，是笑靨如花的美麗新娘。

可見，「桃之夭夭」最初與逃跑沒有半毛錢關係，新娘子也不是落荒而逃，而是帶著喜悅的心情走入婚姻。「桃之夭夭」，後來之所以有了逃跑之意，實因「桃」與「逃」諧音，「桃之夭夭」便也有了跑得無影無蹤之意，如《醒世恆言》卷三〈賣油郎獨占花魁〉有言：「兩個商量出一個計策來，俟夜靜更深，將店中資本席捲，雙雙的桃之夭夭，不知去向。」明代無名氏所作《飛丸記．代女捐生》記載：「老爺吩咐殺他，我生怕他桃之夭夭。」後來，在使用過程當中，因為逃跑之意，「逃之夭夭」便出現了，具有詼諧之意，形容溜之大吉，「桃之夭夭」的逃跑之意，反而不常用了，有時甚至被認作是誤寫，其在〈桃夭〉一詩中的本義成為「桃之夭夭」的主要詞義。

「桃之夭夭」，以寫意的手法描摹出了新娘的美好姿態，讓人們感受到了青春的美好、婚姻的喜慶，但是對於新娘的美貌並沒有做出細緻的展示，《詩經》中還有一首婚嫁詩，以細緻的工筆畫筆法濃墨重彩地將新娘的容顏呈現了出來。這首詩便是〈衛風．碩人〉。

〈衛風．碩人〉一詩被清代的姚際恆稱作「千古頌美人者無出其右，是為絕唱」，描摹的是衛莊公夫人莊姜之美。其美何在？其美如下：

手如柔荑，膚如凝脂，領如蝤蠐，齒如瓠犀，螓首蛾眉，巧笑倩兮，美目盼兮。

這七句詩便是頌揚美人的千古絕句，分為前後兩部分，「手如柔荑，膚如凝脂，領如蝤蠐，齒如瓠犀，螓首蛾眉」，寫的是莊姜的靜態之美：她的手如同初生的白茅一般柔嫩潔白，她的面板如同凝固的油脂一般白皙細嫩，她的脖頸如同天牛的幼蟲一般潔白豐潤，她的牙齒如同瓠籽一般方正潔白，她的額頭方正而眉彎細。如同電影的特寫鏡頭，三百六十度無死角地對準莊姜，纖微畢至地將莊姜的美展露無餘，她的美無須裝飾，她的美不懼高清鏡頭，她的美沒有缺憾，她是世間尤物。〈衛風．碩人〉的美人圖，在前半部分已經很見功力，後半部分更加出彩，「巧笑倩兮，美目盼兮」，寫的是莊姜的動態之美：她的笑容很美好，莞爾一笑動人心魄；她的眼睛很有神，顧盼生姿如送秋波。後面兩句，雖然簡短，卻讓靜止的美人動了起來，空洞的美人有了靈魂，這是莊姜之美的關鍵，一笑一目正是妙筆傳神之處。達文西（Leonardo da Vinci）畫的〈蒙娜麗莎〉（Mona Lisa）展示的人物絕非曠世美人，她之所以成為經典之美，在於她那「永恆的微笑」滲入人們心底，溫暖，感動。眼睛被稱作心靈的窗戶，是人物神采的關鍵，東晉大畫家顧愷之擅長人物繪畫，但是他的畫作有的畫好之後數年不點眼睛，人們對他的這一習慣表示疑問，討求箇中奧妙，顧愷之非常嚴肅地說：「人的形體美醜，本來與畫作之神妙沒有關係。畫像要想傳神，恰恰正在這雙眼睛上。」（顧長康畫人，或數年不點目睛。人問其故，顧曰：「四體妍蚩，本無關於妙處；傳神寫照，正在阿堵中。」《世說新語・巧藝》）顧愷之的慎重正可見眼睛對於人物傳神寫照的重要，而〈衛風・碩人〉也正靠著莊姜的眉目傳遞出美之靈魂。

〈衛風・碩人〉中的莊姜以其無可挑剔的美貌及美好，走進《詩經》，走向新婚之喜，帶來了玉立於美人王國的璧人，也帶來了三個流傳千古的成語：膚如凝脂、螓首蛾眉、巧笑倩兮。這三個成語恰恰與新婚相應：一來新婚那天，新娘子是最漂亮的；二來新婚那天，新娘子是最高興的。

《詩經》最初是可以演唱的，現在雖然我們看到的只有歌詞，但是不妨礙我們對它的喜愛，對應著〈桃夭〉與〈碩人〉的歌詞，我們可以想像，〈桃夭〉與〈碩人〉的曲調也是歡快喜悅的，所以，〈桃夭〉與〈碩人〉完全可以看作中國先秦時期的婚禮進行曲，亦可是新時代的〈今天我要嫁給你〉*。

鵲巢鳩占、洞房花燭、結髮夫妻：婚禮之成

「一拜天地，二拜高堂，夫妻對拜，送入洞房」，這是中國傳統婚禮最為經典的話語，老百姓耳熟能詳，電視螢幕中經常迴盪，送入洞房之後代表著婚禮的主要儀式都已完成，因此，

司儀在說完「送入洞房」之後，往往都要加一句「禮成」，至此，在眾人的見證下，新郎新娘正式成為夫妻。

新娘嫁入新郎之家，在先秦時期有一個說法，那便是「鵲巢鳩占」，後來也稱「鳩占鵲巢」。「鵲巢鳩占」，出自《詩經．召南．鵲巢》：

維鵲有巢，維鳩居之。之子于歸，百兩御之。
維鵲有巢，維鳩方之。之子于歸，百兩將之。
維鵲有巢，維鳩盈之。之子于歸，百兩成之。

〈鵲巢〉也是一首婚嫁詩，描寫了婚嫁的盛大場面。《詩經》擅長運用的藝術手法是賦、比、興，對此，朱熹解釋道：「賦者，敷陳其事而直言之；比者，以彼物喻此物也；興者，先言他物以引起所詠之詞也。」此詩主要用了比興之法，且興中有比。鵲指喜鵲，鳩指鳩，喜鵲代指新郎，鳩代指新娘。據說，鳩是託卵寄生的動物類，它們自己不築巢，而是將鳥蛋下到別

＊台灣流行歌，原唱者為陶喆、蔡依林，常出現在婚禮宴會曲目。

人的巢穴中，讓別人代為養育。喜鵲則是築巢高手，因此，喜鵲的巢穴常常成為鳩的選擇目標。這是自然界中的生物習性。

〈鵲巢〉一詩，從自然現象入手，聯想到人類的婚姻現象。喜鵲築好巢穴，鳩住入其中，就好比新郎建好房屋將新娘迎回家中，就這樣，「鵲巢鳩占」就與婚姻有了關聯。清人姚際恆《詩經通論》言：「按此詩之意，其言鵲鳩者，以鳥之異類況人之異類也。其言巢與居者，以鳩之居鵲巢，況女之居男室也。」

〈鵲巢〉一詩，共三章，每章表達的內容大體相當，只不過換用了幾個詞語，表達程度的遞升，「居」就是居住，「方」是並比而居，「盈」指住滿，程度不同，但都是指占有居住。這便是「鵲巢鳩占」的來歷，本義是女子出嫁，定居於夫家。但是後來人們從「鵲巢鳩占」的字面意思出發，意思闡發著重於「占」字，便將「鵲巢鳩占」解釋為強占別人的住處等，帶有強取豪奪的意思。這是「鵲巢鳩占」的後起義，但到後來「鵲巢鳩占」的後起義反而成為常用義，掩蓋了其本來含意。

「送入洞房」之後，新郎新娘攜手進入自己的小天地，婚禮也便來到了「洞房花燭」的階段。「洞房花燭」，是指新婚之夜在新房裡點上彩燭，形容喜氣洋溢的景象。新房之所以稱為「洞房」，應當與中國古代的搶婚習俗有關。搶婚盛行，極易發生暴力衝突事件，極易產生矛盾隔閡，據說當時部落聯盟首領黃帝，為了維護部落聯盟的和諧統一，立志要改變此項陋習，但是，搶婚習俗由來已久，改革不易，況且改革需要想到好的對策，他人才有可能遵從。有一天，黃帝出遊，看到一處人家，家人住在三個不同的洞穴中，洞穴外面用石頭壘砌上圍牆，這家人的住所這樣建造是為了躲避野獸的攻擊，既安全又私密。黃帝看了之後，多日以來困擾他的問題似乎找到了答案，與周圍的大臣商量之後，黃帝下令：自此以後，凡是男女婚配，在舉行儀式之後，男女雙方要住到事先準備好的獨立的洞穴中生活，洞穴周圍壘上高牆，只留一個出口，供親人進入送水送食物。凡是進入到洞穴中的男女，便是正式的夫妻，不能再去搶別人，也不允許別人去搶他們。

黃帝的政令釋出之後，首先得到了部落聯盟其他首領的大力支援，後來慢慢在部落中形成了風氣，男女婚配之後，送入洞房，就成為了新的習俗。

後來，「洞房花燭夜」經常與「金榜題名時」並列，被視作男人的兩大幸事。殊不知這一並列，與「洞房」的早期由來有了某些相似之處。「洞房花燭夜，金榜題名時」的出現，是中國科舉考試的產物。唐代科舉考試名目繁多，有秀才、進士、明經、明法、明字、明算、一史、三史、開元禮、童子、道舉等科，而人們最看重的是「進士科」。一來因為進士科錄取人數極少（其進士大抵千人得第者百一二；明經倍之，得第者百十一二。《通典・選舉》）；二是因為一旦進士及第，則官位顯赫（是以進士為士林華選，四方觀聽，希其風采，每歲得第之人，不浹辰而周聞天下，故忠賢雋彥韞才毓行者咸出於是。《通典・選舉》）。正因為如此，進士也便成了社會上的「香餑餑」*，上自皇帝，中至王公大臣，下至普通百姓，都想找個進士及第的金龜婿。於是，在唐代一旦進士及第就意味著美好姻緣的到來，有人甚至在放榜之後立即舉行婚禮，送入洞房。就這樣，洞房花燭夜就與金榜題名時成為了絕佳搭檔。

唐代的這一習俗，至宋代愈演愈烈，甚至有「榜下捉婿」的事情發生。「榜下捉婿」，又稱「臠（音同攣）婿」，「臠」是肉塊，「臠婿」就是像搶肉一樣搶女婿。宋代彭乘的《墨客揮犀》記載了這樣一個故事：有一位年輕人，進士及第，看完榜後，頓時上來了十多個僕人，一起簇擁著年輕人，去往一處豪宅。年輕人知道自己是被人相中了，他既不拒絕，也不反對，欣然前往。後來，一位衣著華貴者出面表明嫁女的意思，年輕人微微一笑，鞠躬致謝，表示承蒙抬舉，但是此事尚需要回家與自己的妻子商量一下，看看她是否同意（今人於榜下擇婿，號「臠婿」。其語蓋本諸袁山松，尤無義理。其間或有意不願而為貴勢豪族擁逼而不得辭者。有一先輩，少年有風姿，為貴族之有勢力者所慕，命十數僕擁致其第。少年欣然而行，略不辭遜。既至，觀者如堵。須臾，有衣金紫者出曰：「某惟一女，亦不至醜陋，願配君子，可乎？」少年鞠躬，謝曰：「寒微得託跡高門，固幸，待歸家試與妻商量，看如何？」眾皆大笑而散。《墨客揮犀》卷一）。此事近似笑談，但在宋代卻是真實存在的。可見功名的重要啊！

不管怎麼說，洞房花燭，總是一件喜悅的事情，大紅的蠟燭象徵著紅紅火火的日子，走完了一系列程序，送進洞房的新郎新娘，亦需要進行幾項屬於他們夫妻二人的儀式，比如同牢合巹，比如夫妻合髻。

同牢合巹，是新婚夫婦行禮的必備儀式。「同牢」，不是兩個人一起坐牢，而是指新婚夫婦二人同食某一牲畜的肉（婦至，婿揖婦以入，共牢而食。《禮記・昏義》），表示共同生活的開始。「合巹」，也就是交杯酒。「巹」，是指一種瓠瓜，味苦，俗稱苦葫蘆，多用來做瓢。具體的儀式是將瓠瓜一剖為二，然後將其做成瓢，並將兩個瓢的柄用紅線連起來，新郎新娘各拿一瓢飲酒，這便是合巹。「合巹」寓意深刻：一是代表夫妻二人從此連為一體，親密無間；二是象徵夫妻二人同甘共苦，患難與共。

在新婚夫妻喝交杯酒之前，還需要做一件重要事情，那便是合髻，也稱結髮。在中國古代，男女都是留長髮的，男的在二十歲冠禮之時開始把頭髮盤成髮髻，戴上冠帽；女子在十五歲及笄之禮時開始把頭髮盤成髮髻，插上簪子。到新婚之夜，新郎新娘拜天地之後，坐到床上，各自取下一縷頭髮綰在一起，表示同心之意（凡娶婦，男女對拜畢，就床，男左女右，留少頭髮，二家出匹緞、釵子、木梳、頭鬚之類，謂之合髻。孟元老《東京夢華錄・娶婦》）。後來便將首次結婚的夫妻稱作「結髮夫妻」。唐代女詩人晁采寫過一首〈子夜歌〉：「儂既

＊原指香甜可口的點心，後比喻為極受歡迎的人或極搶手的東西。

剪雲鬟，郎亦分絲髮。覓向無人處，綰作同心結。」這首詩便是對新婚之夜夫妻結髮情形的描繪。

經過一系列的儀式、程式，新郎新娘完成了人生的第一件大事，順利、合法地結為夫婦，同心同德地開啟他們生活的新篇章。

鸞鳳和鳴、白頭偕老：婚姻祝願

婚禮之時，新郎新娘的親朋好友，都會為一對新人送上美好的祝願，祝福他們夫妻恩愛，祝福他們子孫滿堂。新婚祝福之語，不在多，在於心意的真誠，更在於祝福成真的期盼。古今的新婚祝福之語，琳琅滿目，如心心相印、永結同心、花好月圓、百年好合、早生貴子等，而且有的新婚祝福之語還有強烈的歷史背景，更有現實感，比如鸞鳳和鳴；有的則有強烈的情感寄託，特別有感染力，比如白頭偕老。

鸞鳳和鳴，指的是鸞鳥鳳凰相互應和鳴叫，以此比喻夫妻和諧。此成語出自《左傳・莊公二十二年》，具體記載如下：

初，懿氏卜妻敬仲，其妻占之，曰：「吉，是謂『鳳凰于飛，和鳴鏘鏘，有嬀之後，將育於姜。五世其昌，並於正卿。八世之後，莫之與京。』」

成語說的男主角是陳國的公子陳完，字敬仲，是春秋時期陳厲公之子。魯莊公二十二年（西元前六七二年），陳國發生內亂，公子陳完逃奔齊國避難（二十二年春，陳人殺其大子禦寇，陳公子完與顓孫奔齊。《左傳·莊公二十二年》）。當時齊國的國君是一代霸主齊桓公。齊桓公對陳完很是賞識，並沒有因為陳完是逃亡到齊國而歧視他，而是決定任命陳完為齊國的卿士。面對齊桓公的盛情與好意，陳完最後拒絕了，他認為自己是逃亡在外的羈旅之臣，假若可以免除挑擔奔走的命運已是極大的幸運，又怎麼敢再奢望做高官呢！看著陳完堅定的表情，齊桓公沒有再作堅持，最後，順從陳完的意思，讓他做了工正，這是一個管理百工的小官（齊侯使敬仲為卿。辭曰：「羈旅之臣，幸若獲宥，及於寬政，赦其不閑於教訓而免於罪戾，弛於負擔，君之惠也，所獲多矣。敢辱高位，以速官謗。請以死告。《詩》云：『翹翹車乘，招我以弓，豈不欲往，畏我友朋。』」使為工正。《左傳·莊公二十二年》）。

陳完很懂得韜光養晦之理，很明白避難之道，面對高官厚祿沒有喪失理智，這是一種人生的大智慧與大胸懷。陳完的這種表現，被齊國的大夫懿仲看在眼裡，同時也深深地記在心裡了，他斷定陳完是個做大事的人，將來一定會有大作為，於是，便想將自己的女兒許配給陳完。這時，成語的女主角開始慢慢浮出水面。

懿仲為人很謹慎，雖然心中有此想法，但沒有草率地去提親，而是先向神靈尋求幫助，看看陳完與女兒成婚是否合適，是否美滿。原來，在春秋時期，卜筮之術仍有很大的影響，人們在男女婚配之前都要通過卜筮來探問吉凶，《左傳》《國語》中有很多這樣的事例。懿仲的妻子為這一段尚未開始的姻緣卜了一卦，其結果為「吉」，也就是說懿仲女兒與陳完如若結婚是一件美事。另外占卜得到的卦辭，其內容更加豐富，更加美好，具體來說，分為三大部分：

第一，鳳凰于飛，和鳴鏘鏘：陳完與懿仲女兒婚姻美滿，如同鸞鳥鳳凰比翼齊飛，一唱一答和睦相親。

第二，有嬀之後，將育於姜：陳完會在齊國立足扎根，陳國嬀氏的後代，要在齊國姜氏的田園裡開花結果。

第三，五世其昌，並於正卿。八世之後，莫之與京：陳完與懿仲女兒的後代前途遠大，甚至會代齊姜而立。

占卜的結果以及卦辭的內容，讓懿仲夫妻二人激動不已，將自己的寶貝女兒嫁給陳完，那是何等的福氣啊。於是，懿仲立即派媒人向陳完提親，陳完與懿仲女兒順利結成夫妻之好。

此後，男女主角及其後代，以具體的行動印證了占卜預言的正確，陳完與懿仲女兒夫妻相敬相愛，和諧美滿；子孫後代，德行深厚，傳九世至田和而代齊。陳完一家的美滿與昌盛，是世間多少家庭嚮往的目標，因此，與他們的婚姻有關的詞語「鳳凰于飛，和鳴鏘鏘」，也成為後人傳誦不已的語句，在此基礎之上，成語「鸞鳳和鳴」便順理成章地出現了，成為夫妻恩愛的代名詞。

另外，卦辭中的「鳳凰于飛」，也是有出處的，本身也是一成語。此成語出自《詩經・大雅・卷阿》：「鳳凰于飛，翽翽其羽。」著名歌唱家劉歡為紅遍大江南北的電視劇《甄嬛傳》演唱的片尾曲，其名字就叫〈鳳凰于飛〉，而且歌詞中就有「鳳凰于飛，翽翽其羽」兩句。本指鳳與凰在空中交尾，相偕而飛，後用來比喻夫妻合歡恩愛。「鳳凰于飛」與「鸞鳳和鳴」後來也成為新婚祝福的常用語，祝福新人幸福美滿。

新婚祝福的另一常用語為「白頭偕老」，新婚之時，最大的願望莫過於與自己的另一半相攜共同走完一生，因此最好的祝願也莫過於簡單的「白頭偕老」。

「白頭偕老」，有時也稱「白首偕老」，最初源自《詩經》中的名句「執子之手，與子偕老」，只不過與大家普遍使用的新婚祝福、新婚願望的美好氛圍不同，「執子之手，與子偕老」，最初是在刀光劍影的戰爭背景下出現的。此兩句出自《詩經・邶風・擊鼓》：

擊鼓其鏜，踴躍用兵。土國城漕，我獨南行。
從孫子仲，平陳與宋。不我以歸，憂心有忡。

爰居爰處？爰喪其馬？於以求之？於林之下。
死生契闊，與子成說。執子之手，與子偕老。
于嗟闊兮，不我活兮。于嗟洵兮，不我信兮。

〈擊鼓〉是一首戰爭詩，寫的是久戍不歸的士兵的悲苦生活。全詩共五章，前三章是實寫戰爭之事，第四章則是追憶往事。在生死難料的戰場上，在現實與記憶的交錯之中，士兵與妻子離別時的情景被緩緩推為近景：南行征戰之時，士兵與妻子依依惜別，面對生死離別，兩人許下誓言，希望能夠拉著彼此的手，一起慢慢變老。但是，當初滿含深情的誓言，在殘酷的現實面前卻變得那麼的虛無縹緲，長期的戍守、難料的未來，都成為誓言不能兌現的重要因素，何其悲哉！

在〈擊鼓〉一詩中，第四章的情感強度最濃烈，因此，也成為後人傳誦的名句，以至於後來「執子之手，與子偕老」從整首詩中脫穎而出，拋卻了詩歌原有的悲愴氣息，賦予其美好幸福的意義，並且後起義漸漸成為其通行義，這便是語義的轉移。

後來，人們在「執子之手，與子偕老」的基礎之上，創造出了「白首偕老」這一概括性、凝練性更強的成語，用來表達新婚期待、新婚祝願，祝願夫妻二人感情彌篤，一生幸福。

帶著親朋好友的祝願，帶著春風拂面的笑容，一對新人如願以償地完成了他們的完美婚禮，至此，新的生活開始了，新的情感也順帶而來，新的問題也隨之產生，那麼，進入婚姻之後的夫妻，他們的生活有哪些不同的類型？對此，他們又是如何處理的呢？

十四

婚姻磁場

帶著對未來的憧憬與期待，一對對男女走向婚姻殿堂。但是，真正進入婚姻之後，幾乎所有的夫妻都會發現婚姻與自己的想像不一樣，瑣碎、壓力、疲憊加在婚姻上面，讓婚姻不再是鮮花與美酒圍繞的「浪漫滿屋」。住在一間屋子裡的夫妻，其實是在共同打造屬於他們的婚姻磁場，有人在婚姻磁場中越走越近，有人則在婚姻磁場中漸行漸遠，有的磁場越來越強，有的磁場則因為靠向別的磁場而丟棄了自己的磁力線。那麼，這一維繫婚姻的磁場，到底能夠打造出怎樣多彩的婚姻人生呢？維繫婚姻磁場的密碼又是什麼呢？

琴瑟之好、鶼鰈情深、並蒂芙蓉：我和你纏纏綿綿翩翩飛

夫妻恩愛白頭，是結婚時許下的美好心願，進入婚姻之後，人們以不同的方式維繫著美好的誓言，舉案齊眉、張敞畫眉、相敬如賓等成語都是此種美滿婚姻的見證，除此以外，還有一些成語留下美滿婚姻的印記，比如琴瑟之好、鶼鰈（音同兼蝶）情深、並蒂芙蓉等。這三個成語有一個共同特點，那便是用自然界中的事物來喻指夫妻關係。

「琴瑟之好」，也稱「琴瑟調和」「琴瑟和諧」「琴瑟和同」「和如琴瑟」等，指的是夫妻關係融洽和諧。「琴瑟之好」，最早在《詩經》中出現。

《詩經》時代，是一個禮樂盛行的時代，不同的場合有著不同的禮制規定與音樂風格，適應不同的音樂風格，不同場合需要使用不同的樂器。在諸多樂器之中，琴、瑟在周人的生活中，影響頗深，《禮記．曲禮下》記載：「君無故，玉不去身；大夫無故不徹縣，士無故不徹琴瑟。」也就是說，士人沒有特殊情況是不能撤掉琴瑟，而是要經常演奏，可見，彈琴鼓瑟成為周人必備修養的一部分。

與鐘鼓樂器的慷慨激昂不同，琴瑟之音清揚淒美、婉轉繁複，更易表達人內心幽隱曲折的情感（君子以鐘鼓道志，以琴瑟樂心。《荀子．樂論》），因此，《詩經．周南．關雎》率先將夫妻之好用琴瑟來加以喻指。〈關雎〉全詩如下：

關關雎鳩，在河之洲。窈窕淑女，君子好逑。
參差荇菜，左右流之。窈窕淑女，寤寐求之。
求之不得，寤寐思服。悠哉悠哉，輾轉反側。
參差荇菜，左右采之。窈窕淑女，琴瑟友之。
參差荇菜，左右芼之。窈窕淑女，鐘鼓樂之。

〈關雎〉一詩，現在一般看作是一首愛情詩。一位小夥子多方追求心愛的姑娘而不得，在輾轉反側、夜不能寐的時候，在想像當中，用彈琴鼓瑟打動姑娘芳心，將姑娘迎娶入門。這裡便是用琴瑟來代指夫妻。除此之外，《詩經．鄭風．女曰雞鳴》亦言：「琴瑟在御，莫不靜好。」〈女曰雞鳴〉一詩是描寫一對恩愛夫妻的和諧生活，其中「琴瑟在御，莫不靜好」正是夫妻恩愛的寫照，妻子彈琴，丈夫鼓瑟，聲調和諧，相得益彰。《詩經．小雅．常棣》言：「妻子好合，如鼓琴瑟。」這裡，〈常棣〉明確提出夫妻之好如同琴瑟和鳴一般和諧。至於夫妻之好為何要用琴瑟來喻指，這需要從琴、瑟兩種樂器的製作、聲音等說起。

琴、瑟都是用梧桐木製成，帶有空腔，屬於絲絃類樂器，二者音質相似。琴、瑟可以單獨演奏，也可以合奏，合奏之時，琴瑟之音一高一低，相互配合，相互彌補。人們從琴瑟和鳴的美好樂感推廣到人類本身，認為夫妻二人生活在一起，要想和諧美好，必須夫唱婦隨相互配合。後來，陰陽觀念盛行之後，有關琴瑟與夫妻之間的關聯被賦予了更多的解釋，如認為琴、瑟各有屬性，一陰一陽，所以，琴瑟和鳴順乎自然之道，因此，琴、瑟的製作就是為了順暢陰陽之氣。如此一來，琴瑟與夫妻之間的關聯，就從《詩經》時代一般意義上的喻指，上升到哲學層面，經過漢代儒士的大力提倡與傳播，漸漸成為根深蒂固的意識。孫儷等人主演的《甄嬛傳》中，甄嬛與果郡王允禮傾情相愛，他們一生最大的願望便是像一對尋常夫妻那般白頭偕老，恩愛美滿。然而造化弄人，他們終究錯過，終究無法在一起，待到二人的戀情被雍正帝發現並決意加以懲罰之時，二人面對著無法越過的死亡，抱著為對方而死的信念，一人說出「終身所約，永結為好」的願望，一人回應「琴瑟在御，歲月靜好」，這是兩個相愛之人對生活的期盼，一為結為夫妻，二為夫妻恩愛。

鶼鰈情深，也稱「鰈鶼情深」，是用自然界中的鳥類、魚類的特徵指代夫妻。鶼，指比翼鳥。鰈，指比目魚。比翼鳥，是古代傳說中的鳥，早在《山海經．海外南經》中就有記載：「比翼鳥在其東，其為鳥青、赤，兩鳥比翼。」《爾雅．釋地》：「南方有比翼鳥焉，不比不飛，其名謂之鶼鶼。」據說，比翼鳥僅一目一翼，雄鳥只有左翼左目，雌鳥只有右翼右目，雌雄需並翼飛行，不在一起就不能飛行。與比翼鳥相似，比目魚也是需要雌雄相依相偎的，同遊而行，《爾雅．釋地》中說：「東方有比目焉，不比不行，其名謂之鰈。」

從比翼鳥與比目魚的生活習性出發，人們看到了人類的情感表達方式，於是，比翼鳥與比目魚便成了兩情繾綣的代表，用來形容夫妻之間的深厚感情。清代劇作家李漁《笠翁十種曲》中有一劇目，名字就叫〈比目魚〉。此劇目是描寫才子佳人的作品，故事的梗概是這樣的：一年輕男子譚楚玉與一女藝人劉藐姑兩情相悅，私定終身，無奈劉母看不上譚楚玉，反而要將劉藐姑另嫁他人。眼看要被拆散的一對璧人，執手相看淚眼，不忍分別，立誓永不相負，約定生不能在一起，死了也要在一起。於是，劉藐姑表面上答應了母親的婚事安排，暗地裡卻在做著自己的打算。恰巧有一天，劉藐姑要在江邊演出《荊釵記》，劇中錢玉蓮與丈夫不能在一起的命運讓劉藐姑感同身受，根據劇情安排，劉藐姑扮演的錢玉蓮有投江自盡的戲分兒，劉藐姑在情感的輾轉演繹中，不由得假戲真作，真的投江自盡了。劉藐姑投江之後，悲痛欲絕的譚楚玉想起二人的約定，縱身一跳，追隨劉藐姑而去了。生前不能在一起的一對有情人，跳江殉情之後，為水神平浪侯所收容。平浪侯被譚楚玉與劉藐姑的深情所打動，便將他們變作比目魚，讓他們在水府中相依相偎，恩恩愛愛。李漁的〈比目魚〉，悲情色彩比較強烈，生前不能相守，只能寄希望於死後，但不管怎樣，能做兩隻同遊而行的比目魚，或許是譚楚玉與劉藐姑的夢想，也是諸多戀人、夫妻的期盼。

並蒂芙蓉，本義指的是並生一蒂的兩朵荷花，這是自然界中的正常現象。自然界中有一種荷花叫「並頭蓮」，這種荷花一莖有兩花，花各有蒂，蒂在花莖上連在一起，成為吉祥喜慶的象徵。後來，便出現了成語「並蒂芙蓉」，用來形容夫妻恩愛。此成語最初來自杜甫的〈進艇〉一詩：

南京久客耕南畝，北望傷神坐北窗。
晝引老妻乘小艇，晴看稚子浴清江。
俱飛蛺蝶元相逐，並蒂芙蓉本自雙。
茗飲蔗漿攜所有，瓷罌無謝玉為缸。

此詩作於唐肅宗上元二年（西元七六一年），此時杜甫經歷了困頓不達、流離失所的生活之後，經歷了「安史之亂」的顛沛流離之後，終於在好友的支援之下，在成都浣花溪邊蓋起一座草堂，與妻兒共度晚年生活。

安居於成都的杜甫，回想往昔種種，不禁感慨萬千，由此更加珍惜當時的幸福時光。在一個風和日麗、春光明媚的天氣裡，杜甫帶著一家人泛舟於浣花溪：杜甫牽著老妻登上小船，兩人並肩坐在船上，滿眼深情地看著在溪水中嬉戲玩耍的孩子們。清澈的溪水、盪漾的波光、歡樂的打鬧聲，一切都是那麼美好。忽然，他的目光被空中一對互相追逐的蝴蝶所吸引，他的目光被水中的兩朵並蒂的荷花所感動，這兩隻蝴蝶、兩朵荷花，讓杜甫想到了自己，想到了與自己相伴的老妻，杜甫心中瞬間溫暖湧動，無論風雨飄搖，無論生活艱難，身邊這位髮絲灰白、面帶皺紋的女人不離不棄，無怨無悔地陪著自己走過。其實，他們就如同這雙飛的蝴蝶、並蒂的荷花，相依相偎，相親相愛。

無限感慨之下，杜甫拿起船上的杯子，倒了兩杯茶，一杯遞給妻子，一杯留給自己，兩人對飲而盡，如同那一紅燭搖動的新婚之夜飲下的合巹酒。

就這樣，為時代寫悲歌、為蒼生寫生活的厚重型詩人杜甫為我們留下了一個滿懷深情的成語——並蒂芙蓉，他以自己的人生詮釋了何為並蒂芙蓉，何為恩愛夫妻。

中國人自古就有「天人合一」的思想，自然界中的萬事萬物在我們眼中，不是與我們毫無關聯的個體存在，而是與我們有著千絲萬縷的聯絡，有時它們是人類情感觸發的媒介，有時它們是人類情感表達的載體，人類從自然界的事物身上發現了自己之前本沒注意的情感，發覺了表情達意更好的方式，於是，中國成語世界中便多了這類以自然界中的事物為喻體表達情感的成語。

中國古代著名的女詞人李清照與其夫趙明誠就是珠聯璧合、伉儷情深的代表。二人志趣相投，情投意合，婚後一起寫詩作詞，研究金石字畫，廣求古今圖書、遺碑、石刻，流傳下了金石學名著《金石錄》三十卷，亦成就了一段美滿姻緣。後來，李清照在《金石錄後序》中對夫妻二人的生活細節做了一番展示，其中有言：「余性偶強記，每飯罷，坐歸來堂，烹茶，指堆積書史，言某事在某卷第幾頁第幾行，以中否勝負，為飲茶先後。中即舉杯大笑，至茶傾覆懷中，反不得飲而起。」夫妻二人以文為樂，嬉戲打鬧，令人欣羨，後來遭遇生活波折的李清照，回想起夫妻二人的幸福時光，不禁發出了「甘心老是鄉矣」的願望，真的願意就這樣過一輩子！

婚姻需要夫妻二人的經營，需要兩人的和諧一致，方能保證婚姻磁場的強大及正常運轉。大部分夫妻在婚姻伊始，都是自覺向這一方向靠近的，但是，也有一部分人在婚姻之初，就有偏離磁場的傾向與舉動，那麼，他們是怎麼維持其磁場運轉的呢？

天壤王郎：我的那個他為何是這樣

大家都渴望婚姻幸福，但是並非所有的人都那麼幸運，能夠與自己鍾愛的戀人走向婚姻，有些人在父母的安排下，有些人在各種問題困擾下，無奈地與自己並不是很中意的人拜了天地，成了夫妻；或者不明所以地成親之後，才發現對方並非自己所期盼的那般。

成語「天壤王郎」說的就是這樣的一種婚姻狀況。「天壤王郎」，說的是謝道韞與王凝之的婚姻。謝道韞是東晉名臣謝安的侄女，素有才學，深得謝安喜愛。史書記載了兩則謝道韞才學的典型事例：

第一，選《毛詩》佳句。

謝道韞是東晉安西將軍謝奕的長女，平素與兄長多受叔叔謝安的教導，對於古代詩詞頗有見解。有一次，謝安問謝道韞：「你感覺《毛詩》中哪句話最好？」謝道韞一弱小女子，沒有選卿卿我我的愛情佳句，也沒有選悲悲戚戚的女性情懷之句，而是選取了〈大雅．崧高〉中的四句：「吉甫作頌，穆如清風。仲山甫永懷，以慰其心。」從漢代始，有齊、魯、韓、毛等解《詩經》的學派，後來《毛詩》漸漸成為主流。「吉甫作頌，穆如清風。仲山甫永懷，以慰其心」四句與今本〈崧高〉有所不同，當是出於古本依據。

〈崧高〉一詩，是周宣王時期的大臣讚頌申伯之詩，「穆如清風」，便是指申伯輔佐周室、鎮撫南疆、憂心國事，如同清風一般，有化養萬物的雅德。可見，謝道韞並非躲在繡樓中大門不出二門不邁的貴族嬌小姐，而是有著心懷天下的胸襟，這當是出於謝氏一族的影響，自然贏得了謝安的讚賞，對此，謝安稱讚謝道韞有「雅人深致」（王凝之妻謝氏，字道韞，安西將軍奕之女也。聰識有才辯。叔父安嘗問：「《毛詩》何句最佳？」道韞稱：「吉甫作頌，穆如清風。仲山甫永懷，以慰其心。」安謂有雅人深致。《晉書》卷九十六〈列女傳〉）。

「雅人深致」，後來也成為一個成語，指人品高尚，情趣深遠，形容人的言談舉止不俗。謝安本人就是才學高識之人，能得到謝安如此高的評價，可見謝道韞之胸懷。

第二，柳絮詠飛雪。

謝道韞不僅聰明多才，而且頗有文學素養。有一次，謝安與諸位子侄聚會，恰逢大雪紛飛，謝安一時興致大起，便向子侄丟擲一個問題：「什麼句子可以比擬這紛紛飄落的白雪？」謝安的侄子謝朗立即應道：「這就如同空中撒下了白鹽一般！」謝朗的回答近於形似，但似乎意境不足，於是，謝道韞說道：「這一比喻雖好，但不如柳絮因風而起意境更佳。」謝道韞在想象世界中，將隨風飄舞的柳絮與白雪相比，不僅形似，而且神似，且能激起人們更多的想象，因此，得到了謝安的大力讚賞（又嘗內集，俄而雪驟下，安曰：「何所似也？」安兄子朗曰：「散鹽空中差可擬。」道韞曰：「未若柳絮因風起。」安大悅。《晉書》卷九十六〈列女傳〉）。

其實，不光是謝安對此句青睞有加，後世的文人墨客對此也是津津樂道，並且還生成了一個成語柳絮之才，讚美謝道韞的智慧才華，後來亦成為稱許有文才女性的常用詞語。

以上兩則事例便是一代才女謝道韞的縮影。謝安對自己的這一侄女讚賞有加，對她的婚事也是頗為上心。多次考慮，多番考察之後，謝安將謝道韞嫁給了王羲之的兒子王凝之。謝安的此番決定，一是出於門當戶對的考慮。當時東晉流傳著「王與謝共天下」的說法，王氏家族與謝氏家族是當時的名門大族。二是出於才學相當的考慮。謝道韞不是一般的世俗女子，與她相配的亦不能是凡夫俗子，王凝之作為王羲之的兒子，其草書、隸書頗有可觀之處。

本以為是一良緣佳姻，但是，婚後的謝道韞卻很失望，原來王凝之的才學並沒有想象中的精彩，在謝道韞眼中或許可以歸入平庸的行列，兩人在此方面的對話交流幾乎很少。謝道韞新婚之後不久，回到孃家，非常不開心。見到侄女如此模樣，謝安很是關心，便開導謝道韞說：「你的夫婿，是名門之後，是才子王羲之的兒子，不是碌碌之才，你有什麼不開心的呢？」叔叔的開導並沒有起到任何作用，自小在才學之家長大的謝道韞有著比較的座標，有著自己的評判，她說：「謝氏一族，叔父輩有謝安、謝據，兄弟輩中有謝歆、謝朗、謝玄、謝淵，個個都是高妙絕倫之人，沒想到天地之間，竟有王郎這樣的人！」就這樣，成語「天壤王郎」出現了，「天壤」是天地間，「王郎」便是王凝之，這是謝道韞對王凝之的不滿之詞、控訴之詞。後來便成為女子對丈夫不滿的詞語。

不過，謝道韞雖然對王凝之有不滿，但是謝道韞並沒有結束與王凝之的婚姻。在他們的婚姻之中，謝道韞與王凝之的相處之道，史書沒有過多的記載，或許才女落到凡間，只能是遵循「嫁雞隨雞，嫁狗隨狗」的婚姻理念，維持著他們的婚姻。

與謝道韞「天壤王郎」的呼喊相應的，世間還有很多，但是，在諸多有相似命運的夫妻那裡，他們以自己的努力改變著「天壤王郎」的不滿，讓自己漸趨偏離的婚姻磁場歸於正途。我們可以舉兩個例子，以此發現避免磁場偏離的方法。

第一，許允婦捉夫裾。

這個故事前面已經提及，這裡再詳細講一講。許允是三國時期的人物，由於父母之命娶了阮德慰的女兒，二人在婚前並沒有見過面。新婚之夜，兩相見面之後，許允才發現自己竟然娶了一個奇醜無比的女子，頓時，新婚的喜悅瞬間消失，隨之而來的是無名的憤怒與傷痛，於是，許允當即便逃離了新房，發誓再也不踏入新房半步。

新婚之夜便出現了意外，許允的家人很是擔心，但也無計可施，無法勸服許允。這時家中恰好來了許允的一位朋友，此人名叫桓範，也是當時的名士。桓範瞭解這一情況之後，便勸說許允：「阮家既然將醜女嫁給你，此中必然有他們的道理，你也不能將人家一棍子打死，而是應該好好考察一下她。」

聽了桓範的勸說，看著家人急切的表情，許允決定試上一試，結果剛剛踏入新房，看了一眼自己的新娘，許允心中原有的打算全沒了，腦袋裡只剩下一個念頭，那便是逃之夭夭溜之大吉。這時，一直端坐在新房的新娘，知道許允此次離開了便不會再有回來的意思，因此，便一把抓住了許允的衣襟，不讓他離去。一人決意要走，一人決意要留，一時間誰也沒有占到上風，一直處於拉拽之中。心急之下的許允便大聲疾呼道：「婦人應該有婦德、婦言、婦容、婦功四種功德，你說說你究竟有什麼？」新娘子堅決地回答道：「我只是缺少了婦容一條而已。」接著新娘則以其人之道還治其人，發問許允：「大丈夫需要有百行，您又有幾條呢？」一心只想離開的許允回答道：「我全部都具備。」此後，新娘的話讓許允慚愧無比，啞口無言，她說：「百行當以德行為首，您貪戀美色不看重品德，又怎麼能大言不慚地說全都具備呢？」

新娘的一番據理力爭，讓許允不禁對其另眼相看，雖然對面的她還是那樣醜陋，但是，在許允心中似乎不是那麼不可接受了。從此之後，二人相敬如賓，夫妻恩愛（許允婦是阮衛尉女，德如妹，奇醜。交禮竟，允無復入理，家人深以為憂。會允有客至，婦令婢視之，還答曰：「是桓郎。」桓郎者，桓範也。婦云：「無憂，桓必勸入。」桓果語許云：「阮家既嫁醜女與卿，故當有意，卿宜察之。」許便回入內，既見婦，即欲出。婦料其此出無復入理，便捉裾停之。許因謂曰：「婦有四德，卿有其幾？」婦曰：「新婦所乏唯容爾。然士有百行，君有幾？」許雲：「皆備。」婦曰：「夫百行以德為首，君好色不好德，何謂皆備？」允有慚色，遂相敬重。《世說新語．賢媛》）。

許允與妻子阮氏的矛盾，在於外在形貌上，這一點是無從改變的，許允妻子具有先天的劣勢，在夫妻二人的關係中處於弱勢，但是，許允妻子在處於劣勢之時，能夠將丈夫的問題指出來，共同面對無法改變的問題。這一事例告訴我們，婚姻生活中出現問題，不能迴避，必須直面問題，必須共同面對問題。

第二，賈大夫博妻一笑。

賈大夫是在《左傳》中出現的一個人物，長相醜陋，他的妻子卻是個大美人。美妻醜夫的生活，過得很不順心，兩人都不幸福。美人娶回家，可是卻如同一尊冷面菩薩，三年沒有和賈大夫說上一句話，三年沒有對賈大夫露出一絲笑容。這樣的婚姻已經近乎崩潰的邊緣。

事情後來有了一個很大的轉機，夫妻二人的生活開始走向正常軌道，走向甜蜜的未來。事情源自一次打獵，那天，賈大夫帶著妻子到郊外去打獵，在這方面賈大夫是高手，到了郊外，他在妻子面前彷彿換了一個人，只見他縱馬一躍，躍上山坡，拉弓上弦，一隻大野雞就被射中了。打獵時的英姿，賈大夫妻子看在眼中，喜在心上，原來她的夫婿並非之前自己認為的無能懦弱之輩，還是有自己的才能的。那次打獵之後，賈大夫與妻子的關係大為改善，妻子與賈大夫有說有笑（昔賈大夫惡，娶妻而美，三年不言不笑，御以如臯，射雉，獲之。其妻始笑而言。《左傳．昭公二十八年》）。

幸福來得有點兒遲，但也有些突然，這讓賈大夫感慨萬千，他從自己悲喜兩重天的經歷由衷地認為，人必須要努力進步，不能停止學習，他慶幸自己擅長打獵，如果自己沒有這能力，那麼，他的妻子或許一輩子都是那尊冷面菩薩，不言亦不笑（賈大夫曰：「才之不可以已，我不能射，女遂不言不笑夫！」）。賈大夫的事例告訴我們，要想保持婚姻幸福，夫妻二人必須要不斷地提高自己，無論是在才學，還是在生活情趣方面，都需要有新鮮元素的新增。

婚姻是需要磨合的，電視劇《父母愛情》最後一集對主角江德福與安傑的幸福婚姻做了一番總結：「按道理說，像這樣，天上地下，反差巨大的夫妻，應該是過不好，肯定不會幸福吧。可是人家老兩口兒，過得比誰都好，比誰都幸福。他們倆吧，過了一輩子，磨合了一輩子，都在努力地向對方走近，去靠攏對方。」婚姻不排斥差異，排斥的是差異之下的冷面相對。

相濡以沫、破鏡重圓：愛你就要在一起

進入婚姻，夫妻就如同坐上了同一條船，乘船航行會遇到意外的風雨，這些風雨，有時會讓船體遍體鱗傷，有時平穩過渡，有時甚至會船毀人亡。其間的關鍵，就在於船上夫妻的表現，而保證航行順利進行的砝碼便是同舟共濟、相濡以沫。

同舟共濟，出自孫武的兵學聖典《孫子兵法》，指的是同坐一條船，共同渡河，比喻在困難時刻，大家同心協力，共同度過難關。

孫武是春秋時期齊國人，以擅長兵法著稱，領兵打仗頗有章法，幫助吳王闔閭揚名諸侯（西破強楚，入郢，北威齊晉，顯名諸侯，孫子與有力焉。《史記．孫子吳起列傳》），《孫子兵法》就是其實戰經驗的總結與提煉。在《孫子兵法》中，孫武提出，善於用兵的人，必須要善於布陣，這就如同打蛇一般。打蛇之時，如果打蛇的腦袋，牠會用尾巴來攻擊；如果打蛇的尾巴，牠會用腦袋來攻擊；如果打蛇的腰，牠則會用腦袋與尾巴一起攻擊。善用兵之人，必須要將隊伍擺成蛇一樣的陣勢，頭尾互相救援，前、中、後彼此照應，以整體的力量對抗敵人。至於是否能夠做到相互照應，孫武自設了一個寓言予以解答（故善用兵者，譬如率然；率

然者，常山之蛇也。擊其首則尾至，擊其尾則首至，擊其中則首尾俱至。敢問：「兵可使如率然乎？」曰：「可。」《孫子兵法．九地》）。

吳國人與越國人本是仇敵，因為地域、爭霸等問題鬧得不可開交，時常交戰，平時他們相互遇到時，總是怒目相對，恨不得手刃仇敵。但是，如若吳國人與越國人坐在同一條船上，一旦遇上風浪，風雨飄搖之際，為了保住各自的性命，他們就會放下平時的怨恨，共度難關，相互救助，如同人的左右手一般（夫吳人與越人相惡也，當其同舟而濟，遇風，其相救也如左右手。《孫子兵法．九地》）。

孫武用這個寓言說明，戰場是生死之地，戰爭對生命的戕害必然迫使士兵齊心協力，這是不得已的舉動（故善用兵者，攜手若使一人，不得已也。《孫子兵法．九地》）。

以上便是成語「同舟共濟」的來歷，本來是指積怨很深的對手團結一致的行為，後來其語義範圍進一步擴大，泛指所有人的行為。仇人尚能危難時刻團結一致，更何況同床共枕的夫妻呢？

相濡以沫，見於《莊子》。《莊子》裡面有兩處提到相濡以沫，分別是〈大宗師〉：「泉涸，魚相與處於陸，相呴（音同許，慢慢呼氣之意）以溼，相濡以沫，不如相忘於江湖。」〈天運〉：「泉涸，魚相與處於陸，相呴以溼，相濡以沫，不若相忘於江湖。」兩處表述大體一致，說的是泉水乾涸，魚兒困在陸地上，為了生存，它們相互依偎，以唾沫相互溼潤，維持生命。對於這種情形，《莊子》認為，與其共同受罪，不如它們彼此各不相識，各自暢遊於江湖之中。

《莊子》的這兩處記載，都是為了表達其「自然」主張，他認為物各有性，必須順任自然本性，魚兒本就是在水中生存的，不能為了顯示仁愛而放棄自己的本性。也就是說，《莊子》是不贊同「相濡以沫」的，但是，《莊子》描述的魚兒在陸地上相互吐沫潤溼對方的情形，太符合人們渴望相互幫助的心理，因此，「相濡以沫」也就成為了一個常用成語，成為正面詞語，用來指稱在困難的處境裡，用微薄力量互相幫助。同時，「相濡以沫」的舉動，在人類看來是極為親密的舉動，因此也常用來指代夫妻共度難關。

春秋時期，晉文公重耳在即位之前有過在外流亡十九年的經歷，在這十九年之中，他到過許多諸侯國，遇到了不同的待遇，也娶了幾個老婆。重耳的這幾個老婆，風格不同，各有特點，有人默默深情地等待著重耳，有人潑辣大膽地怒斥重耳，而在重耳心中地位最重的，應當是他在齊國娶的老婆姜氏。

重耳逃亡到齊國之後，當時的一代霸主齊桓公將姜氏嫁給了重耳，並給予了八十匹馬，盡心安排重耳的生活。歷經逃亡、追殺的重耳，身邊有香車美女做伴，生活過得有滋有味，也不用擔心性命之憂，所以，重耳便想就這樣老死在齊國，在他看來，這是一個不錯的選擇。重耳的這種選擇，在跟隨重耳的諸多大臣看來，是燕雀之志，是沒有眼光、沒有胸懷的表現，因此，他們商量著要勸說重耳離開。沒想到，就在他們在大桑樹下謀畫之時，他們的談話，被在桑樹上採桑的女僕聽到了。

女僕聽到這一重大消息，便向姜氏報告，一來可以讓姜氏有所防範，二來可以贏得姜氏的賞賜。但是，女僕對她的女主人很不瞭解，不明白她的女主人對重耳的情感，在姜氏看來，一切都沒有重耳的生命與未來重要。重耳及其隨從大臣都是有雄才大略之人，齊桓公香車美女地招待重耳，也是看到了他們的才能，不想讓他們一朝做大，威脅齊國的霸主地位，希望用糖衣炮彈來穩住他們。姜氏知道一旦齊桓公知曉重耳離去的打算，一定會加以阻撓，甚至會殺掉重耳。為了保全重耳的性命，姜氏將唯一知曉此消息的女僕殺了，並將此事與重耳攤牌。

重耳本就不願離開，面對姜氏的詢問，重耳矢口否認要離開齊國，但是姜氏深知重耳是做大事的人，不會安於一時，也不能安於一隅，現在貪戀夫妻之情，貪戀安逸的生活，是在敗壞自己的未來，因此，姜氏極力勸說重耳離開，以便可以大展宏圖。

如此深明大義的妻子，在重耳眼中變得更加可愛，這是一個切實為自己著想的女人，如果不是愛他，她做不到這一點，有女如斯，夫復何求？他又怎麼捨得離她而去？

姜氏本來想通過利害分析，勸說重耳離開，沒想到不僅沒有成功，反而起到了反作用，重耳更不想走了。重耳的這一決定，對於姜氏來說，一方面是喜，喜的是重耳是愛她的，是願意和她共度一生的；一方面又是憂，憂的是重耳會耽誤了自己的未來。從內心深處來說，姜氏是不願意重耳離開的，有鍾愛的丈夫陪伴左右，這曾經是她一生的夢想，而且重耳一旦離去，兩人還有無再見的機會，這都難說。但是，她自己的丈夫，她是瞭解的，雖然此時的重耳安於現狀，但是這種心理只是長期顛沛流離之後的一種短暫的自我保護，骨子裡的重耳是有野心有志向的人，不可能因為自己的私心，便將一代之雄主扼殺在自己的懷抱中。考慮良久，姜氏在矛盾之中，與重耳的舅舅子犯密謀，將重耳灌醉之後，載到車上，趁著夜色離開了齊國（及齊，齊桓公妻之，有馬二十乘，公子安之。從者以為不可。將行，謀於桑下。蠶妾在其上，以告姜氏。姜氏殺之，而謂公子曰：「子有四方之志，其聞之者吾殺之矣。」公子曰：「無之。」姜曰：「行也。懷與安，實敗名。」公子不可。姜與子犯謀，醉而遣之。《左傳・僖公二十三年》）。

重耳離開了，帶走了夫妻卿卿我我的生活，留下了姜氏無休無止的思念，但是，姜氏從來沒有後悔過，她相信自己的丈夫一定會功成名就、榮登大寶，自己唯一能為他做的便是推他一把。確實，姜氏沒有看錯重耳，重耳離開齊國之後，雖然有些惱怒，但是清醒過來之後，便再次踏上了布滿荊棘的遊歷征程，最後在秦穆公的幫助之下，回到晉國，做了國主，是為晉文公。如果沒有當初姜氏在關鍵時刻的當機立斷，如果沒有姜氏的傾力支援，或許歷史上便會少了一位功名赫赫的霸主，這點重耳了然於胸，在回國之後不久，便派人至齊國，接回了這位給予自己支援與幫助的妻子。

同舟共濟、相濡以沫，是夫妻保持婚姻幸福，促成婚姻磁場穩定的法寶，只有夫妻同心，才能患難與共走向更好的未來，所以說，婚姻並不是兩個人走到一起那麼簡單，而是需要悉心經營的。

同舟共濟、相濡以沫固然美好，但是並非所有的夫妻都能做到這點。有些夫妻在婚姻生活中，自我意識很強，他們的行為只為自己代言，只為自己服務，他們是各行其是的代表。缺少了相互幫助、扶持的婚姻，離正常的磁場軌道越來越遠，甚至夫妻反目，最終分道揚鑣，婚姻磁場消失。

十五

白頭偕老並不是很容易的事兒

在婚姻的道路上，不外乎兩種結局：一種是夫妻相守，白頭偕老；一種是勞燕分飛，婚姻終止。愛情總是很美好，婚姻卻經常讓人失望，這顯然是沒有及時做好角色轉換，沒有適應新的兩性關係所致。因此，男女婚姻，不是兒戲，是人生大事，一向要求慎重。即使如此，沒有血緣關係的男女結為夫妻、組成家庭之後，仍難免出現各種問題，嚴重者家庭破裂，婚姻終止。這種現象，無論古今，都是存在的。

分道揚鑣、破鏡分釵、雨斷雲銷：我的世界從此沒了你

《禮記．郊特牲》中說：「妻者，齊也。一與之齊，終身不改。」這句話的意思是說：男女一旦結婚，就應該白頭偕老，不能中途各奔東西。這是在古代一夫一妻制確定之後，禮樂文明逐漸深入人心，對男女結合的一種規範。這種規範在一定程度上起到了促進男女家庭穩定的效果，但此種約束之出現也說明在古代男女組成家庭以後又離婚的現象也不少見。

婚姻，從最初的同牢合巹，到後來的相濡以沫、同甘共苦，一路走來，有人帶來了綿綿不盡的恩愛與歡喜，有人走入了平平淡淡的穩定生活，有人則走向了分道揚鑣的離異道路。

分道揚鑣，亦稱「分路揚鑣」。鑣，指馬嚼子。揚鑣，指提起馬嚼，策馬前行。分道揚鑣，原意是指分路行進。此成語出自《魏書》，源自南北朝時期北魏朝的一段糾紛。

北魏時候，朝中有一名大臣，名叫元齊。此人勇力非凡、屢建功勛，甚得北魏世祖太武皇帝拓跋燾的信賴，多次陪伴拓跋燾左右，有攻城略地之功（少雄傑魁岸，世祖愛其勇壯，引侍左右。《魏書》卷十四〈河間公齊傳〉），為了表彰元齊的功勛，拓跋燾封其為河間公。

元齊有一孫子，名叫元志。元志年少多才，博覽群書，頗有文采，得到了孝文帝拓跋宏的賞識。拓跋宏在從山西平城遷都洛陽之後，任命元志為洛陽令，讓其掌管京城事務，足見拓跋宏對他的重視。論才能，元志自然是佼佼者，但是要論性格，元志則絕不會被歸入性情溫和一

類，他年少得志，便少不得有些驕傲自負。朝中同僚，多不與其正面衝突，因此，雖然元志平素桀驁不馴，但並沒有引起多大麻煩。不過後來正面挑戰元志的人還是出現了。此人便是御史中尉李彪。御史中尉李彪在朝中也是響噹噹的人物，北魏孝文帝拓跋宏的遷都之舉，李彪受益良多，這是在李彪的建議與支援下實施的。

一個是年少得志的洛陽令，一個是朝廷重臣御史中尉，都是拓跋宏面前響噹噹的人物，都是拓跋宏面前的大紅人，平素裡本就在暗中較勁。就在那天，兩人在洛陽街道上「狹路相逢」了。兩人各自帶著一隊人馬，浩浩蕩蕩地在洛陽街上行進著，一南一北，碰在一起了。為了保障道路暢通，按照當時的規矩，官階低的應該給官階高的讓路，也就是說，洛陽令元志應該給御史中尉李彪讓路。李彪便是這樣想的，認為自己的官階高，不可能給元志讓路。但是，元志卻自認為自己是洛陽的父母官，而李彪只不過是洛陽的一個住戶，在洛陽的地界上，父母官怎麼會給一個住戶讓路呢？要那樣的話，他元志直接就不要上路了，走到路上，見到一個人他都要讓路。就這樣，兩人誰也不肯低頭，誰也不肯讓步，兩人的隨從、路邊看熱鬧的百姓也紛紛加入到各自的隊伍中，指責對方，事態發展越來越嚴重，最後只能鬧到拓跋宏那裡，讓皇帝來主持公道。

面對自己鍾愛的兩位大臣的官司，拓跋宏略一沉思，大手一揮，做了一個和事佬：「洛陽城是我的京城，以後你們兩位在洛陽城中分路而行，各走各的吧。」拓跋宏誰也不得罪，給爭吵的兩人出了一個互不干擾的主意。不管這主意是好是壞，反正元志與李彪是當了真，從拓跋宏那裡出去之後，兩人派人拿上尺丈量道路的寬度，以後兩人走路便各走各的那一半（子志，字猛略。少清辯強幹，歷覽書傳，頗有文才。為洛陽令，不避強御，與御史中尉李彪爭路，俱入見，面陳得失。彪言：「御史中尉避承華車蓋，駐論道劍鼓，安有洛陽縣令與臣抗衡？」志言：「神鄉縣主，普天之下誰不編戶？豈有俯同眾官，避中尉？」高祖曰：「洛陽我之豐沛，自應分路揚鑣。自今以後，可分路而行。」及出，與彪摺尺量道，各取其半。《魏書》卷十四〈河間公齊傳〉）。

以上便是「分道揚鑣」的來歷，後來用來比喻因志趣、目標不同而各奔前程，各走各的路。婚姻生活中的夫妻本是同路人，本應一起走下去，但是某些人也會選擇中途分道揚鑣。

婚姻破裂，夫妻分道揚鑣，還有一些其他的成語可以表示，如鸞鳳分飛（比喻夫妻或情侶離散。出自唐代房千里〈寄妾趙氏〉詩：「鸞鳳分飛海樹秋，忍聽鐘鼓越王樓。」）、鰈離鶼背（比喻夫妻或戀人分離。出自清代姚燮〈祝英台近〉詞：「便教繫得驪駒，再留幾日，總有日，鰈離鶼背。」）等，這兩個成語是與夫妻恩愛的成語相對應出現的，鸞鳳和鳴、鶼鰈情深，一旦各自行進，背道而馳，自然是要夫妻反目了。另外，成語「破鏡分釵」現在也多用於描述夫妻離散。

「破鏡分釵」，也稱「分釵破鏡」，作為一個完整成語出現，是在宋代李致遠的詞〈碧牡丹〉中：「破鏡重圓，分釵合鈿，重尋繡戶珠箔。」這一成語是由兩個典故組成的：

第一，破鏡。

此典故源自唐代孟棨（音同啟）的《本事詩》，說的是南朝後主陳叔寶的妹妹樂昌公主與夫婿徐德言之事。夫妻二人互敬互愛，是人人羨慕的夫妻楷模。但是，他們生活的年代並不太平，當時楊堅在北方建立了隋朝，而且一心想統一全國，揮兵南下是其必然之舉。徐德言看到陳朝敗亂的朝政，知道陳朝必將成為楊堅的口中之物，而樂昌公主作為皇家血脈，陳朝亡國之後，必然會在俘虜之列，被俘之後的樂昌公主或許就會成了他人的妻妾，那時他們夫妻二人或許緣分便盡了。因此，為了在亡國滅家之後，夫妻二人能夠再續前緣，有緣再見，他們將一面鏡子摔成兩半，一人拿著一半，相互約定：以後正月十五日都要到集市上叫賣銅鏡，以此作為尋找對方的憑證（陳太子舍人徐德言之妻，後主叔寶之妹，封樂昌公主，才色冠絕。時陳政方亂，德言知不相保，謂其妻曰：「以君之才容，國亡必入權豪之家，斯永絕矣。倘情緣未斷，猶冀相見，宜有以信之。」乃破一鏡，人執其半，約曰：「他日必以正月望日賣於都市，我當在，即以是日訪之。」──孟棨《本事詩．情感》）。

徐德言的預言最終還是應驗了，楊堅很快便滅了陳朝，樂昌公主被賞賜給大隋的重臣楊素為妾。楊素對樂昌公主很是寵愛，但是樂昌公主卻並不開心，她並沒有因此忘記與徐德言的約定，到了那年正月十五日，派出一位老者拿著自己的那一半銅鏡到集市上去叫賣，要價奇高，引來集市上眾人的圍觀與嘲諷。然而，這正是樂昌公主要的效果，眾人圍觀，必然引起轟動，一旦徐德言在集市上，自然會知道此事；眾人嘲諷，必然沒有人出高價買那半面看似破舊的銅鏡，不會導致銅鏡讓人買去。

樂昌公主的一番苦心，果然得到了回報。徐德言在陳朝被攻破之後，流離輾轉，身上的錢財勉強夠他到達京城。到達京城之後，徐德言唯一要做的便是等待，等待正月十五日的到來，等待集市上賣銅鏡之人的到來。好在功夫不負有心人，正月十五日那天他終於等到了。在眾人的嘲諷與嬉笑聲中，徐德言將賣銅鏡之人引到自己的住所，將自己與樂昌公主當初的約定如實告知賣銅鏡之人，並拿出自己儲存的另一半銅鏡，與賣銅鏡之人的銅鏡合在一起，確實是一面鏡子。徐德言從賣銅鏡之人那裡知道了樂昌公主的近況，以為從此夫妻離別，永無再見之日，不禁悲從中來，作詩一首，送給樂昌公主（及陳亡，其妻果入越公楊素之家，寵嬖殊厚。德言流離辛苦，僅能至京，遂以正月望日訪於都市。有蒼頭賣半鏡者，大高其價，人皆笑之。德言直引至其居，設食，具言其故，出半鏡以合之，仍題詩曰：「鏡與人俱去，鏡歸人不歸。無復嫦娥影，空留明月輝。」——孟棨《本事詩・情感》）。

賣銅鏡之人回去之後，將當日的所見所聞如實稟告樂昌公主知曉。樂昌公主知道自己日夜盼望的人終於不負所約來到了京城，兩半分開的銅鏡合在了一起，心中很是感動，很是喜悅，但是，轉念一想，自己如今已是楊素的妾，即便與自己心愛的人近在咫尺，也無能無力，無濟於事。面對徐德言寫的詩，樂昌公主只能以淚洗面，無心飲食。

樂昌公主不尋常的舉止，傳到了楊素那裡，楊素立即前往看望。楊素對樂昌公主很是喜歡，他不忍心看到自己喜歡的人流淚，百般詢問之下，樂昌公主道出了實情。楊素瞭解到事情的前因後果之後，雖然不捨，但他還是決定讓樂昌公主與徐德言夫妻團聚。於是，楊素招來了徐德言，贈給他們大量財物，讓徐德言帶著樂昌公主回到江南，一起共度餘生（陳氏得詩，涕泣不食。素知之，愴然改容，即召德言，還其妻，仍厚遺之。聞者無不感嘆。仍與德言陳氏偕飲，令陳氏為詩，曰：「今日何遷次，新官對舊官。笑啼俱不敢，方驗作人難。」遂與德言歸江南，竟以終老。孟棨《本事詩．情感》）。

後人從樂昌公主與徐德言的聚散離合，歸納出一個成語叫「破鏡重圓」，說的是夫妻失散或決裂後重新團聚與和好。「破鏡」也因此成為夫妻離散或離異的代稱。

第二，分釵。

此典故源自唐代白居易的〈長恨歌〉，說的是唐玄宗與楊貴妃的事情。唐玄宗在馬嵬坡賜死楊貴妃之後，思念不已，決心「上窮碧落下黃泉」，也要找到楊貴妃的魂魄。後來在臨邛道士的幫助之下，在東海仙山之上找到了楊貴妃。此時的楊貴妃實為太真仙子，太真仙子並未忘情，但是仙界人界殊途，二人是無法再續前緣了，只能將思念通過其他的方式來表達。最後太真仙子將當初二人定情的信物金釵、鈿盒拿出，金釵留下一股，鈿盒留下一半，另一半則託臨邛道士送給唐玄宗（惟將舊物表深情，鈿合金釵寄將去。釵留一股合一扇，釵擘黃金合分鈿。白居易〈長恨歌〉）。

釵是古代女子常用的一種髮飾，由兩股簪子合成，釵股分開就成為單個的簪子，因此「分釵」便意味著兩個共同體的分離，後來便用來比喻夫妻或情人之間的離別、失散。

有著特定典故的「破鏡」與「分釵」，一旦連在一起，其表達夫妻離散的意思便被強化，與鸞鳳分飛、鰈離鶼背、雨斷雲銷（比喻男女恩情斷絕。出自宋代石孝友《醉落魄》：「歸期莫負青箋約。雨斷雲銷，總是初情薄。」）勞燕分飛等詞語一起，共同表達夫妻離散的恩恩怨怨。

夫唱婦隨：男人才是夫妻關係的主導者

夫妻二人走向決裂，有的如雨斷雲銷般決絕，有的則如鸞鳳分飛般無奈。婚姻生活中的分道揚鑣有很多類型，很多原因，不可一概而論。在古代社會中最為常見的一種，應當是男子的主動休妻。

古代社會的婚姻關係中，絕大部分朝代男子處於絕對的主導地位，成語「夫倡婦隨」就是對此種情況的反映。「夫倡婦隨」，現在也作「夫唱婦隨」，一般用來比喻夫妻和好相處，但是此成語最初出自《關尹子・三極》：「天下之理，夫者倡，婦者隨。」原指古代社會認為妻子必須服從丈夫，這才是天下穩定執行的至高真理。可見，這一成語最初便是在男人主導夫妻關係的觀念下出現的。

按照《大戴禮記》的記載，中國古代，作為丈夫，離棄妻子，有七種原因，稱為「七出」。妻子如果違反了這七條中的任何一條，丈夫都可以休妻。最初「七出」，只是作為禮的要求，不過僅僅具備約束作用，後來竟上升為法律，成為一種強制性的要求。因此，在古代男子休妻似乎是很平常的事情，隨便找個理由就可以把老婆打發了。

男子主動休妻，是指男子在主觀自願的情況下休掉妻子。概括而言，主動休妻有以下幾種類型。

第一，確有理由。

此種類型的休妻，是妻子的行為引起了丈夫的不滿，而這種不滿是可以理解的。西漢陳平哥哥休妻之事可以作為代表。

陳平年輕時家境貧寒，因為父母早亡，一直跟著自己的哥哥生活。哥哥對陳平關懷備至，疼愛有加，哥哥在家種田，卻不忍心讓陳平幹這些粗活，而是任憑陳平外出遊學。陳平與哥哥是一奶同胞，哥哥感覺他要盡自己所能來照顧弟弟，使他有所作為。但是，哥哥這樣想，嫂子卻不如是想，看著陳平整天無所事事，不事農耕，心中早就有所不滿。陳平長相俊美，身形高大，有一天，有人就問陳平：「你究竟是吃了什麼好東西，才長成這樣呀？」此句話正好激起了嫂子的不滿，他們風吹日晒，滿面滄桑，唯獨陳平一副白白胖胖的書生模樣，這種心裡不平衡化作了滿腔的怨言：「我們家能吃什麼呀？無非吃的是粗茶淡飯。有這樣的小叔子，還不如沒有呢！」陳平嫂子的這些怨言，被陳平的哥哥知道了，考慮之後，陳平的哥哥便將陳平嫂子休掉了（陳丞相平者，陽武戶牖鄉人也。少時家貧，好讀書，有田三十畝，獨與兄伯居。伯常耕田，縱平使遊學。平為人長大美色。人或謂陳平曰：「貧何食而肥若是？」其嫂嫉平之不視家生產，曰：「亦食糠核耳。有叔如此，不如無有。」伯聞之，逐其婦而棄之。《史記》卷五十六〈陳丞相世家〉）。

陳平哥哥休妻的原因：一是兩人觀點不同，怎樣對待弟弟，成了橫在他們中間的一條不可調和的鴻溝；二是陳平嫂子的行為，勢必導致家庭的不和睦。三是陳平嫂子的舉動，在陳平哥哥看來，是不夠賢良淑德的表現，即便此事淡化過去，以後還是會有無窮無盡的矛盾出現。為了維護弟弟，為了維護家庭的和諧，陳平哥哥決定休妻，應當是有一定的依據與考慮的。

明代通俗小說《喻世明言》中有一篇題目為「蔣興哥重會珍珠衫」的小說，寫蔣興哥外出經商，他的妻子三巧兒孤枕難眠，於是紅杏出牆，與他人勾搭成奸，後蔣興哥發現，將三巧兒休了。當然，妻子淫亂是家醜，一般不願外揚，所謂「中冓之言，不可道也」，所以即使是因為妻子這方面的原因，以這個理由休妻的，在歷史上也不是很多。

「中冓之言」，這個成語出自《詩經》中〈牆有茨〉。「茨」就是蒺藜的意思，「牆有茨」意為牆上爬滿了蒺藜。蒺藜這種植物到處是刺，常常生長在田野、路旁及河邊草叢之中，牆上當然不是它的生活之處，顯然這首詩歌用的是「比」的手法，全詩是：

牆有茨，不可掃也。中冓之言，不可道也。所可道也，言之醜也。
牆有茨，不可襄也。中冓之言，不可詳也。所可詳也，言之長也。
牆有茨，不可束也。中冓之言，不可讀也。所可讀也，言之辱也。

牆上爬滿了蒺藜本來是很不好的事情，況且又難以處理，去除不掉。這是比喻什麼呢？內室裡面發生了齷齪之事，這樣的醜事，當然不值得宣揚。其實這首詩歌是有出處的。根據《左傳》的記載，衛宣公曾給自己的兒子公子伋聘娶了一個齊國的女子，後來聽說這個女子很漂亮，就半路上建了個別墅，將其占為己有，這件事在《詩經．新臺》裡有所反映。〈牆有茨〉所詠內容是藉著這個事件的，這個女子因為嫁給了衛宣公，所以叫宣姜。衛宣公死後，公子伋的弟弟公子頑與宣姜私通，雖然這件事是由外部因素的強迫形成的，齊國為了保持齊、衛之間親密的婚姻關係，強迫促成這樁婚姻。即使是受外力脅迫，究竟是上下輩之間的淫亂，是不為人齒的醜聞，衛國人對此當然也覺得很丟人，所以作此詩來表達對此深惡痛絕的感情。「中冓之言」也就成為「有傷風化的話」的代稱了。

第二，自認為有理。

此種類型的休妻，是妻子的行為在丈夫看來成為不可饒恕的罪過，但實際上並沒有那麼嚴重。歷史上比較有名的「孟子休妻」，便是此種類型的代表。

孟子是戰國時期儒家的代表人物，特別注重禮儀。有一天，孟子的妻子一個人在屋裡，因為沒有別人在場，孟子妻非常放鬆地伸開了兩條腿坐著。這本是個人的私下行為，但是，孟子妻的這一坐姿，恰巧被剛要進屋的孟子看見了。孟子看見之後，勃然大怒，要知道，戰國時代是席地而坐，按照當時的禮節，比較正式的、有禮貌的坐姿是膝蓋著地，臀部坐在後腳跟上，雙手放在膝前。孟子妻的坐姿被稱作「踞」，這種坐姿一般是很不禮貌、很隨意的一種坐姿。況且，在戰國時代，女子下身的衣著為「裳」，也就是裙子，裙子裡面是穿開襠褲的，孟子妻伸開兩腿踞坐的行為，自然會春光外洩。固守儒家禮儀之道的孟子，看到妻子不守禮儀的舉動，直接被激怒了，入門稟告母親，要將妻子休了。

孟母在歷史上名聲很大，不僅在於「孟母三遷」的故事，而且還在於她對兒媳的理解與維護。孟母聽聞兒子休妻的想法，沒有直接回應，而是詢問箇中理由，孟子便把自己看到的情形一五一十地告訴了孟母。孟母聽到這個理由之後，沒有同意兒子休妻的要求，而是將責任推到孟子身上。孟母認為，不守禮儀的不是兒媳婦，而是固守己見的兒子。為此，孟母引用禮書為據加以說明：要進門之時，必須先詢問屋裡有何人；要進入廳堂之時，必須先高聲傳揚，以便讓裡面的人知道；要進屋之時，必須眼往下看。禮書之所以如此講，是為了讓人有所準備。孟子到妻子閒居休息的地方去，進屋並沒有聲響，孟子妻子根本不知道有人來，所以才讓孟子看到了她兩腿伸開坐著的樣子（孟子妻獨居，踞。孟子入戶視之，白其母曰：「婦無禮，請去之。」母曰：「何也？」曰：「踞。」其母曰：「何知之？」孟子曰：「我親見之。」母曰：「乃汝無禮也，非婦無禮。《禮》不云乎？『將入門，問孰存。將上堂，聲必揚。將入戶，視必下。』不掩人不備也。今汝往燕私之處，入戶不有聲，令人踞而視之，是汝之無禮也，非婦無禮也。」於是孟子自責，不敢去婦。《韓詩外傳》卷九）。

孟子在最初向孟母表達休妻的意願時，完全是從自己的角度出發看待問題，他認為自己的休妻理由正當無比，但是經過孟母的一番教導，他才認識到自己是「己所不欲，而施於人」。最後孟子沒有休掉妻子，但是，如果沒有英明的孟母，如果沒有孟母的適時勸導，孟子的妻子絕對無法逃避被休掉的命運。

第三，莫須有。

此種類型的休妻，其休妻理由在別人看來，似乎有些莫名其妙。此種類型可以「曾子休妻」為代表。

曾子，是孔子的學生曾參，以孝著稱。當初齊國曾經要聘請曾參為卿，曾參堅決拒絕了，拒絕的理由便是那句非常有名的「父母在，不遠遊」。曾參的孝，還體現在對後母的態度上。曾參的後母對曾參並不好，但是，曾參後來對年老的後母一直恪盡孝道，乃至於有一次，曾參的妻子給後母做的飯沒有熟透，曾參就因為這點兒事情把妻子休掉了。

曾參休妻的這一做法，讓很多人不理解，半生不熟，或許是每一位做飯的人都會出現的問題，這一事情並不涉及人品德行問題，本是小事，沒有必要如此大動干戈。所以有人便勸解曾參，告訴曾參做飯沒熟這事不在女子被休的七條法則裡面，希望曾參可以慎重對待，不要盲目行事。但是，曾參卻很堅持，認為此事微小而妻子不聽自己的，更不用提什麼大事了（曾參，南武城人，字子輿，少孔子四十六歲。志存孝道，故孔子因之以作孝經。齊嘗聘欲與為卿而不就，曰：「吾父母老，食人之祿，則憂人之事，故吾不忍遠親而為人役。」參後母遇之無恩，而供養不衰，及其妻以藜烝不熟，因出之。人曰：「非七出也。」參曰：「藜烝小物耳，吾欲使熟而不用吾命，況大事乎。」遂出之，終身不取妻。《孔子家語》卷九）。

曾參是以「孝」著稱的，因此在當時人看來他有些不近人情的休妻舉動，在儒家後學那裡，反而成為了標榜的對象。《二十四孝》裡面有「姜詩出歸」的故事，內容大致是這樣的：漢朝時候，有個叫姜詩的人，對母親特別孝順。他的妻子龐氏，對她的婆婆也很好，甚至比兒子姜詩還要好些。姜詩的母親，喜歡吃魚膾，對飲用水也很挑剔，只喜歡喝大江裡的水。不過那江水離他的家有六七里路，虧得龐氏不怕勞苦，每每跑六七里路去挑江水，供給她婆婆喝。

有一回，碰上了大風，風吹得人幾乎走不動，所以她挑水回來得遲了些。姜詩的母親沒有及時喝到江水，渴了。姜詩就叱責妻子，因此把她給休了。被休的龐氏沒有回娘家，偷偷地借鄰居家的房子暫住。一個人紡織掙錢，買了好的飯菜，叫鄰舍的媽媽送去給她婆婆吃。不久以後，她婆婆叫媳婦回家了。後來姜詩房屋的旁邊，忽然湧出了泉水，水的滋味竟和江水一樣，並且泉裡每天有兩條鯉魚跳出來。他們便可拿來做魚膾，供給母親吃。

這個故事的結尾顯然很不可信，教化意圖特別明顯，當然是在宣揚絕對順從的孝，宣傳「孝的力量」，這種力量竟然能夠感天動地，感動鬼神。不過，我們從中也看到古人休妻的專斷，竟然因為挑水回來稍微晚了一會兒，而且是因為「不可抗力」，丈夫竟然不問青紅皂白，把自己那麼好的老婆給休了。

男子主動休妻，所展示的是男子在婚姻關係中的主導地位，是女性地位低下的體現。但亦有一些男子休妻，並非出自本心本願，他們也有著自己無可言說的委屈與無奈。

抓耳搔腮、束手無策、萬般無奈：休你非出我本願

男子休妻作為古代婚姻決裂的主要形式，除了男子主動休妻，還有一種便是被動休妻。也就是說，男子休妻的舉動，並非出自其本願，而是在諸多壓力之下的無奈之舉。

一般說來，在古代，男子在夫妻雙方關係中處於主導地位，但是，處於主導地位的男子，對於他們自己的婚姻有時也是身不由己（身體不由自己做主。出處：羅貫中《三國演義》第七十四回：「上命差遣，身不由己。望君侯憐憫，誓以死報。」），婚姻締結有「父母之命，媒妁之言」，亦有政治婚姻帶來的權力高壓，對應著婚姻締結的類型，古代男子休妻也主要有兩方面的壓力：

第一，父母干預。

父母在兒子的婚姻中所起的作用是非常重大的，除了為兒子擇定婚配對象，亦能干預兒子的婚姻生活，乃至婚姻去留。

《韓非子・說林上》記載了一個婆母休掉兒媳婦的事例：戰國時代衛國有一個女子，在她出嫁之前，她的母親私下裡教導她，女人嫁為人妻之後，很容易就會被休掉，因此，為了自己的生活，一定要為自己做好打算，自己暗地裡可以存點兒小金庫，為自己留條後路。女子母親的教導或許是從她自己的經驗出發得出的，但是，這一經驗在她那兒適用，在自己的女兒身上則不一定合適。女子結婚之後，遵循母親的教導，暗地裡攢了一點兒積蓄，但是，這事情被女子的婆母發現了，認為女子此舉顯示其有他心，與自己的兒子並非同心同德（本義是為同一個心願、同一目的而努力，喻指思想統一，信念一致。出自《尚書・泰誓》：「受有億兆夷人，離心離德。予有亂臣十人，同心同德。」），為了避免他日矛盾與問題出現，婆婆當機立斷，將女子趕出了家門（衛人嫁其子而教之曰：「必私積聚。為人婦而出，常也；其成居，幸也。」其子因私積聚，其姑以為多私而出之。《韓非子．說林上》）。

此一事例說明，父母在兒子休妻之事上權力很大，可以直接左右兒子的婚姻去留。當然，《韓非子》中的這位母親，她休掉兒媳婦，其理由還算可以接受，是為兒子的未來生活打算的，但是，還有一些母親，她們主張休掉兒媳婦，卻完全是出自個人的好惡。

〈孔雀東南飛〉中焦仲卿在母親的逼迫之下，休掉了妻子劉蘭芝，這是中國百姓耳熟能詳的一個故事，對於焦母力主休掉劉蘭芝的理由，人們多用「不孝有三，無後為大」的成語來解釋。

「不孝有三，無後為大」，這個成語出自《孟子．離婁上》。孟子並沒有詳細列出哪三種不孝，後人注釋說：一味順從，見父母有過錯而不勸說，使他們陷入不義之中，這是第一種不孝；家境貧窮，父母年老，自己卻不去當官掙俸祿來供養父母，這是第二種不孝；不娶妻生子，斷絕後代，這是第三種不孝。三者之中，第三條最為關鍵，所以說「無後為大」。其實這種理解是後人的理解，可能與孟子的本意有點兒偏差（不孝有三，無後為大。舜不告而娶，為無後也。君子以為猶告也。《孟子．離婁上》），但後人的理解基本就是「最大的不孝就是無子」，而且古人根本不清楚生與不生、生男生女的科學，把這個責任完全歸咎於女方，將此條作為女子「七出」的其中一條，今天看來，顯然是很不公平的。

妻子如果違反了這七條中的任何一條，丈夫都可以休妻。「不孝有三，無後為大」所展示的就是「七出」中的「無子」一條，確實，歷史上有好多女子是因為無子而被休，文獻記載的一些知名人物都曾經有過此舉。比如，西漢著名學者揚雄，曾經娶家鄉章氏女子，後因章氏無子而將其休了（《答劉歆書》）；東漢經學家賈逵的姊姊嫁給韓瑤為妻，也是因為無子被休，被迫回到娘家（《拾遺記》）。劉蘭芝在被休之前也確實沒有孩子，但是，從整篇詩歌來看，其中沒有提到任何與「無子」相關的字眼，著墨最多的是焦母對劉蘭芝的萬般挑剔，這種挑剔或許沒有必要附著上太多的道德色彩，這就是多少年不曾解決的「婆媳關係」的古代版。在男子休妻的「七出」中有一條為「不順父母，去」，漢語中也有個詞語叫「忤逆不孝」，意思是不服從、不孝敬父母，不孝敬父母當然是要叱責鞭撻的，也完全是可以休妻的。但古人的「孝」往往等同於絕對順從，並且很多時候是很不講理的。

焦仲卿與劉蘭芝，夫妻二人感情篤深，兩人約定要白頭偕老的，他對於母親要他休掉劉蘭芝之事很是不解（府吏得聞之，堂上啟阿母：「兒已薄祿相，幸復得此婦。結髮同枕席，黃泉共為友。共事二三年，始爾未為久。女行無偏斜，何意致不厚？」《玉臺新詠》卷一〈古詩為焦仲卿妻作〉），但是，多年的教育、無形的壓力，讓焦仲卿無法反抗母親的決定，無法自主決定自己婚姻的去留，最後只能是順從母意，遣送劉蘭芝回了娘家。夫妻二人最後一個「舉身赴清池」，一個「自掛東南枝」，雙雙殉情。詩歌的結尾說「兩家求合葬」，但於事又有何補呢？

第二，權力高壓。

古代社會中的士大夫，他們的婚姻生活，除了家中父母的干預之外，有一部分人的婚姻，還要受到父母之外的權力的限制，許多政治婚姻、皇帝賜婚等就是此種類型。

在東晉時期，有一非常有名的人家，父親留下了「東床快婿」的典故，一個兒子留下了「乘興而行，興盡而返」的佳話，一個兒子娶了曠世才女謝道韞，這一家人便是琅邪王氏的王羲之一家。王羲之育有七子一女，其中最小的兒子叫王獻之，書法技藝高超絕妙，與王羲之並稱「二聖」。

王獻之聰穎多才，超然灑脫，很早就聲名在外，在當時注重人物品評的時代，其風流灑脫成為一時之冠（獻之字子敬。少有盛名，而高邁不羈，雖閒居終日，容止不怠，風流為一時之冠。《晉書》卷八十〈王獻之傳〉）為許多人所關注。

王獻之一生有過兩段婚姻，第一段婚姻所娶的是郗道茂。郗道茂是王獻之的表姊，是王獻之母親的外甥女，比王獻之大一歲，二人可謂是青梅竹馬，兩小無猜。加之郗家也是當時的名門望族，等到王獻之到了適婚年齡，王羲之鄭重其事地給郗道茂的父親郗曇寫了一封書信，為兒子王獻之求婚，希望郗曇能夠同意一對兒女的婚事（中郎女頗有所向不？今時婚對，自不可復得。僕往意，君頗論冷不？大都此亦當在君耶！《漢魏六朝百三家集》卷五十九〈中郎女帖〉）。郗曇對王獻之一直印象不錯，且兩家知根知柢，親上加親，料想自己的女兒嫁到王家後不會受什麼委屈，因此，便很爽快地同意了這門親事。

王獻之與郗道茂兩人成親之後，確實沒有辜負父母的期待，夫妻二人琴瑟調和，伉儷情深。這樣的婚姻生活，在王獻之與郗道茂看來，會一直持續下去。結果意料之外的事情發生了，有人看上王獻之了。

此人便是王獻之第二段婚姻的對象新安公主司馬道福。新安公主是東晉簡文帝的女兒，甚得簡文帝寵愛（時徐貴人生新安公主，以德美見寵。《晉書》卷三十二〈后妃傳下〉）。新安公主本是嫁過人的，所嫁之人為東晉重臣桓溫的兒子桓濟，後來因為桓濟篡奪兵權之事而結束了婚姻。

公主寡居，自然不是長久之計，因此新安公主的哥哥孝武帝也想為妹妹重新選定一位乘龍快婿。其實，新安公主早就有了意中人，此人不是別人，正是風華正茂的王獻之。王獻之名聲在外，新安公主早有耳聞，只不過當時自己已經嫁為人妻，不能有別的想法，此時自己成了自由人，可以另作選擇時，王獻之便成為新安公主的第一人選，也是唯一人選。於是，新安公主便將自己的想法向孝武帝做了彙報，孝武帝對於王獻之這個人沒有意見，之前簡文帝就曾經提過皇家選女婿的標準，其中王獻之就是重要的參照對象（孝武囑王珣求女婿曰：「王敦、桓溫、磊砢之流，既不可復得，且小如意，亦好豫人家事，酷非所須。正如真長、子敬比最佳。」《世說新語》卷二十五〈排調〉）。況且王氏家族的勢力也不可小覷，孝武帝對新安公主的提議沒有任何意見，唯獨有一個問題不太好處理，那便是王獻之已經結婚了，他是有妻室的人，如果就此將公主嫁給王獻之，那公主只能是做小，如此一來，孝武帝感覺太委屈自己的妹妹了。左想右想，最後孝武帝下旨要求王獻之送給妻子郗道茂一紙休書，迎娶新安公主入門。

孝武帝的旨意下達之後，對於恩愛無比的王獻之、郗道茂夫婦來說，無異於晴天霹靂，他們沒想到比翼雙飛的日子到了頭。王獻之從來沒有想過要娶其他的女子，但是皇命難違，王獻之頓時陷入了無比糾結的狀態之中。在兩種生活的選擇之中，王獻之選擇了與郗道茂共同生活，當然，為了不連累整個家族，為了讓新安公主死心，王獻之選擇了自殘，以此斷絕新安公主嫁他為妻的念頭。王獻之不惜用艾草來灼燒自己的雙腳，本以為可以就此讓新安公主死心，可他沒有想到的是，新安公主竟然也是痴情人，認定了王獻之不放鬆，聲稱要嫁就嫁王獻之，哪怕他瘸了殘了也不在乎。

至此，王獻之傻眼了，他不知道自己還有何理由拒絕皇帝的旨意，萬般無奈之下，王獻之選擇了投降，他選擇了休掉結髮之妻郗道茂。王獻之的休妻舉動，本非自願，而是迫於權力高壓，無奈之下的選擇，休妻之後，王獻之寫給郗道茂的書信就直接反映了這一點。王獻之寫給郗道茂的信收錄在《淳化閣帖》中。具體內容如下：

雖奉對積年，可以為盡日之歡。常苦不盡觸類之暢，方欲與姊極當年之足，以之偕老。豈謂乖別至此，諸懷悵塞實深。當復何由日夕見姊耶。俯仰悲咽，實無已已，惟當絕氣耳。

此信被稱為〈奉對帖〉。從信中可以看出，王獻之對郗道茂的感情至深，與郗道茂離婚之後，王獻之對郗道茂的思念之情、離別之苦，常讓王獻之不能自勝。

除了〈奉對帖〉之外，王獻之臨死之前的言語，直接道出了王獻之休掉郗道茂的無奈與痛苦。王獻之重病之際，家裡人請來道士作法，按照道家的規矩，病人應當說出自己此前的得失功過，王獻之此時似乎瞬間清醒了，他的腦海中憶起了他與郗道茂一起生活的美好，她的一顰一笑，依然那樣清晰，不過，一會兒畫面陡然轉變，笑容如花的郗道茂突然間淚流如注，哀怨、悲痛的目光是那樣的無助，王獻之伸出手想抹去那無言的淚花，卻終是無能為力。所以，面對道士一遍遍的詢問，王獻之將此生最大的過錯歸於休掉髮妻郗道茂。說完此話，王獻之鬆了一口氣，困擾在心中的負疚感似乎淡了很多，悵然回首，他愛過，他錯過，然而此時一切都已不重要，他要追隨他的郗姊姊去了（未幾，獻之遇疾，家人為上章，道家法應首過，問其有何得失。對曰：「不覺餘事，惟憶與郗家離婚。」獻之前妻，郗曇女也。俄而卒於官。《晉書》卷八十〈王獻之傳〉）。

王獻之不願休妻，也曾為此反抗過，但是，他的反抗在握有生殺大權的皇帝那裡，要顧惜太多的人、太多的事，我們不能苛求他拋卻一切，一生只守著他的郗姊姊，他唯有將思念與不平留給傷痕累累的她，他唯有將思念與愧疚留給夜不能寐的自己。

無論是父母干預，還是權力高壓，在古代社會都是不可逾越的高牆，面對著雙重壓力的男子，在無法左右自己的婚姻方向時，他們的表現往往是抓耳搔腮、束手無策。束手無策，是指好像手被束縛住了，無法解脫。後來泛指對遇到的麻煩沒有辦法解決，一籌莫展。抓耳搔腮則是對束手無策、一籌莫展的形象說明，焦急無奈，唯有抓耳朵搔腮幫子的分兒了。

古代的「七出」條例，賦予了男子太多的休妻權力，休書在男人眼中，成為他們權力與地位的象徵，休書也成了男子束縛、管制妻子的制勝法寶。但是，婚姻畢竟是兩個人的事情，兩個人的事情就不能完全由一方說了算，所以，我們在歷史中也看到了女子休夫的影子。西漢的朱買臣妻子不願跟著朱買臣過沒有希望、沒有未來的日子，主動要求結束兩人的婚姻（買臣字翁子，吳人也。家貧，好讀書，不治產業，常艾薪樵，賣以給食，擔束薪，行且誦書。其妻亦負戴相隨，數止買臣毋歌嘔道中。買臣愈益疾歌，妻羞之，求去。《漢書》卷六十四〈朱買臣傳〉）。唐代的秀才楊志堅因嗜學而家貧，妻子王氏主動要求離去（邑有楊志堅者，嗜學而居貧，鄉人未之知也。山妻厭其饘不足，索書求離。唐·范攄《雲溪友議》捲上）。古代女子休夫一般是在禮教尚未嚴格的時代，一般有可以理解的理由，如家貧、不思進取等。但是，女子休夫與男子休妻相比，在數量上自是不可相提並論，而且女子休夫還需要經過男子給予休書這一程式，如果沒有男子的休書，那麼女子想結束婚姻也是不可能的。

一首流行歌曲中唱道：「今生陪著你一起走，走過人生每個春秋。今生和你手牽著手，相偎相依慢慢到白頭。」這的確是很好的事情，但是，生活並不是像唱歌那麼簡單，「我們說好一起到白頭，固執著遙遠地相守，眼睜睜看著愛變成仇，你是我最纏綿的傷口，原來愛到痴狂會戀成仇」。茫茫人海中的兩個人，從相識、相知、相愛，到共結連理、比翼雙飛，再到恩情兩斷、勞燕分飛，其間緣起緣滅，令人感嘆，令人共鳴，令人欣羨，令人無奈，但這就是生活的真實，我們每個人都在用自己的生命抒寫著這一愛情婚姻的篇章，它屬於我們自己，亦屬於觀看我們劇情的他者。

後記

我為什麼忽然想起寫寫飲食男女，主要有三個方面的因素：

第一，中國古代經書《禮記》中早就說過「飲食男女，人之大欲存焉」的話。的確，人的一生，離不開飲食與男女這兩件大事，這是人的本性的呈現，無論時代如何發展演變，人的本性是不會變的。

第二，在為央視《百家講壇》講授成語的準備過程中，我發現，漢語成語中有大量反映男女戀愛與婚姻的詞彙，因此就想將這些詞彙挑揀出來，集中講一講古代的男女情感、男歡女愛、相依相守、白頭偕老。

第三，當下的生活節奏加快，速食文化也滲透到感情領域。諸如閃婚、一夜情，甚至身體交易也不是罕見的事兒。當愛情只剩下了性的時候，當婚姻只剩下了錢的時候，當愛情與婚姻被顛覆的時候，我想，重溫一下古典時代的愛情、感受一下純情年代的餘溫，也許還不算那麼古董，還不算那麼過時。

這就是我寫作這本小書的幾個直接因素，附記於此，略陳心跡，權作後記。

王立群

二〇一四年十月於開封

國家圖書館出版品預行編目資料

情不知所起，一往而深：文史名家智解70款婚戀私語、15種兩性關係，引領我們重回古典純粹的深情時光/ 王立群著. -- 初版. -- 臺北市 : 麥田出版 : 家庭傳媒城邦分公司發行, 2019.02
面；　公分. --（人文 ; 9）

ISBN 978-986-344-622-4（平裝）
1.漢語　2.成語　3.通俗作品

802.1839　　107022772

人文 9

情不知所起，一往而深

文史名家智解70款婚戀私語、15種兩性關係，引領我們重回古典純粹的深情時光

作　　者　王立群
責任編輯　陳淑怡
校　　對　陳淑怡　吳淑芳

版　　權　吳玲緯　蔡傳宜
行　　銷　艾青荷　蘇莞婷
業　　務　李再星　陳玫潾　陳美燕　馮逸華
副總編輯　林秀梅
編輯總監　劉麗真
總 經 理　陳逸瑛
發 行 人　凃玉雲

出　　版　麥田出版
104台北市民生東路二段141號5樓
電話：(886)2-2500-7696　傳真：(886)2-2500-1967
發　　行　英屬蓋曼群島商家庭傳媒股份有限公司城邦分公司
104台北市民生東路二段141號11樓
書虫客服服務專線：(886)2-2500-7718、2500-7719
24小時傳真服務：(886)2-2500-1990、2500-1991
服務時間：週一至週五09:30-12:00・13:30-17:00
郵撥帳號：19863813　戶名：書虫股份有限公司
讀者服務信箱E-mail：service@readingclub.com.tw
麥田部落格：http://blog.pixnet.net/ryefield
麥田出版Facebook：https://www.facebook.com/RyeField.Cite/
香港發行所　城邦（香港）出版集團有限公司
香港灣仔駱克道193號東超商業中心1樓
電話：(852)2508-6231
傳真：(852)2578-9337
馬新發行所　城邦（馬新）出版集團【Cite (M) Sdn Bhd.】
41-3, Jalan Radin Anum, Bandar Baru Sri Petaling,
57000 Kuala Lumpur, Malaysia.
電話：(603) 9056-3833
傳真：(603) 9057-6622
E-mail：services@cite.my

印　　刷　沐春行銷創意有限公司
電腦排版　宸遠彩藝有限公司

書封設計　謝佳穎 Rain Xie

初版一刷　2019年2月1日

定價／360元
ISBN：978-986-344-622-4

cite城邦媒體 麥田出版
Rye Field Publications
A division of Cité Publishing Ltd.

廣	告	回	函
北區郵政管理局登記證			
台北廣字第000791號			
免	貼	郵	票

英屬蓋曼群島商
家庭傳媒股份有限公司城邦分公司
104 台北市民生東路二段141號5樓

▼

請沿虛線折下裝訂，謝謝！

文學・歷史・人文・軍事・生活

讀者回函卡

cite城邦媒體

※為提供訂購、行銷、客戶管理或其他合於營業登記項目或章程所定業務需要之目的，家庭傳媒集團（即英屬蓋曼群島商家庭傳媒股份有限公司城邦分公司、城邦文化事業股份有限公司、書虫股份有限公司、墨刻出版股份有限公司、城邦原創股份有限公司），於本集團之營運期間及地區內，將以e-mail、傳真、電話、簡訊、郵寄或其他公告方式利用您提供之資料（資料類別：C001、C002、C003、C011等）。利用對象除本集團外，亦可能包括相關服務的協力機構。如您有依個資法第三條或其他需服務之處，得致電本公司客服中心電話請求協助。相關資料如為非必填項目，不提供亦不影響您的權益。

□ 請勾選：本人已詳閱上述注意事項，並同意麥田出版使用所填資料於限定用途。

姓名：__________ 聯絡電話：__________

聯絡地址：□□□□□__________

電子信箱：__________

身分證字號：__________（此即您的讀者編號）

生日：____年____月____日　性別：□男　□女　□其他__________

職業：□軍警　□公教　□學生　□傳播業　□製造業　□金融業　□資訊業　□銷售業

□其他__________

教育程度：□碩士及以上　□大學　□專科　□高中　□國中及以下

購買方式：□書店　□郵購　□其他__________

喜歡閱讀的種類：（可複選）

□文學　□商業　□軍事　□歷史　□旅遊　□藝術　□科學　□推理　□傳記　□生活、勵志

□教育、心理　□其他__________

您從何處得知本書的消息？（可複選）

□書店　□報章雜誌　□網路　□廣播　□電視　□書訊　□親友　□其他__________

本書優點：（可複選）

□內容符合期待　□文筆流暢　□具實用性　□版面、圖片、字體安排適當

□其他__________

本書缺點：（可複選）

□內容不符合期待　□文筆欠佳　□內容保守　□版面、圖片、字體安排不易閱讀　□價格偏高

□其他__________

您對我們的建議：__________

____